N&K

Eveline Hasler
Der Zeitreisende

Die Visionen des Henry Dunant
Roman
Nagel & Kimche

Umschlag von Urs Stuber

ISBN 3-312-00199-4

Im Januar 1993 fahre ich nach Genf, ich habe vor, im Suttner-Fried-Archiv, das sich im Palais des Nations befindet, Dunants Briefe an die Friedenskämpferin Bertha von Suttner zu lesen. Ein frostiger Tag, der Himmel über den alten Bäumen des Parks grünlich verfärbt, die Sicherheitsbeamten am Eingang des Palasts tragen Schal und Handschuhe.

In einem Wachraum werden meine Papiere eingehender als sonst geprüft, Konferenzen sind im Gang über den Krieg in Ex-Jugoslawien. Im Palast-Labyrinth mit dem Postamt, den Kaufläden, Reisebüros, Banken, fallen mir an den Zeitungsständen die Schlagzeilen über die kriegerischen Auseinandersetzungen auf, in den verwinkelten Gängen ein Hin und Her von Menschen aller Hautfarben und Rassen.

Während ich im Archiv Dunants Gedanken über Frieden nachgehe, dringen von draußen her störende Geräusche in die Stille, Menschen protestieren vor dem UNO-Palast gegen die Vergewaltigungen im Kriegsgebiet. Ich erinnere mich an eine

Zeitungsnotiz: Frauen haben vor Monaten auf den Straßen von Belgrad vor dem drohenden Bürgerkrieg gewarnt; um sie zum Schweigen zu bringen, hat man sie in Busse verfrachtet und zum Stadtrand gebracht.
In den Memoiren von Bertha von Suttner lesend, stoße ich auf folgende Stelle: *Das zwanzigste Jahrhundert wird nicht zu Ende gehen, ohne daß die menschliche Gesellschaft die größte Geißel – den Krieg – als legale Institution abgeschüttelt haben wird... Und so frage ich hier einen viel, viel späteren Leser, der diesen Band vielleicht aus verstaubtem Bodenkram hervorgeholt hat: Nun, wie ist es gekommen, hatte ich recht? Der möge dann auf den Rand die Antwort schreiben – ich sehe die Glosse schon vor mir: Ja, Gott sei Dank! (19??).*
Am Abend schalte ich in meinem Hotelzimmer den Fernseher ein: Kriegsszenen, Spitäler werden in Brand geschossen, Konvois des Roten Kreuzes am Weiterfahren gehindert. Unser Jahrhundert, dem die Suttner eine Entwicklung zum Frieden zutraute, neigt sich zu Ende, Dunants Gedankengänge sind noch immer durch andere Gedankengänge blockiert.

1

Der Mann wußte, daß er auffiel. Der weiße lange Bart fiel auf und der abgetragene Beerdigungsanzug. Manchmal hielt er im Gehen inne, bückte sich auf der Straße nach einem Steinchen, ließ es in die Tasche gleiten.
Ein Bauer, der eine Kuh vor sich her trieb, stand still und starrte ihn an.
Der Mann ging jetzt schneller, an Bauerngärten vorbei und lockeren Baumbeständen, hinter denen sich kleine Pensionen und Hotels verbargen, Heiden, ein aufstrebender Luft- und Molkenkurort im hügeligen Gelände der Voralpen. Die Hügel bewegten sich mit seinen Schritten, Wellen, die grün wegdrängten und zurückflossen. Häuser ritten auf ihren Kämmen, gebräunte Bauernhöfe mit Ställen, jeder von einem ausladenden Baum beschirmt.

An den Rand der Welt hatte ihn sein unstetes Leben gespült; am Fuß dieser Hügel war er gestrandet, auf diesem Riff, das hinter dem Dorf unerwartet jäh abfiel zur Senke, gefüllt mit dem Spiegel des Bodensees.

Im Jahr 1881 war er mit der Zahnradbahn vom Bodensee das erste Mal hierher gekommen. Freunde aus Stuttgart hatten ihn begleitet, sie waren damals im besten Hotel, im *Freihof,* abgestiegen. Das Hotel gehörte einer geborenen Simond aus Chamonix, ihr Ehemann, Dr. Altherr, kümmerte sich als Arzt um die Genesung der Gäste. Nun, da er Jahre später wieder hier gestrandet war, auf unabsehbare Zeit, vielleicht für den Rest seiner Tage, rückten ihm Hügel und Menschen zu nahe, er rang nach Luft. Diesmal wohnte er, seiner finanziellen Lage gemäß, in einem bescheidenen Gasthof mit dem Namen *Paradies.* Die Pensionäre wunderten sich über den geheimnisvollen Gast, dessen Umgangsformen die vornehme Herkunft verrieten; um Fragen auszuweichen, hielt er sich wenig im Salon auf und ging abends früh auf sein Zimmer. Manchmal zwang er sich zu einem Gang, er tat es, um seinem Kopf Sauerstoff zuzuführen; sein Hirn, Archiv seiner Ideen, mußte belüftet werden. Uralt fand er seinen Körper, viel älter als seine sechzig Lebensjahre, Feinde hatten ihn zweiundzwanzig Jahre lang gejagt; rastlos, immer in Witterung der Gefahr, hatte er leben müssen, ich bin ausgebrannt, dachte er, ein Wrack.
Die stechende Sonne setzte ihm zu. Hinter sich hörte er ein Geräusch, es war ihm, ein Atem streife ihn im Nacken, er schritt schneller aus, der Unbe-

kannte beschleunigte seine Schritte. Dunant kam ins Schnaufen, Schweißperlen rannen unter dem Rand des Samtkäppchens über die Stirn, sammelten sich über seinen Brauen. Für einen Moment drohte sein Herzschlag auszusetzen. Der Fremde hatte ihn überholt.

Monsieur, excusez-moi...

Die beiden Männer maßen sich mit den Blicken.

Wilhelm Sonderegger, Lehrer...

Der gut geformte Kopf mit dem dunklen Schnauzbart war Dunant im Dorf aufgefallen, er erinnerte sich, den jungen Lehrer mit einer Schulklasse gesehen zu haben.

Sonderegger hatte seinen Strohhut vom Kopf gerissen. Linkisch drehte er ihn in der Hand, bat in holprigem Französisch um Entschuldigung für die Kühnheit, einen Gast auf der Straße anzusprechen. Er hoffe, er störe ihn nicht in seinen Gedanken? Vom Postbeamten habe er gehört, der Gast aus Genf erhalte regelmäßig die Zeitung einer geographischen Gesellschaft. Vielleicht interessiere es ihn, sein eben fertiggestelltes Relief zu sehen? Alle Erhebungen des Kantons Appenzell maßstabgetreu, samt Angaben der Höhenkurven...

Während Dunant noch schwieg, betrachtete der Lehrer sein Gegenüber. Nicht nur der Drang, das eben fertig gewordene Kolossalwerk einem Sachkundigen zu zeigen, hatte ihn angetrieben, diesen

Mann, von dem er nicht einmal den Namen wußte, anzusprechen. Seine Schüler hatten ihn auf den Fremden neugierig gemacht: Ein Schwarzgekleideter gehe in Heiden um, mit einem weißen Bart (er gleiche St. Nikolaus, hatten sie gesagt), bücke sich nach weißen Steinchen auf der Straße und stecke sie in seine Tasche. Freundlich sei er zu ihnen gewesen. *Er spreche Hochtütsch, das eigentlich Französisch sei...*

Auch Dunant nahm sich Zeit, den Lehrer anzuschauen, sein Herzschlag hatte sich beruhigt. Das wache Gesicht des jungen Mannes und der Eifer, mit dem er sein Anliegen vorbrachte, weckten sein Interesse.

Ein Relief? Die Arbeit interessiere ihn, sagte Dunant. Zumal sie sich auf Französisch darüber unterhalten könnten. Sondereggers Akzent verrate, daß er die Sprache wenig spreche, aber der Wortschatz erscheine ihm für einen Deutschschweizer doch ungewöhnlich...

Sonderegger lächelte geschmeichelt. Ich habe viel französisch korrespondiert, sagte er, in Paris, an der Weltausstellung, wurde eine meiner pädagogischen Arbeiten ausgestellt. Eine Expertise über die geistigen Fähigkeiten der Schüler, mit anschaulichen Experimenten. Leider ist die Arbeit nicht aus Paris zurückgekommen, das macht mir Kummer. Der ganze Aufwand an Zeit und Kosten verloren,

so etwas läßt sich nicht leicht wiederholen.
Ich verstehe Ihren Kummer, sagte Dunant. Diese Dinge werden systematisch gestohlen, glauben Sie mir.
Er zeigte zum *Freihof,* Dr. Altherr, der die Freundlichkeit habe, ihn regelmäßig zu Tisch einzuladen, erwarte ihn. Er reichte Sonderegger zum Abschied die Hand und sagte: Ich habe versäumt, mich vorzustellen: Henry Dunant, aus Genf.
Erstaunen ging über das Gesicht des Lehrers: Sie teilen Ihren Namen mit einer Berühmtheit, mit dem Gründer des Roten Kreuzes. Seit Jahren gilt er als verschollen. Eine Genfer Zeitung hat ihn letzthin als tot gemeldet...
Ich bin der Begründer des Roten Kreuzes und Promotor der Genfer Konvention, sagte der Fremde, und seine Stimme zitterte dabei leicht, als bitte er für diese Ungeheuerlichkeit um Entschuldigung.

Ich bin tot, sagte er zu seiner Gastgeberin und lächelte scheu. Nicht alles so tragisch nehmen, sagte Frau Altherr-Simond. Noch etwas Fisch?
Ihre Augen blickten von ihm weg in den Speisesaal des *Freihofs,* der sich langsam mit Gästen füllte. Die Table d'hôte war auf sieben angesagt, Dunant schätzte es, sein Essen früher, ausschließlich in Anwesenheit der Gastgeber, einzunehmen.
Diese Woche, sagte Frau Altherr-Simond, und ihre

Augen verweilten auf dem gelben Seidenkleid der Baronin Schönfeld, war es schwierig, Bodensee-Felchen aufzutreiben, ein Fischer von Staad hat sie heraufschicken lassen, ganz frisch, heute morgen mit der Zahnradbahn… Umtriebe, ja, ja, aber Sie lieben nun mal Fisch. An der Table d'hôte wird Gans-Terrine und Lammcarré serviert.
Ich bin tot, sagte er noch einmal mit Nachdruck.
Ihr Blick kehrte zurück, sie inspizierte ihn mit grauen, nüchternen Augen. Kopf hoch, lieber Freund! Ihre Hand griff nach der Perlenkette an der ausladenden Brust. Waren Sie zu lange spazieren?
Es ist kein Scherz, sagte er und wies neben seinem Teller auf eine Ausgabe des *Journal de Genève,* auf den auch Frau Altherr abonniert war. In der Nummer vom letzten Samstag, haben Sie es nicht gelesen?
Hochsaison, sagte sie und schüttelte bedauernd den Kopf, da kommt man nicht zum Lesen.
Hier steht, das heißt, man zitiert ein Buch, in dem es steht: Ich bin tot.
Dr. Altherr, der sich nach der Gesundheit eines eben eingetroffenen Gastes erkundigt hatte, kam an den Tisch und setzte sich neben seine Frau.
Ich bin tot, sagte er, diesmal zu Dr. Altherr gewandt.
Keine Sorge, wir schauen zusammen vorwärts,

sagte der Arzt, für den Tote ohnehin uninteressant waren. Er nahm seine Brille ab und wischte sich mit einem Tuch über die Augengläser.
Waren Sie wieder zu weit, mein lieber Dunant, Ihr Lieblingsspaziergang nach Thal?
Tote können reden, was sie wollen, man hört sie nicht, hinter ihrer Milchglasscheibe machen sie den Lebenden vergeblich Zeichen, hatte ihm seine Tante Sophie als Kind gesagt. Er gab es auf. Höflich, wenn auch etwas gelangweilt, hörte er zu, wie Dr. Altherr von Masernfällen in Heiden erzählte. Dann verzehrte er, nicht ohne Behagen, die für ihn eigens mit der Zahnradbahn heraufgebrachten Bodensee-Felchen.

Nach dem Abendessen suchte Dunant den Platz hinter den letzten Häusern auf, von dem aus der Blick eine taumelnde Fahrt macht über Hügel und steile Wiesen zum Bodensee. Wie von einer Steilklippe blickte er auf das Südufer des Sees hinunter, vierhundert Meter in der Tiefe zogen rötliche Lichtbahnen über das Wasser. Drüben, im Abendglanz, schimmernde Erhebungen, im Süddeutschen schon oder im Österreichischen. Immer wieder packte ihn die Ähnlichkeit dieser Gegend mit dem Genfersee: Der Pfänder mit seinen Fels-

abstürzen glich dem Mont Salève, der Rhein könnte die Rhone sein.
Dort unten, an die Bucht geschmiegt, sein geliebtes Genf. Seit seinem Ruin im Jahre 1867 hatte er es nicht mehr betreten, Genf hatte ihn nach den Gerichtsurteilen ausgespuckt, verbannt. Nördlich des Seebeckens ortete er den Stadtteil Petit Saconnex und drüben, in der Nähe der Porte Cornavin, La Monnaie. La Monnaie, einst savoyischer Weiler, lag schon außerhalb der Stadt, zwei, drei Häuser gehörten hier der Familie, zwischen den Gebäuden Obstbäume, Wiesen, eine Kastanienallee.
Mit seiner Mutter hatte er vom Balkon aus oft den Sonnenuntergang betrachtet, rötliche Lichtspiele auf den eisigen Kuppen des Mont Blanc. Ein Feuerschloß ist das, hatte die Mutter gesagt.
Und wem gehört es?
Dem König von Savoyen.
Lange schaute sie mit ihrem Ältesten mit halb zugekniffenen Augen in den Glanz. Als der rötliche Schimmer blasser wurde, schließlich erlosch, stieß sie ihn an, als träume er und sie müsse ihn wecken: Laß uns hineingehen, es wird kühl.
Sie lebte in ständiger Angst vor Erkältungen, im Kamin legte sie schnell ein paar Scheiter nach. Sie sank in den Lehnstuhl, den Kopf nach hinten gebeugt auf die geschweifte Lehne, die Augen hielt

sie träumerisch geschlossen. Henry bettete den Kopf auf ihre Knie.
Geh zu Bett, Henry, flüsterte sie matt, die Kleinen schlafen schon.
Erst eine Geschichte.
Ich weiß keine, mein Kopf schmerzt, mir ist ganz wirr.
Du bist doch in der Predigt gewesen von Pfarrer Gaussen. Er schaute sie bohrend an mit seinen dunklen Augen, schüttelte leicht ihren Arm. Was hat er denn erzählt?
Die Fabel vom Schaf und vom Wolf.
Während sich Henry mittragen ließ vom Fluß ihrer Worte, sah er im Spiegel über dem Kamin das Schaf erscheinen, das weißgelockte lange Fell, Unschuldsaugen, und plötzlich war mit einem Sprung der Wolf da mit seinen scharfen Eckzähnen, der roten hechelnden Zunge.
Nein! schrie Henry und fuhr auf: Nein! Ich will nicht, daß er es frißt!
Die Mutter mußte ihn in die Arme nehmen, er war kaum zu beruhigen. Jahrzehnte später spürt Dunant noch dieses Entsetzen. Kürzlich hat er in seinen Memoiren, die er im *Paradies* in blaue und braune Hefte schreibt, sich an dieses Ereignis aus der Kindheit erinnert.
Manchmal aber, das weiß er noch genau, war es die Mutter, die traurig war.

Fehlt dir etwas? fragte dann Henry.
Nichts, nichts, wehrte sie ab. Ihr Ältester spürt zu viel. Er prüft sie mit diesen dunklen, wissenden Augen.
Wann kommt Papa zurück?
Im nächsten Monat. Oder im übernächsten.
Sie zuckte die Achseln. Hatte ihm Papas Ansichtskarten gezeigt von Meerhäfen: Cadix, Piombino, Genua. Die nächste Reise, für sein Handelshaus in Marseille, wird dauern. Die Insel Martinique. Ein entlegenes Ziel. Die Überfahrt voller Gefahren.
Sie seufzt.
Was tut denn Vater so lange?
Geld verdienen, Henry, Geld.
Geld. La monnaie. Der Ortsnamen soll von versteckten Münzen unter dem Weinberg stammen. Hier befand sich eine Münzstätte des savoyischen Königshauses, vermutet Henry später in einem seiner blauen Hefte.
La Monnaie, Name des Hauses, Segen, Fluch.
Geld verdienen, hat Calvin dem gottesfürchtigen Genfer Bürger beigebracht, ist keine Schande. Gott spendet seinen Lieblingen auch schon in diesem Leben *Comfort,* ein englisches Wort, das zugleich Trost und Wohlergehen bedeutet. Geld muß fließen wie das Blut, stockt der Zufluß, bleiben Vaters Anweisungen aus Marseille aus, droht das Leben der Familie zusammenzubrechen. Dann

muß Henrys Mutter heimlich in die Stadt gehen, ein Schmuckstück versetzen lassen, einen Rubinring, eine Brosche mit Opalen, alles aus dem Nachlaß der englischen Großmutter, der Juwelierstochter.

Das Geld schmilzt in ihren Taschen, sagen die Schwägerinnen. Unpraktisch ist sie, überängstlich, diese Anne-Antoinette mit dem Kosenamen Nancy, geborene Colladon. Für all die kleinen Bobos der Kinder ruft sie von weither den Arzt. Und wenn die Kinder nichts haben, kriegt sie bestimmt ihre Migräne, ihr Gliederreißen. *136mal hat sie im letzten Jahr nach dem Doktor rufen lassen für einen Betrag von sage und schreibe 408 Francs!*

La Monnaie, Henry spürt es schon früh, hat seine eigenen Geschichten, die Mama verschweigt. In der Dämmerung beschlägt sich der Spiegel über dem Kamin mit unausgesprochenen Wörtern. Schatten verstorbener Bewohner winken Henry zu: Bernard Dunant, Großvater väterlicherseits. Ging eine vielversprechende Ehe ein mit Anne Gravière, Juwelierstochter, aufgewachsen in London, die Mutter eine Engländerin mit dem Namen Hilditch. Bernard Dunant sympathisiert zur Zeit der Revolution mit Frankreich, spekuliert, verliert das Vermögen. Er landet im Schuldgefängnis.

Die Frau ist tapfer, bringt die Kinder durch. Eines

dieser Kinder ist Jean-Jacques, Henrys Vater. Wenn er nach Hause kommt aus Marseille, erzählt er nie von den Schatten seiner Jugend. Nur von der englischen Großmutter, die ihren Enkeln kleine Feste gegeben hat auf La Monnaie mit Plum-Pudding und diesem harzigen, nach Bergamotte riechenden Tee.

Im Spiegel auch eine andere Gestalt, eine Frau. Anne-Jeanne, Vaters Schwester. Großgewachsen, hohe Wangenknochen, die Augen unnatürlich aufgerissen. Ständig soll sie am Fenster gesessen sein.

Auf der Ostseite von La Monnaie sieht man in der Ferne zwischen Pappeln die Ausfahrtsstraße nach Paris, hört das Posthorn. Anne-Jeanne hat Ausschau gehalten nach einem, der nie gekommen ist. Als Frau konnte sie nichts für ihr Glück unternehmen. Dafür hat sie die Träume der andern geträumt, hat damals ihren Bruder, den schon 39jährigen Jean-Jacques, aufmerksam gemacht auf die sanfte kleine Nancy Colladon. Was willst du allein bleiben ..., höchste Zeit, an eine Familie zu denken... Seltsam sei sie gewesen, die lediggebliebene Tante Anne-Jeanne, sagen die Erwachsenen. Noch bewahrt man in der Familie einen Brief von ihr auf: *Glücklich, wer ausdrücken kann, was er fühlt, ich kann es nicht... Habe immer wie eine Leere im Kopf...*

Dann, mit vierundfünfzig Jahren, ein Coup de foudre! Sie verliebt sich und heiratet einen Gärtner. *Ein Akt der Schwäche, unziemend für die Familie,* schrieb damals ihr Onkel.
Sie mußte sich beeilen mit dem Leben. Ein paar Jahre nach der Heirat war sie tot. Arme Anne-Jeanne. Eine Mesalliance.
Wurde sie von der Familie zur Seite geschoben? Maman?
Es gibt Dinge, die man macht, und Dinge, die man nicht macht, Henry.

Oft lag Nancy Dunant-Colladon, von Kopfweh geplagt, in der Nähe ihrer Kinder am Waldrand. Henry mußte sich ein paarmal vom Ballspiel wegschleichen und sich vergewissern, ob Maman noch lebte, so unbeweglich lag sie im Moos, eine Ameise lief über ihr geschlossenes Auge, eine Spinne krabbelte über ihr Handgelenk. Er fürchtete, der Wald könne sie holen, Moos und Efeu sie überwuchern.
Nein, tot war sie nicht. Hinter ihren Lidern liefen Bilder: Zärtliche Szenen aus den ersten Ehejahren, am Arm ihres Mannes ging sie durch eine fremde Stadt. Sie versetzte sich in ihre Jugend zurück, sah ihren Lieblingsbruder Daniel. Er, der Physiker, war mit seiner Erfindung, mit komprimierter Luft zu bohren, eine Berühmtheit geworden. Sie

scherzte wie früher mit ihm, nahm teil an einer Tunneleröffnung, teil an seinem Ruhm.
So lag sie am grünen Ohr des Waldes, hörte den Wind in den Blättern, grüne Vorhänge woben sich um ihre Vorstellungen.
Du bist ein Mädchen mit einem zu empfindsamen Herzen, hatte ihr Bruder vor der Heirat zu ihr gesagt. Und ausgerechnet sie ging die Ehe ein mit einem dieser Genfer Handelsmänner, die nicht die Liebe, sondern das Geschäft zum Abenteuer ihres Lebens machten. Neununddreißig mußte er werden, bis er an die Ehe dachte, wäre seine Schwester Anne-Jeanne, die Träumerin, nicht gewesen, wäre er vielleicht Junggeselle geblieben. Tüchtig, tüchtig, dieser Jean-Jacques, hieß es in Genf, arbeitet von früh bis spät. Hat wohl immer das abschreckende Beispiel seines Vaters Bernard vor Augen. Zurück aus Marseille, läßt er sich in Genf auch noch als Waisenrat einspannen, nimmt sich der Strafgefangenen an.
Die Kinder weckten die Schläferin am Waldrand auf. Sie verlangten nach ihrem Vesperbrot. Noch kauend sagte die kleine Marie, sie wolle mit den anderen Geschwistern zu Papa reisen, vor zwei Jahren hätten die Großen, Henry und Sophie-Anne und Daniel nach Marseille dürfen, während sie und der kleine Pierre zu Hause bei Tante Sophie bleiben mußten…

Ja, das wollte sie auch von Herzen gern, seufzte Maman, aber das Geld, um mit fünf Kindern in die Welt zu reisen, hätten sie nicht. Trotz ihres relativen Reichtums mußten sie sich einschränken, eben hatte sie, weil Geld aus Marseille ausblieb, eine Uhr versetzt. Auf die Bitte der Kleinen hin mußte Henry zum x-tenmal erzählen, wie es damals war: in der altmodischen gelben Familienkutsche nach Marseille. Maman fieberte, das Meer zu sehen, je näher man kam, um so mehr geriet sie aus dem Häuschen, sie wollte sogar auf das Polster des Sitzes steigen. Dann, nach einer brüsken Wendung, erschien hinter den Serpentinen des Hügels in der Ferne ein Streifen Wasser. Voilà! voilà! hatte Maman geschrien. In seinen Memoiren wird der alte Henry sich an die Szene erinnern: *Die Pferde hielten an, und wir drei Kinder, angesteckt von der mütterlichen Begeisterung, staunten mit großaufgesperrten Augen, ein wenig beduselt von all dem Blau der Unendlichkeit...*

Mit einem Seufzer kehrt Dunant auf die Steilklippe zurück, sein geliebtes Genf am Ende des Bodensees blitzt noch einmal auf im Abendschein.

Ein Engel mit flammendem Schwert steht vor der Stadt. Der Zutritt ist ihm, dem verlorenen Sohn, verwehrt.

Das Gesicht des Engels nimmt Calvins Züge an, blutleer, hohlwangig. Der düstere Blick trifft Hen-

ry: Unwürdiger Sohn. Du hast Blut vergossen, das weiße Blut von Genf, Geld, so viel Geld, Hunderttausende, eine Million...
Der Zornengel. Seine Züge verwandeln sich noch einmal.
Der Bart jetzt kürzer, struppiger.
Der Blick wird unsicher, verkriecht sich unter trägen Lidern.
Die Nase trist, als hänge sie über dem Geschäftsbuch in einem Genfer Kontor. Tief eingegrabene, kleinliche Falten zu beiden Seiten des Mundes.
Ein Buchhaltergesicht.
Dunant schaudert.
Monsieur M. Der Blick des Widersachers.

Der Julitag war heiß gewesen. Die Lehrersfrau stand am Fenster, sie fühlte sich ausgelaugt von den vielen kleinen Dingen, die der Tag gebracht hatte. Ihr Mann blieb heute länger aus als sonst. Nach all der Beschäftigung mit ihren kleinen Kindern sehnte sie sich nach seiner Rückkehr, sie beschäftigte sich gern mit seinen vielfältigen geistigen Dingen, lebte abends wieder auf. Heute allerdings würde sie nur seinen Rücken sehen am Schreibtisch: Von der Redaktion der «Appenzeller Zeitung» war Nachricht gekommen, der geplante

Artikel über körperliche Ertüchtigung in der Schule sei schon morgen abzuliefern. Ihr Mann hatte noch keine Zeile geschrieben und würde sich damit schwertun. Turnunterricht – eines der vielen Anliegen, die ihm unter den Nägeln brannten, das Postulat stieß in den Gemeinden mit vorwiegend bäuerlicher Bevölkerung auf Widerstand: die «Gofen» sollten zu Hause heuen und den Stall ausmisten, das sei Leibesübung genug.

Das knarrende Geräusch der Gartentüre, endlich. Der Lehrer kam schneller als sonst durch den Vorgarten, wimmelte an der Schwelle den Kleinen ab, der ihm entgegengelaufen war und sich an seine Hosenbeine hängte. Schon im Flur sah sie ihm an, daß etwas Besonderes vorgefallen war.

Der Fremde aus Genf, ich habe ihn soeben kennengelernt.

Dieser St. Nikolaus mit dem weißen Bart, von dem deine Schüler gesprochen haben?

Er nickte: Es ist Dunant, der Begründer des Roten Kreuzes. Eine Legende. Man hält ihn längst für tot.

Rotes Kreuz? Die junge Frau überlegte. Sie wußte kaum etwas vom roten Kreuz. In der Realschule hatte sie gehört, ein Rotes Kreuz diene als Erkennungszeichen für Sanitätswagen und Krankenstationen.

Morgen, nach der Schule, bringe ich ihn hierher,

versprach Sonderegger. Als Mitglied der Geographischen Gesellschaft in Genf interessiert er sich für unser Relief.

In seinem Zimmer im *Paradies* dachte Dunant: So bin ich also tot, sitze wie Schneewittchen hinter den sieben Bergen im *Paradies.*
Da ich tot bin, wird vieles einfacher, einige Umtriebe, die das Leben zwangsläufig verursacht, fallen weg.
Wenn einer tot ist, erlaubt man ihm den Rückzug in das kleinstmögliche Réduit. Älterwerden, schon das eine Vorstufe. Nach zweiundzwanzig Jahren Herumgetriebensein habe ich mir den Rückzug erlaubt zwischen die Hügel, seit meiner Erkrankung ist mir ein weißer Bart gewachsen, der mir den Schonraum sichert, den man einem alten Mann zugesteht, wenn man ihn für harmlos hält.
In seinem Réduit, hinter der Tarnung der Harmlosigkeit, wird der aus dem Leben Geschiedene endlich leben können, er nimmt seine gefährlichen und aufrührerischen Gedanken wieder auf, sendet sie mit Hilfe der Post- und Telegraphenämter in alle Welt. Weg von der Bühne – seine Feinde frohlocken. Doch die Ideen des unbequemen Alten, einmal geboren, sind selbständig geworden, Füße und Arme sind ihnen gewachsen, sie gehen von alleine durch die Welt.

Dunant notierte in eines seiner blauen Hefte: In Winterthur gibt es seit kurzem eine aktive Sektion des Roten Kreuzes. In Herisau in der Ostschweiz ist eine Zelle meiner Idee entstanden (niemand ahnt, wie nah der Gründer ist!). Einem Zeitungsbericht nach, den mir Dr. Altherr gegeben hat, ist in Amerika von einer gewissen Clara Barton das Rote Kreuz gegründet worden. Er legte das Heft in den Koffer zurück, verschloß zwei Sicherheitsschlösser und einen Riemen. Nur ungern legte er sich schlafen, er fürchtete sich vor den Nächten. Blütenkelche waren es, die langsam über dem Schlafenden aufgingen, ihrem narkotischen Duft entstiegen Alpträume:
Genf. Er ist in seinem Lieblingspark Les Bastions.
Zwischen dem Laub der Kastanien ein Denkmal. Auf dem Sockel, aus Metall gegossen, ein Kopf, ja, er hat recht gesehen, es ist sein Feind, Monsieur M.: die aufgeschreckten Augen, der wirre Schnauzbart, das Buchhaltergesicht.
Zwei Steinmetzen haben in den Sockel ein Kreuz gemeißelt, nun setzen sie darunter die Buchstaben: G. M., Fondateur de la Croix Rouge.
Aufhören, ruft ihnen Dunant zu, das stimmt nicht! Der Gründer des Roten Kreuzes heißt Henry Dunant!
Dunant? Nie gehört! Die jungen Leute zucken respektlos die Schultern, lachen. Sie tragen Kleider

von einem Schnitt und einer Stoffart, die heute noch unbekannt sind: Generation der Morgigen.
Schweißgebadet erwacht er. Jetzt weiß er es: Es ist ein Schachzug seiner Gegner, ihn totzusagen.
Sein Feind, dem er vor vielen Jahren zu seinem Posten verholfen hat, geht über seine Leiche, schwingt sich auf den Piedestal, macht einer Generation, die nicht mehr Bescheid weiß, vor, daß er der Gründer ist. Er wird sich mit seinen Anhängern des Werkes bemächtigen. Jeder Tag, an dem Dunant noch atmet, ist wertvoll: Er wird der Welt beweisen, daß er, Henry Dunant, der Gründer des Roten Kreuzes ist, der alleinige Promotor der Genfer Konvention. Das schuldet er nicht sich, das schuldet er der Integrität seines Werks.

Die Sonderegger Kinder am Kaffeetisch schickten sehnsüchtige Blicke zum Gugelhopf.
Mit dem Anschneiden wird gewartet, bis *er* da ist, sagte Susanna zu ihren Brüdern.
Man hörte ihn schon mit Vater unten vor der Waschküche sprechen, dort war das Relief, es stand wie aufgebahrt, als trage man sämtliche Berge und Hügel des Appenzellerlandes zu Grabe. Seit Wochen galt die Aufmerksamkeit der Eltern nur diesem Gebilde aus Gips und Papier. Die Kin-

der hatten sich längst daran satt gesehen, jetzt interessierten sie sich nur für die Erhebung des Gugelhopfs.
Mutters helle Stimme. Ihr Schulfranzösisch tönte schrill, beim Strümpfestopfen hatte sie die Sätze eingeübt. Wochenlang war sie mit dem Bau des Reliefs beschäftigt gewesen, nun war sie neugierig auf Dunants Reaktion, Susanna sollte unterdessen auf die Geschwister aufpassen. Die Kinder saßen erwartungsvoll um den Kaffeetisch. Die Buben feierlich in langen Drillichhosen, gestärkten Hemden, Susanna und Emma in Sonntagskleidchen mit rosafarbener Stickerei. Unter dem Tisch die vielen bloßen Kinderfüße, Sommerschuhe besaßen sie nicht.
Der kleine Oswald stöhnte, ihm war heiß in den ungewohnten Kleidern. Es ist doch erst Freitag, sagte er, warum die langen Hosen?
Wir wollen ihn im Sonntagsstaat empfangen, den Gast, den fremden Herrn, sagte Susanna.
Oswald guckte seine Schwester groß an: Ist es der Herr sei unser Gast, segne, was du uns bescheret hast?
Emma lachte. Auch David lachte, eine Rosine, die er heimlich aus dem Kuchen stibitzt hatte, glitt aus seinem Mund und rollte über den Tisch.
Da ging die Türe auf.
Bitte, sagte die Mutter, und ein Mann trat ein mit einem langen weißen Bart.

Emma blieb das Lachen im Hals stecken. Auch Oswald war blaß geworden. Er schob sich vom Stuhl, ging auf die Mutter zu, verbarg sich in ihrem Rock: St. Nikolaus, stieß er hervor.
Ach wo, sagte die Mutter und beruhigte ihn.
Dunant, der die kleine Szene mitbekommen hatte, begann zu lachen. Seine Haut in den Augwinkeln zerknitterte, Falten wie Seidenpapier, dachte Emma.
Oswald saß wieder am Tisch, der Gast tätschelte seine Hand. In drolligem Deutsch sagte Dunant zu ihm: St. Nikolaus bringt Gutgut-Bonbons? Er angelte aus der Tasche seines Überziehers ein paar Lakritzebonbons, die linke Hand zauberte aus der andern Tasche gedörrte Aprikosen auf den Tisch. Vor jedem der Kinder lag jetzt ein Häufchen.
Die Früchte kommen aus Südfrankreich, mein Neffe hat sie geschickt, sagte Dunant auf Französisch. Die Mutter übersetzte es den Kindern. Das ist eine Gegend, wo die Sonne viel stärker scheint als hier, erklärte sie.
Sonne für die Zunge, ergänzte Dunant.
Nur zögernd steckten sich die Kinder die verschrumpelten Aprikosen in den Mund, bald aber konnten sie, wie der Fremde es versprochen hatte, mit einigem Schaudern die Sonne auf der Zunge spüren.

Dunant bat anstelle des Kaffees um ein Glas Milch. Schlafstörungen. Eigentlich sei er Teetrinker. Seine Großmutter, die Engländerin, habe das Teetrinken in der Familie eingeführt.
Schwarztee sei keiner im Haus, bedauerte die Lehrersfrau.
Sonderegger brachte das Gespräch auf sein Relief. Er lobte die Kartographie von Dunants Landsmann General Dufour. Die Aufzeichnung der Schattenschraffen – sein Verdienst. Dunant lächelte. General Dufour habe noch größere Verdienste auf anderem Gebiet... Er hat viel getan für das Rote Kreuz. Während der Genfer Konvention sei es seine Idee gewesen, das Schweizerkreuz umzuwandeln in das Erkennungszeichen der humanitären Aktion.
Die Kinder hatten ihr Stück Gugelhopf gegessen, sie feuchteten ihre Zeigefinger an und tupften die Krümel auf. Die Mutter gab ein Zeichen, still verließen sie den Tisch.
Das Gespräch begann sich um das Rote Kreuz zu drehen, Dunant redete sich in Begeisterung. Im Bann des Erzählers vergaß der Lehrer seine Schulvorbereitung, den noch nicht fertig gewordenen Artikel. Der Tag, ausgefüllt und eingeteilt bis zur letzten Viertelstunde, begann seine Kontur aufzulösen.
Sonderegger fühlte sich auf gefährliche Weise aus

dem Rahmen seines bisherigen Lebens, seiner Denkvorstellungen herausgehoben. Das Herz wurde ihm für einen kleinen Moment aus dem Leib genommen und neu eingepflanzt.

Fünfzig Jahre später notierte die Lehrersfrau in ihren Erinnerungen: *...nachdem mein Mann Monsieur Dunant heimbegleitet hatte, übersetzte er mir dessen Ausführungen: In Geschäftssachen ganz und gar nicht glücklich, habe Dunant stets darnach getrachtet, den Menschen zu helfen, und nachdem er bei der Schlacht von Solferino, wo er als Pfleger von Verwundeten gewirkt habe, das gräßliche Los der Kriegsopfer kennengelernt habe, sei ihm der Gedanke des Roten Kreuzes gekommen, und er habe nicht geruht, bis er Könige und Fürsten für diesen Gedanken gewonnen habe. Bei diesen Bestrebungen und auch durch geschäftliche Verluste habe er sein Vermögen aufgebraucht und lebe nun von einer kleinen Pension, die seine Familie ihm ausgesetzt habe und die ihm nicht einmal die Befriedigung von Bedürfnissen gestatte, die ihm früher selbstverständlich gewesen seien. «On me laisse mourir de faim», war sein Wort...*

Heute esse er nicht mehr zu Abend, sagte der Gast im *Paradies* zur Wirtin. Er gestatte sich auch zu erwähnen: Viermal sei er im verflossenen Monat bei Dr. Altherr im *Freihof* zu Tisch eingeladen gewesen, das bedeute einen Abzug von fünfmal 90 Rappen, ob er sie, Frau Stäheli, bitten dürfe, diesen Betrag ihm heute abend schon auszuzahlen. Sie stellte keine Fragen. Ging zur Kasse, reichte ihm mit einer Bemerkung über die vom Barometer angekündigte Wetteränderung das Geld. Am anderen Morgen sah sie ihn zum Postamt gehen mit all den Briefen, die sich seit Tagen unfrankiert auf seinem Waschtisch angesammelt hatten, die Adressaten: Fürsten, Professoren, Politiker. Und dieser Mann, über dessen Waschtisch (er baute ihn abends zu einem Schreibtisch um) diese Fäden zusammenliefen, verschanzte sich ganze Tage lang in ihrem schlechtesten Zimmer: Nordlage, zwei Franken achtzig Logis und Kostgeld, bei Tisch saß er allein, abgerückt von den anderen Gästen, denn er verzichtete auf Nachtisch und Fleisch.

Dunant läutete am andern Nachmittag nochmals an der Türe der Lehrerfamilie. Das Haus trug auf einem bemalten Holzschild den Namen *Rütli.* Mit seinen Laubsägeveranden, den gemalten Wappen auf der Fassade glich es einer überdimensionalen, aus Holz geschnitzten Spieldose, wie sie in den Andenkenläden von Heiden zu kaufen war, klappte man den Deckel auf, erklang eine Melodie.
Die Lehrersfrau öffnete, Dunant nannte sie bei der Begrüßung «Madame Wilhelm». Ihr Mann sei leider

noch nicht zurück von der Redaktion der «Appenzeller Zeitung», ja, der Artikel sei gestern nacht endlich fertig geworden. Auch sie sei erst gegen Morgen zu Bett gegangen, habe in ihrem alten Französischbuch Wörter und Konjugationen nachgeschlagen, so sehr habe sie es bedauert, daß sie dem Gespräch gestern nicht ganz habe folgen können.

Dunant lächelte: Da komme er wohl gerade recht. Er überreichte ihr ein kleines französisches Wörterbuch und eine Dose von seinem Lieblingstee. In der Küche wärmte Frau Sonderegger den Teekrug nach den Anleitungen Dunants vor, Emma folgte mit Interesse; ohne die französischen Worte zu verstehen, faßte sie den praktischen Teil schnell auf. Dunant strich mit seiner Hand über den rötlichblonden Kopf des Kindes.

Eine kleine Schönheit mit ihren grünlichen Augen, sagte er.

Seg's uf Tütsch, bettelte Emma.

Die Mutter wollte nicht übersetzen. Gerade Mädchen dürfe man nicht eingebildet machen.

Dunant widersprach: Auch Kinder brauchten ein gesundes Selbstvertrauen. Sie setzten das Gespräch, das sich jetzt um Erziehung drehte, bei Tisch fort. Dunant radebrechte auf deutsch, Madame Wilhelm versuchte es mit ihrem mangelhaften Französisch. Zusammen schauten sie in dem kleinen Wörterbuch einen Ausdruck nach.

Wie wäre es, sagte die Lehrersfrau plötzlich, wenn wir in Heiden eine Sektion des Roten Kreuzes gründen würden? Ich habe es mir gestern nacht überlegt, ein Dutzend Frauen brächte ich schnell zusammen.
Dunant legte das Wörterbuch auf den Tisch, seine Hand zitterte. Wie mich das freuen würde, sagte er. Wir könnten heute schon eine Liste der möglichen Mitglieder aufstellen.
Sonderegger, der im Laufe des Nachmittags zurückkehrte, ließ sich Tee eingießen, er trank in kleinen Schlucken, lobte das ungewohnte Getränk. Bald war das Gespräch wieder beim Roten Kreuz. Längere Zeit berieten sie über eine Sektion Heiden, der Lehrer, angetan von der Idee, beteiligte sich an der Planung.
Dunant erzählte, wie damals die Idee bei Fürsten und Königen gezündet hatte.
Und das gewöhnliche Volk, ist es nicht heute der eigentliche Träger dieser humanitären Aktion? fragte Wilhelm Sonderegger stirnrunzelnd. Als Demokrat mißfiel ihm, wie genüßlich Dunant mit klingenden Namen umging.
Dunant stutzte. Ihm, der seine aristokratische Herkunft betonte, ging plötzlich auf, wie diese Menschen dem Gedanken des Roten Kreuzes Gastrecht gaben. Sie brachten ihm Ernsthaftigkeit entgegen, Verstand, Gefühl.

Beim Abschied versprach er, Sonderegger das ihm verbliebene Exemplar von *Eine Erinnerung an Solferino* zum Lesen zu schicken, Pfarrer Wagner aus Stuttgart, ein kürzlich verstorbener Freund, habe es vor Jahren ins Deutsche übersetzt.
Der Broschüre legte er für Sonderegger einen Zettel bei mit dem Zitat eines gewissen Rollin: *C'est par le cœur que les hommes sont tout ce qu'ils sont. Durch das Herz sind die Menschen, was sie sind.*

Regen war gefallen, die Sommerwärme gebrochen. Nebelschwaden zogen sich auf halber Höhe den Hügeln entlang.
Dunant machte des unsicheren Wetters wegen keine längeren Spaziergänge mehr, mit dem Regenschirm in der Hand ging er beinahe täglich zum *Rütli*.
Er saß im getäferten, weiß gestrichenen Wohnraum. Der Lehrer, trotz seiner Geldknappheit stolzer Abonnent der «Neuen Zürcher Zeitung», faltete die neueste Ausgabe zusammen, mündlich resümierte er für Dunant das Tagesgeschehen. Für Dunant glichen sich die Ereignisse in diesem Land wie ein Ei dem andern, höflich unterdrückte er ein Gähnen. An der Wand schnellte ein hölzerner Kuckuck aus seinem edelweißverzierten Türchen und schrie fünfmal. Die Landschaft lag schläfrig vor dem Fenster, Waldstücke an den Flanken der Hügel schwärzten das Bild ein.

Zwischen den Bergen sind die Tage kurz, dachte Dunant. Die Bauern und Handwerker rackern sich von morgens bis abends ab, der Gelderwerb nimmt, wie in Genf, einen wichtigen Platz ein, aber hier ist alles kleinkariert, eine Gegend voller Schluchten und unwegsamen Querrinnen, ein Hügel verstellt dem anderen die Sicht. Die kurzen Tage verhindern den Fortschritt, jeder neue Gedanke wird gleich verdunkelt und ausgelöscht durch die Schatten der Hügel. Zu großen Entwürfen läßt sich hier niemand beflügeln, diese rechtschaffenen, arbeitsamen Erzdemokraten meiden, was in irgendeiner Weise auffällt. Alles, was aus dem Mittelmaß herausragt, erweckt ihren Argwohn, verleitet sie zu meckerndem Spott. Gottgefällig kommt es ihnen vor, alles beim alten zu lassen.

Schon die Tatsache, daß Dunant kein Kirchgänger ist, macht ihn verdächtig, Bemerkungen hinter seinem Rücken über den lebhaften Postverkehr, die vornehmen Besucher, meist inkognito. In den letzten Tagen schürt der Umstand, daß Frau Sonderegger Werbung für eine Sektion des Roten Kreuzes macht, im Ort Mißtrauen.

Rotes Kreuz, da hat die Rote Internationale die Hand im Spiel, hatte ihr Nachbar, der Weinhändler, gemeint, dieser Dunant habe sich wohl in Paris während der Kommune politisch betätigt.

Da und dort verdichtet sich der Verdacht. Man ist auf dem Sprung, ihm den falschen Bart abzureißen, das samtene Greisenkäppchen zu lüften: diese aufmüpfigen Ideen in dem alten Schädel, haben wir nicht schon immer davor gewarnt?

Und ausgerechnet hier begegnete er diesem Lehrer-Ehepaar. Menschen, wach und hellhörig genug, um auf seine Gedanken einzugehen. Junge Leute, offen für seine Pläne, die er ihnen erst nach und nach zu enthüllen gedachte.

Sie saßen um den ovalen Teetisch. Dunant, über die Aufgaben einer lokalen Sektion des Roten Kreuzes sprechend, nahm den gesammelten Ausdruck Sondereggers wahr, seine Art, den wuchtigen Kopf zu neigen, als gelte es, besser hinzuhören, alles aufzunehmen, was Dunant in schnellem Französisch erklärte.

Der empfindsame Mund, überschattet vom Schnauzbart; die Schnauzenden in leichter, wippender Unruhe.

Daneben die junge Frau. Ihre ruhigen, fast klassischen Züge. Unter dem schlicht gescheitelten Haar die klare Stirn, die gerade, knochige Nase. Vierundzwanzig erst, und schon von sicherem Urteil.

Dunant war beeindruckt von ihrem Mut. Zupackend hatte sie mit ihm gestern Pläne für die Gründung der Sektion ausgearbeitet. Schon hatte sich ein Dutzend Frauen zusammengefunden, Männer sollten die Ämter übernehmen, Wilhelm Sonderegger hatte sich, nach leichtem Sträuben, für das Amt des Secrétaire-Correspondant überreden lassen.

Noch gab es einiges, was ihm an Sondereggers nicht gefiel. Sie waren Kinder ihrer Zeit, unterstanden den Bedingungen des Ortes. Er nahm sich vor, mit Geduld auf sie einzugehen, sie vorzubereiten auf die Aufgaben, die er ihnen zugedacht hatte.

Auch die Kinder der Lehrerfamilie waren ihm zugetan. An einem Nachmittag hatte er ihnen eine Orange mitgebracht, noch nie hatten die Kinder eine so köstliche Frucht bekommen, eines nach dem andern wiegte sie in seinem Handteller. Mit ihren Fingern betasteten sie die Poren der Schale. Schließlich schälte sie Susanna ehrfürchtig für ihre Geschwister, teilte jedem zum Kosten einen Schnitz aus.

Essend streifte die Kinder eine Ahnung von den fremden Ländern, die ihr Gast gesehen hatte: Südfrankreich, Algerien, Tunesien.

2

Die Orange, die damals durchs Gras rollte.
Zehn Jahre alt war Henry Dunant, ein kleiner Aristokrat, schon hatte er seinen unverrückbaren Platz an der Sonne.
Auf der Terrasse von La Monnaie wurde der Teetisch gedeckt. Hinter der Reihe der Alleebäume öffnete sich geräuschvoll das eiserne Tor, Maman kam aus dem Salon und hielt Ausschau nach der Droschke, die ihre Gäste aus der Stadt bringen sollte. Aber es waren nur die Waisenhausmädchen, die zweimal in der Woche mit ihrer Aufseherin im Park spielen durften. Henry, der auf der Treppe der Terrasse saß, sah hinter den Stämmen der Kastanien die Kinder nahen, immer zwei und zwei, ein geordneter dunkler Zug, sie bewegten ihre Knopfstiefelchen, die schwarz bestrumpften Beine. Bei der Rondelle legten die Mädchen ihre Kapuzenmäntelchen ab, die Aufseherin gab Anweisungen für Spiele.
Die Mutter machte Henry Vorhaltungen: Sie habe ihn doch gebeten, nach der Schule im Waisenhaus zu sagen, sie erwarte heute Gäste, man möge die

Kinder nicht schicken. Vergessen, Henry? Rote Flecken erschienen an ihrem Hals, es tat ihm leid, sie so aufgebracht zu sehen. Ständig gab es, der Waisenhausmädchen wegen, Aufregung: Maman fand es unpassend, daß Henry mit den Mädchen spielte. Warum? Hatte nicht Papa, der in der Aufsichtsbehörde des Waisenhauses war, den Kindern das Spiel im Park erlaubt?

Sie dort, du da.

Sind nicht alle Menschen vor Gott gleich? Pfarrer Gaussen, dessen Predigten du gerne hörst, sagt es jedenfalls.

Man soll sich den Armen zuneigen, sich nicht mit ihnen vermischen. Du bist das Kind aus einer Aristokratenfamilie, die andern Kinder von Landstreichern. Unterschiede, gottgewollt. Gott spendet seinen Lieblingen schon in diesem Leben sichtbar Wohlergehen, mit der Auflage allerdings, daß sie sich um Arme und Kranke kümmern. Wie sagt das dein Papa so schön? *Die Tugenden des materiellen Wohlstands festigen die Tugenden der Mildtätigkeit.*

Jetzt hörte man Hufgetrappel, die Droschke fuhr durchs Tor.

Die Großeltern Colladon stiegen aus, Tante Sophie und Onkel David, der Buchhändler. Am Teetisch erzählte er von seiner schriftstellerischen Arbeit. Henry bewunderte ihn. Bücher, was für eine wunderbare Welt. Die Erwachsenen, er spürte es bald, dachten anders darüber, David war ihnen zu wenig geschäftstüchtig, zu eigenwillig. Seit er eine Katholikin geheiratet hatte, bekam er Ablehnung zu spüren, so etwas machte man nicht in Genf, dem protestantischen Rom.

Diese Dinge waren am Teetisch tabu. Henry haßte Teegespräche. Die Erwachsenen sprechen viel, verschweigen noch mehr. Warum sagt Maman kein Wort davon, wie traurig es sie macht, daß Papa so selten kommt? Henry hat heimlich einen ihrer Briefe gelesen, bitter und ironisch klang er. *Du machst, was du willst, wirst nicht behindert von einer Frau mit Kindern. Genieße nur deine Freiheiten in Marseille... Adieu, mon Epoux chéri, mon Ami, une fois mon Amant – ta femme.*

Tante Sophie hatte ein Körbchen Orangen mitgebracht, von ihrem Bruder aus Tunis, eine neue Sorte, im Mai noch saftig. Die Mutter bedankte sich. Leider könne man sich, der Waisenhauskinder wegen, nicht im Park ergehen, sagte sie. Die Sonne steche unangenehm, am besten, man ziehe sich ins Wohnzimmer zurück.

Henry blieb draußen auf der Treppe sitzen. Drüben lagen die Waisenhausmädchen, vom Spiel erhitzt, schlapp unter den Bäumen. Die kleine dunkelhäutige Aline, mit der er letzthin Ball gespielt hatte, machte ihm hinter der Himbeerhecke Zei-

chen. Die Aufseherin merkte es nicht. Sie ließ in der Runde zwei Feldflaschen mit Tee kreisen: Für jede nur einen Schluck, es muß für alle reichen.
Pierre, Alines Bruder, preßte die Flasche zu lange an seinen Mund. Undankbarer, sei froh, daß du mitdurftest! rügte die Aufseherin.
Pierres Gesicht, jetzt blaß und stolz, Henry sah es zwischen Himbeerranken schimmern. Ohne diesen Zaun wäre er schnell drüben, könnte Pierre trösten. Aber Papa hat das Grundstück rund um das Haus mit seltenen Bäumen bepflanzt: Weymouthkiefern, japanischer Ahorn, Silbertannen, Lorbeerweiden. Der Zaun sagt es: In diesem Teil haben die Waisenhauskinder nichts zu suchen.
Warum sitzt Henry hier und nicht drüben?
Werden nicht manchmal Neugeborene im Krankenhaus vertauscht?
Dann wäre Henry Pierre, Sohn eines algerischen Hilfsarbeiters. Die Mutter, eine noch junge Frau, ist voriges Jahr an Schwindsucht gestorben, Henrys Tante hat sie noch besucht, zusammen mit den Damen einer wohltätigen Gesellschaft, die sich sonntags über Kranke beugen, Almosen und Trost bringen. Stell dir vor, hatte sie damals zu Henry gesagt, sie wird immer weniger, Alines und Pierres Mama. Langsam schwindet sie dahin.
Die Aufseherin klatscht, es wird wieder gespielt.
Beim Rennen bleibt Alines Röckchen an einer

Brombeerranke hängen. Kleine Wilde, rügt die Aufseherin. Alines schwarze Augen verlieren den Glanz.

Henry stibitzt vom Teetisch eine Orange, die Frucht rollt durchs Gras, bleibt in der Himbeerhecke hängen.

Aline hebt die rote Kugel auf, versteckt sie in der Tasche des Röckchens. Sie lacht ihm zu unter Tränen, Zähne blitzen, kleine weiße Reiskörner.

Damals hat Henry gedacht: Nur ein Zaun trennt das Glück vom Unglück. Und sind da nicht Löcher im Zaun, die das Unglück flink entdeckt, während das Glück satt in seinem Winkel sitzen bleibt?

Die Waisenkinder entfernen sich.

Schwarze, zappelnde Käferbeinchen in hohem Gras.

Die Holunderbüsche duften betäubend.

Jahre später, Henry ist zwanzig, macht er sonntags als Mitglied der Almosengesellschaft einen Gefängnisbesuch. Im Frauensaal liest er aus der Bibel vor, später ein Kapitel aus einem Reisebericht, ein bißchen Abenteuer. Die Gefängnisdirektion läßt nach der Erbauung sonntags dieses kleine Vergnügen zu. Sie ist seit der Reform der Ansicht, die Zelle sei der Platz, wo sich ein Mensch zum Besseren bekehren kann. Was für ein Unterschied zum

Gefängnis von Toulon, das Henry als Kind mit den Eltern besucht hat, der Anblick der geschundenen, angeketteten Männer hatte ihn damals entsetzt. In seinen Memoiren wird er später vermerken, als Achtjähriger habe er sich vorgenommen, ein Buch zu schreiben gegen diese Art von Haft. Ausgerechnet er träumt vom Schreiben, dabei haben ihn seine schlechten Noten in Französisch gezwungen, das Gymnasium abzubrechen. Unbekümmert glaubt er weiter an die Macht der Geschichten. Jetzt, vor den Inhaftierten, liest er eine Beschreibung einer Seereise, des Fests des Sultans in einer fremden Stadt. Die Frauen lauschen, die Köpfe über eine Handarbeit gesenkt. Er nimmt den träumerischen Ausdruck ihrer Augen wahr, wenn er von abenteuerlichen Fernen erzählt, ihre Lidschläge, die rötlich durchpulsten Halspartien. Eine der jungen Frauen blickt plötzlich auf. Er erkennt sie: Aline. Nach der Lesung geht er auf sie zu, hält ihre Hand. Sie erzählt ihm ihr Schicksal: Mit dreizehn Magd, Arbeit von früh bis spät, sie ernährt sich von Küchenresten. Sie stiehlt der Dame des Hauses ein Halsband, der Trödler, bei dem sie es zu Geld machen will, zeigt sie an. Was sie tun wollte mit dem Geld? Fort ziehen, weit fort mit dem noch ungeborenen Kind. Der Vater? Ihr Brotherr, in Genf ein Ehrenmann. Wer glaubt ihr, daß er sie verführt hat? Im Gefängnis findet sie

Ruhe. Die Direktion freut sich über ihre Fortschritte, sie lernt schreiben, ihre Arbeit verrichtet sie zur Zufriedenheit. Was wird sie später tun mit dem Kind? Kümmert es die Damen der Almosengesellschaft, die zweimal die Woche mit den Frauen beten? Die kleine Aline, wie fromm und sanft sie geworden ist! Bei Tee und Erdbeerkuchen sich rühmen, daß man dem strafenden Feuer eine Seele entrissen hat…
Nach ihrer Entlassung soll Aline mit ihrem Kind nach Paris gezogen sein, es heißt, sie lebe als Prostituierte in einem Armenviertel. Später wird in Henrys Kopf die Geschichte der kleinen Aline mit jener Bekehrungsgeschichte verschmelzen, die Dostojevskij in Die Brüder Karamazov erzählt.

Es ging gegen Mitternacht. Dunant beugte sich im *Paradies* über seine Aufzeichnungen, Bücher und Hefte, tagsüber in einem Koffer verschlossen, jetzt auf dem Waschtisch aufgebaut. Seine Welt, nachts erstand sie immer von neuem.
Sein Arm schmerzte, der Daumen der rechten Hand war geschwollen. Er fügte schreibend Zeile an Zeile, als gelte es, ein Feld zu bestellen. Furchen, bereit, eine Saat aufzunehmen.
Ein eisiger Atem streifte plötzlich seinen Nacken,

erschrocken hielt er inne. Ein Schatten fiel über die Schrift, wuchs, den Umriß eines Mannes annehmend: Monsieur M. Reif lag über den noch feuchten Schriftzügen, der Frost biß in die Buchstaben. Die Schreibfinger auf der Marmorplatte festgeeist, fühllos. Die Saat erfroren, die Arbeit seiner vielen Jahre vernichtet. Eisige Winde fegten über ihn hinweg.
Da spürte er sein Herz schlagen, ja, noch schlug es. Er fand die Kraft, sich umzudrehen, der Schatten wich.

Mir bleibt wenig Zeit, sagte Dunant zu Sonderegger.
Die beiden Männer schritten nebeneinander durch das kurze Alpgras, die Sonne hatte die Hügel herbstlich eingefärbt. Unter leichten Nebeln sah man den Bodensee. Die beiden Männer hatten sich zu dieser Wanderung über den Kaien entschlossen, Dunant wünschte, wenn auch aus der Ferne, nach Trogen zu sehen. Das Wirteehepaar Stäheli, durch eine Erbschaftsgeschichte gezwungen, das *Paradies* in Heiden aufzugeben, beabsichtigte, die Pension *Lindenbühl* zu übernehmen, zwanzig Fußminuten von Trogen entfernt.
Sonderegger bückte sich nach einer Blume, wächsern stand sie im Gras: eine Herbstzeitlose. Sie kündigt den Winter an. Dunant sah den Lehrer

neben sich ausschreiten, die stämmigen Beine, die wuchtige Gestalt. Eine Kraftnatur. Diesem jungen Menschen wollte er seine Ideen anvertrauen, diese Schultern würden, wenn Dunant längst nicht mehr lebte, seine Gedanken hinübertragen ins nächste Jahrhundert...

Sie sind wohl noch keine dreißig, Sonderegger?

Zwei Jahre fehlen mir noch, sagte der Lehrer.

Dunant blieb stehen. Er blickte eine Weile auf den Bodensee, als schöpfe er Atem für die Dinge, die nun zu sagen waren. Die deutschsprachige Ausgabe von *Eine Erinnerung an Solferino,* ist vergriffen, begann er, eine neue Ausgabe drängt sich auf. Der Text muß neu übersetzt werden. Pfarrer Wagner in Stuttgart hat sich damals zu sehr beeilen müssen...

Sprachlich ist einiges nicht ganz gelungen, gab der Lehrer zu.

Dunant nickte. Sie haben gute Französischkenntnisse, Sonderegger. Als Lehrer und Journalist sind Sie gewohnt, mit Sprache umzugehen. Ich möchte Sie bitten, mein Buch neu zu übersetzen.

Sonderegger, sichtlich erschrocken, wand sich: Zuviel der Ehre, meine vielfältige Arbeit... Er erwähnte die volkswirtschaftlichen Probleme, mit denen er sich in letzter Zeit befaßte: Grundlagen für eine staatliche Rück-Versicherung auf Gegenseitigkeit. Gedanken, die es zu vertreten gelte an einem Kongreß in Frankfurt. Dann die gemeinnützigen

Aufgaben der Gemeinde, die Kirche...
Sie verzetteln sich, rügte Dunant. Das Rote Kreuz muß Priorität haben. Es geht nicht um mich, aber ich muß meinem Werk vor meinem Tod eine feste Form geben, sonst versinkt, was ich aufgebaut habe, in Vergessenheit. Oder ärger: Es wird mißbraucht, verändert. Sie sind ja noch jung, Sonderegger, haben Jahrzehnte vor sich.
(1904 wird sich Dunant an diesen Satz erinnern: Als 42jähriger, sechs Jahre vor Dunants Tod, wird Sonderegger nach einer begeisternden Rede an der Versammlung der schweizerischen Turnlehrer tot zusammenbrechen.)
Der Nebel über dem Bodensee hatte sich leicht gehoben, wäßrige Bläue schimmerte. Das Herbstlicht lag brüchig über den Anhöhen.
Die Blicke der beiden Männer begegneten sich.
Sie wollen es sich noch überlegen?
Der Lehrer nickte.
Sie sind einer der seltenen, sehr seltenen Menschen in der Schweiz, an die ich glaube, notierte Dunant nach seiner Heimkehr ins *Paradies.* Er ließ den Zettel mit dem Satz: *Was wir brauchen, das sind Sozialaristokraten,* dem Lehrer noch am selben Abend zuschicken.

Die Wirtin der Pension *Paradies* freute sich. Ihr Gast Henry Dunant hatte sich entschlossen, den

Winter mit ihnen im *Lindenbühl*, auf einer Anhöhe bei Trogen gelegen, zu verbringen. Der alte Herr zeigte sich stets zurückhaltend und höflich, gerne verzieh sie ihm kleine Eigenheiten. Ihrer Nichte, die als Zimmermädchen waltete, schärfte sie ein, nichts von Dunants seltsamen Dingen zu berühren. In letzter Zeit beklagte sich das Mädchen über riesige Packpapierbögen, die sie an einer gründlichen Reinigung des Zimmers hinderten. Die Packpapierbahnen, voll seltsamer Bleistift-Zeichen, lagen am Boden ausgerollt, kleine weiße Steinchen beschwerten den Rändern entlang das Papier.

Dunant beugte sich im *Paradies* über sein Packpapier und zeichnete. Die Erinnerung brachte ihn zurück in die Jugendzeit.
Ein Abend im April. Pastor Gaussen hielt im Rahmen der Société Evangélique die Predigt. Henry saß mit seiner Mutter im Saal des Oratoire, Dämmerung füllte die hohen Fenster, bläulich fühlte er sich eingehüllt, trieb auf seiner Traurigkeit. Immer wieder kreisten seine Gedanken um die Fragen: Was ist das Ziel unserer Existenz? Wozu leben wir? Was machen wir auf dieser Welt?
Am Mittag hatte seine Mutter den Brief geöffnet mit der Nachricht, ihr Ältester müsse das Gymnasium im Collège Calvin endgültig verlassen. Wie

damals, als er das Schuljahr 41/42 wiederholen mußte, wirft man ihm mangelnde Leistungen in Französisch vor. Das trifft ihn. Als Schriftsteller möchte er die Welt, die im argen liegt, aufrütteln. Sonntag für Sonntag besucht er mit seiner Mutter Kranke und Sterbende, das Elend setzt ihm zu.

Warum spürten seine Lehrer nichts von der heiligen Unruhe, die in seinen Aufsätzen knistert? Mit spitzer Feder fielen sie über seine Hefte her, Pirsch durch den Wald der Sätze, lustvolle Jagd auf Unkorrektes: gerade Striche für Fehler der Orthographie, Wellenlinien für schlechten Stil. Unter der Summe der Fehler in roter Schrift: ungenügend.

Fehlerschnüffler, diese Professoren, herzlos. Anstelle von Blut fließt rote Tinte in ihren Adern.

Die Mutter hatte ihren Ältesten lange angeschaut, die Hand mit dem Brief aus dem Collège Calvin sank in ihren Schoß.

Mehr noch als seinen eigenen Kummer fürchtete Henry die Enttäuschung der Mutter. Aber sie zeigte sich gefaßt. Durch ihre Arbeit, Sonntag für Sonntag mit Kranken und Sterbenden, war sie herber geworden, Henry, der sie oft auf ihren Gängen begleitete, bewunderte ihre Frömmigkeit. Nie brüstete sie sich mit ihrem Einsatz, wie viele Damen aus der Gesellschaft es taten.

Gott weiß, wozu dein Mißerfolg gut ist, Henry, sagte sie. Er hat Pläne mit uns, die wir nicht ken-

nen. Auch David, der Buchhändler, hat das Collège nicht abschließen können.
Sie hörten beide auf Gaussens Worte. Weich und vibrierend war die Stimme. Gaussen verwies auf das Buch Daniel. Jeder Christ, sagte er, hat die Gabe der Prophetie, wenn er nur aufmerksam die Bibel liest.
Henrys Gedanken verdichteten sich. Er spürte Trost. Die Welt, eine bläuliche Kuppel, hoch oben, in ihrer Mitte, das Auge Gottes. Nichts fiel aus seiner Übersicht, niemand und nichts ging verloren. Gaussens Stimme lockte aus dem Dämmerdunkel biblische Gestalten hervor, symbolische Tiere. Da saß der Drache mit den sieben Köpfen am Fluß der Zeit…

Henry Dunant, Jahrzehnte danach.
Im Zimmer der Pension *Paradies* markiert er mit Farbstift die Eckpunkte im Ablauf der Geschichte, setzt auf Packpapier Schnörkel für die lächerlich kleine Spanne der Herrscher und Potentaten. Der Sechzigjährige fühlt sich emporgehoben, bricht durch die feine Membran der Gegenwart. Tief unter ihm, als überfliege er die Mauerreste einer archäologischen Ausgrabung, das Gefüge der Zeit, Menschen wie Ameisen in engen Korridoren suchen kurzsichtig, in wildem Durcheinander, nach Ausgängen, stoßen sich an den Mauern ihres La-

byrinths. Kein Ausbrechen, kein Entrinnen.
Der Seher schwebt über der Textur der Zeit, ahnt Zusammenhänge.

Dunant im Kreis der Familie Sonderegger, die Kinder in ihre Hausaufgaben vertieft. Madame Wilhelm beugte sich über eine Näharbeit, Dunant folgte mit den Augen dem Verlauf ihres Scheitels, schnurgerade zog er sich über den Kopf, links und rechts wagte sich kein Härchen zu regen.
Der Lehrer, die Stirn in Denkfalten gelegt, notierte Stichwörter. Sauerländer in Aarau? Dunant nickte. Auch Orell Füssli in Zürich kommt in Frage. Es ging um einen möglichen Verlag für eine Neuausgabe der *Erinnerung an Solferino.*
Es wurde still, nur Susannas Schreibgeräusche, der Griffel quietschte auf der Schiefertafel unter dem Druck ihrer Hand. Durch die Kuckucksuhr an der Wand ging eine Erschütterung, das Türchen flog auf, der Kuckuck schoß heraus. Dunant haßte diesen hölzernen Vogel, der den Stunden mit seinem Geschrei zusetzte, dem Ablauf der Zeit seine Würde nahm.
Er schätzte die Sondereggers, ihr Vertrauen wuchs gegenseitig. Trotz ihrer Intelligenz und Wachheit sah er sie jedoch in Gefahr, in ihrem Alltag, den

kleinlichen Dorfstrukturen unterzugehen. Er hatte sie auserwählt. Er wollte sie für seine Pläne erziehen. Aus ihrer Ruhe mußte er sie bringen, aus dem allzu zähen Verharren im Althergebrachten…
Am Mittwoch werde ich hier in Heiden öffentlich sprechen, warf er plötzlich in die Runde.
Die Lehrersfrau schaute erstaunt auf. Über das Rote Kreuz?
Nein, ich habe Diagramme gezeichnet. Eine monumentale Arbeit – ein bißchen wie Ihr Relief, sagte er lächelnd. Ich wünsche mir, daß Sie beide dabei sind. Ich möchte Sie mitnehmen auf einen Höhenflug, auf den Berg des Propheten, gewissermaßen.
Und wo wird der Abend stattfinden?
Bei Pfarrer Frauenfelder im «Vereinshaus der positiven kirchlichen Minderheit».
Die Lehrersfrau tauschte mit ihrem Mann einen besorgten Blick. Ja, schon, aber der Ort… Es ist der Versammlungsraum einer Sekte. Man könnte es uns im Dorf übelnehmen…
Und Sie lassen sich einschüchtern?

Am Mittwochabend saßen die Sondereggers im «Vereinshaus der positiven kirchlichen Minderheit» in der vordersten Reihe. Dunant sah es mit Genugtuung. Neben dem Podium hatte er die vier Packpapierbahnen aufspannen lassen, mit dem Lineal in der Hand entrollte er von oben nach unten die Geschichte der Menschheit wie einen Teppich: die Anfänge des Universums, *die Erschaffung von Zeit und Raum durch den Schöpfer.* Noah und die Sintflut. Israel und die Ankunft des Christus. Die Weltbühne, auf der die Völker an- und abtreten. Die Systeme, auf Angst und Vorherrschaft begründet, provozieren die Katastrophe. Auf sie folgt die von Propheten verheißene göttliche Endzeit, die Rückkehr Christi. So dient das Böse, ohne es zu wollen, dem göttlichen Plan.

Noch einmal verwies er auf die Prophezeiung des Matthäus-Evangeliums: «Denn es wird sich Volk gegen Volk erheben und Königreich gegen Königreich. Hunger und Erdbeben wird es geben an verschiedenen Orten.» Die eschatologische Katastrophe unvermeidbar. Der Militarismus eine Perversion der jetzigen, sogenannt christlichen Periode. Wenn die Aufrüstungen weitergehen, werden sie das Ende herbeirufen.

Durch die Propheten hat Gott seine Pläne mitgeteilt, auch der geniale Mensch, der Künstler, verfügt durch Träume und Ahnungen über dieses Wissen.

Er schloß seinen Vortrag mit dem Aufruf: *Das Rote Kreuz hat eine unaufschiebbare Mission: Handelt jetzt, bevor es zu spät ist. Heute ist es an uns zu reagieren, mit Energie und Leidenschaft.*

Anderntags, vor der geöffneten Haustür des *Rütli,* sah Dunant im Flur den Pfarrer lange und energisch auf die Lehrersfrau einreden, Dunant, der abwartend auf der Schwelle blieb, verstand hin und wieder einen deutschen Brocken. Als der Pfarrer sich abrupt zum Gehen wandte, bemerkte er Dunant, er stutzte, ging schnell, mit knapp angedeutetem Kopfnicken, an ihm vorbei.

Frau Sonderegger war von der Auseinandersetzung mit dem Pfarrer noch leicht benommen.

Vorwürfe wegen gestern? fragte Dunant.

Sie nickte. Der Pfarrer kam, um zu sagen, wir sollten Emma zum Unterricht anmelden, aber das war nur ein Vorwand. Er meinte, eine Lehrerfamilie müssen sich überlegen, mit wem sie Umgang pflege.

Dunant war blaß geworden. Er schwieg eine Weile, dann sagte er mit verhaltenem Zorn: *Sie als Mutter sind verpflichtet, die Kinder über Gott und Religion zu unterrichten; das darf nicht ein Schwarzrock tun, der feierlich auf die Kanzel steigt und den Geist Christi nicht hat.*

In ihren Erinnerungen, fünfzig Jahre danach, notierte Frau Sonderegger, sie habe damals nicht die Kraft und den Mut gehabt, diesem Ratschlag zu folgen.

Als Sonderegger von der Schule kam, erfuhr er vom Besuch des Pfarrers, bis zur Dämmerung ver-

tiefte er sich mit dem Gast in ein Gespräch über Glaube und Religion.
Dunant war ein Gegner des organisierten Christentums, wie sich zeigte: *Sie wissen, daß ich die Staatskirchen, reformierte so gut wie orthodoxe, verachte, wie auch alle andern Staatskirchen der ganzen Welt, aber ich liebe ebensowenig die Täufer, die Methodisten, Darbysten und alle andern «isten» der Welt. Ich bin ich, und das genügt...*
Sonderegger tat sich in seiner bedächtigen Art schwer, dieses Bekenntnis anzunehmen. Ist Ihre Ablehnung nicht zu radikal, erwog er, eine Folge Ihrer bitteren Erfahrungen? In jungen Jahren haben Sie doch den *Christlichen Verein Junger Männer* gegründet?

Die Zeit des Aufbruchs, damals.
Nach dem unfreiwilligen Verlassen des Gymnasiums hatte Henry versucht, im praktischen Leben Fuß zu fassen. Der Vater fand, ein Bewohner von La Monnaie halte sich mit Vorteil ans Geld. Henry begann eine Banklehre bei Lullin und Suter.
Da stand er am Schreibpult, die Luft im Kontor grau, wie voller Spinnweben. Herr Lullin fürchtete sich vor Durchzug, die Fenster mußten auch im heißen Genfer Sommer geschlossen bleiben.

Henrys Hemd blütenweiß. Der ungewohnte steife Kragen drückte. Nach Bankschluß wechselte er die Kleider, auf schnellstem Weg ging er nach Hause, die hämischen Blicke der ehemaligen Schulkameraden vom Collège Calvin setzten ihm zu. Neue Freunde dann in den Kreisen junger Kaufleute. An den Wochenenden teilten sie sein Bedürfnis nach frischer Luft, gemeinsame Bergwanderungen im Gebiet des Genfersees, am Sonntagabend mußte Henry immer früh zurücksein. Warum denn? wollten die neuen Freunde wissen. Er werde es ihnen zeigen, sagte er und nahm sie mit ins Altersheim. Viele der alten Leute waren gelähmt, zwei Hände waren nicht genug zum Helfen. Die Kameraden packten mit an. Sie ließen sich anstecken von Henrys Begeisterung, besuchten mit ihm die Donnerstagspredigt von Gaussen oder Merle d'Aubigné. Das war nicht selbstverständlich. Seit den revolutionären vierziger Jahren galt die Religion unter der Jugend nicht viel. Henry und seine Freunde fühlten sich als kleine, lebendige Elite. Henry gab dem Bund Statuten und den Namen *Union Chrétienne, Christlicher Verein junger Männer,* abgekürzt CVJM. Nicht nur Zeit, auch Geld sollten die Mitglieder opfern. Großzügig stiftete Henry ein Viertel des Club-Vermögens, ganze zweihundertfünfzig Franken, während der junge Lullin es bei hundert Franken bewenden ließ. Mit den Beiträgen erwarben sie sich einen Saal an der Rue des Chanoines, ließen ihn herrichten und heizbar machen, Bücher wurden angeschafft, Zeitschriften abonniert.

Manchmal versammelten sich die jungen Männer abends auf La Monnaie. Ohne Pfarrer, ohne kirchliche Hierarchie wollten sie zusammen die Bibel lesen, gemäß ihrem Artikel 7: *dankbares Anerkennen der Heiligen Schriften als göttlich-inspirierte, einzige Glaubensquelle.* Da saßen sie auf der Terrasse, Söhne aus guten Familien, viele Kaufleute darunter. An Henrys Seite Maximilien Perrot, Sohn eines Millionärs, den Henry zu einem sinnvolleren Leben bekehren wollte. Als einzige Frau im Hintergrund Henrys Mutter. Als es dämmerte, stellte sie Lampen auf den Tisch. Kreidig hoben sich die Gesichter vom dunklen Hintergrund ab, ein unscharfer Hof umgab sie. Blütenblätter trieben von den Kirschbäumen her durch den Abend. Schön sah ihr ältester Sohn aus mit seinen dunklen Augen, dem Backenbart à l'anglais. Sie wußte, daß auch die jungen Mädchen in Genf es bemerkten; er zog seinen Hut vor ihnen, ließ sie erröten, ging vorbei.

Mit siebzehn war dies noch anders gewesen, da hatte er eine Ballnacht durchgetanzt, eine nach der andern im Kreis gedreht, bis zum Morgengrauen, die Schwestern und Kusinen neckten ihn noch

lange deswegen, so elegant, so gentleman-like hatte er auf die Mädchen gewirkt, daß einige ihn im Ernst für einen Engländer hielten.
Fünfundzwanzig Jahre alt war er jetzt. Die Mutter sah ihn ausschließlich im Kreis junger Männer. Sie tröstete sich: Er wird wohl wie sein Vater erst gegen die vierzig für eine Frau Feuer fangen. Er liebte diese Zweiergespräche mit anderen jungen Männern, führte sie mit ruhiger, fast stockender Stimme. Von seinen dunklen Augen gespiegelt, glaubte sein Gegenüber, sein wahres Selbst zu erkennen. Zwei-, dreihundert wohl, die er persönlich hingeführt hatte zu einem *ernsthafteren Leben*, ihr Eifer steckte an, neue Gruppen schossen in der Schweiz und in anderen Ländern aus dem Boden. Henry haßte Grenzen. Seine Ideen griffen stets ins Weite, Internationale, nach seinem Motto: *Wenn das Elend grenzenlos ist, müssen die Mittel, um es zu beseitigen, auch grenzenlos sein.*
Dunant verband als Secrétaire-Correspondant die ausländischen Zweige mit der Kerngruppe in Genf, schrieb Werbebriefe mit dieser schnell voraneilenden, offenen Schrift, die spätere Graphologen als weiblich taxierten: *Wir beeilen uns daher, liebe Brüder in Jesus Christ, obwohl wir nicht das Glück Eurer persönlichen Bekanntschaft haben, Euch unserer tiefen, brüderlichen Zuneigung zu versichern…*

Jeder dieser Briefe ein Funke. Der Verein wächst mit der Schnelligkeit eines Steppenbrands. Dunant ist bald in Briefwechsel mit hundertfünfzig Lokalgruppen in der Schweiz, in Frankreich, Deutschland, den Niederlanden, Großbritannien, Schweden. Auch in der neuen Welt greift der Gedanke um sich. Maximilien Perrot wird mit Henrys Einverständnis Präsident, gemeinsam gehen die Freunde auf ihre «apostolischen» Reisen. 1855, am Rande der Pariser Weltausstellung, wird von einer Delegation aus acht Ländern die *Alliance Universelle, der Weltbund des Christlichen Vereins junger Männer* gegründet. Henry Dunant wird neben dem Engländer Williams als Initiator gefeiert. Ein Leben lang wird sich Perrot dem Verein widmen, während Dunant zwar seinen Mitgliedsbeitrag zahlt, aber es ihn weiterdrängt, mit den gemachten Erfahrungen auf ein noch unbekanntes Ziel zu.

Nein, kein Verrat, Freunde. Meine Idee, ein heranwachsendes Kind, hatte sich selbständig gemacht, da ging es davon, ich blickte ihm nach mit väterlichem Stolz. Wußte, daß die Zeit, die Verwandlerin, der Idee nichts anhaben kann. Viele Namen konnte sie annehmen, sich einfärben nach den Bedürfnissen des Ortes.

Manchmal, in schlaflosen Nächten in Heiden, begab sich Henry auf Zeitreise. Er betrat, irgendwann am Ende des zwanzigsten Jahrhunderts, in der Neuen

Welt ein Hotel. Zwischen Wolkenkratzern stand es, YMCA stand über dem Eingang. Füllen Sie das Formular aus, sagte eine Dame am Empfang. Er schrieb: Dunant, Henry. Sie bat ihn, deutlicher zu schreiben, überreichte ihm dann den Zimmerschlüssel.

Erklären, was in den schrecklichen Jahren 1867 und 1868 passiert ist, Sonderegger? Noch kann ich Sie nicht mitnehmen zu diesen Bildern, die in Heiden über die holzgetäferten Wände laufen, projiziert von meinem gemarterten Hirn.
Ich sehe sie wieder, die Frommen von Genf, die man *les Mômiers* nannte, Hunderte füllen den großen, von Säulen getragenen Kirchenraum. Gallertartig, eine schwarze, aneinanderklebende Masse. Ein Teich voll zuckender Kaulquappen. Lippen bewegen sich im gemeinsamen Gebet, ein zäher Wortbrei, wie Erbrochenes ergießt es sich in den Raum.
Dann und wann der Name Jesu.
Hinten am Portal, von ihnen gerufen, ein einfacher Mann in einem unmodischen Anzug.
Sie mustern ihn abschätzig: keiner der ihren. Einer der Frommen wendet sich um, will den Mann aus der Kirche werfen, die in seinem Namen errichtet ist, aber im nächsten Moment zieht der Würdenträger im schwarzen Talar alle Aufmerksamkeit auf sich. Er steigt auf die Kanzel, plustert sein Wortgefieder, lauscht auf den Nachhall der eigenen Sätze.

Ein Wortpfau.
Die Wörter prasseln herab auf die gesenkten Köpfe, schlagen am Boden auf. Klirrende, runde Münzen sind es, die zwischen die Beine der Frommen rollen.
Kniefall vor dem Geld. Zwischen den Marmorsäulen öffnen sich Schalter. Geld wird über den Tisch geschoben, auf den Tafeln mit den Nummern der Kirchenlieder jagen sich Leuchtschriften mit Börsenkursen.
Der Platz des einfachen Mannes hinten am Portal ist leer.

Nach dem Urteilsspruch des Genfer Handelsgerichts von 1868: *Dunant habe mit undurchsichtigen Geschäften absichtlich seine Geschäftspartner betrogen,* schließt das Comité der Christlichen Jungen Männer Henry Dunant aus seiner eigenen Gründung aus.
Die geliebten Brüder im Herrn glauben dem Urteil der Gerichte mehr als den Unschuldsbeteuerungen des neununddreißigjährigen Gründers.
Auch Maximilien Perrot, der Vertraute der apostolischen Reisen? Ja, auch er.
Auf der Mitgliederliste des Christlichen Vereins junger Männer von Genf steht hinter dem Namen Henry Dunant zweimal das Wort: *rayé,* das heißt gestrichen.

Lullin und Sautter, fromme Bankiers, machten Gott zu ihrem Geschäftspartner. Der Allmächtige ging nach Feierabend durch die Räume, spendete aus einer himmlischen Gießkanne Segen, die Zahlen wurden fett, die Dividenden sprossen.
Der Patron setzte Henry bald für die Buchhaltung ein. Seine Arbeit verrichtete er ohne Begeisterung, jedoch die Listen seiner Ziffern waren leserlich und sauber. Die Nullen gelangen, ihrer vollkommenen Form wegen, besonders schwungvoll. Manchmal hielt Henry im Schreiben inne, blies auf seine schwitzenden Handflächen. Unter seinem Hauch trieben die Zeros übers Meer, stauten sich als Wolken am Rand des afrikanischen Kontinents: Algerien.
Im Kontor des Herrn Lullin, von dem ihn nur eine Glaswand trennte, hörte er immer wieder von diesem zukunftsträchtigen Land sprechen. Seit die Franzosen das Land kolonialisierten, ließ sich da mit verschiedenen Praktiken leicht Geld verdienen. Schweizer Investoren wurden begünstigt, Napoleon III., 1848 zum Präsidenten der Zweiten Französischen Republik gewählt, erinnerte sich dankbar an Hilfe in schwieriger Zeit: Der Kanton Thurgau hatte ihm das Ehrenbürgerrecht gewährt, und an der Thuner Zentralschule hatte er als Artilleriehauptmann unter dem späteren General Dufour einen Ausbildungskurs besucht.

An diesem Morgen, im Jahre 1853, waren Bankkunden aus Algerien gekommen, zwei Konzessionäre der Genfer Kolonie Sétif. Sie unterhielten sich mit Lullin über neue Projekte. Kredit wollten sie aufnehmen, das Geld versprach schnellen Ertrag. Lullin, der die Auszüge der Konten sehen wollte, gab Henry mit einer Tischglocke Zeichen. Henry putzte die Schreibfeder, streifte die Ärmelschoner ab. Als er mit den Büchern drüben eintrat, kam ihm vor, er sei in Algerien, Lullin trank mit den Bankkunden Tee, die Herren rauchten, bliesen Wolken aus ihren Zigarillos in die Luft.
Henry schlug das Buch auf, über die Zahlen der algerischen Konten zog bläulicher Dunst. Die Herren beugten sich über die Auszüge, sprachen der Buchhaltung ihr Lob aus. Herr Lullin gab das Lob an Henry weiter. Die Herren schauten erstaunt auf den sympathischen jungen Mann. Froh seien sie über die prompte Erledigung, noch heute müßten sie zurückreisen, ja, über Toulon.
Die Straße über Toulon sei augenblicklich in schlechtem Zustand, er würde die Reise über Marseille empfehlen, wagte Henry einzuwerfen.
Ob er kürzlich dort gewesen sei?
Vor einem Monat, sagte Dunant. Nein, nicht für die Bank.
In welchen Geschäften?
Der junge Mann lächelte verlegen. Er sei so etwas

wie ein Commis voyageur für christliche Gedanken. Besuche die Gruppen seiner Gründung, dem Christlichen Verein junger Männer. Die Herren besprachen sich miteinander. Sagten dann zu Lullin, sie würden gerne Dunant als Inspektor und Vertreter der Bank in den Kolonien sehen, Reiseerfahrung und Menschenkenntnis, das sei in diesem in vielen Dingen noch wilden Land von Nutzen. So öffnete sich im Jahr 1853 für Henry Algerien, das heißt, er öffnete sich diesem weiten, von Winden und tausend Möglichkeiten durchblasenen Land.

Als einziger Europäer fuhr er in einer mit vier Pferden bespannten Kutsche ins Landesinnere. Auf schlechten Straßen durch unwirtliche Gebiete, Bläue sammelte sich über Höhenzügen, zwischen Felsen ein altes Kastell. Die weißen Tücher der Kutscher blendeten ihn, er sah die neue Welt nur mit halb zusammengekniffenen Augen, auch über der fruchtbaren Ebene von Sétif lag Glast. Bald spürte er, daß es besser war, die Augen nicht allzu weit zu öffnen, er sah schon so manches, das ihn abends beschäftigte und am Einschlafen hinderte; die ersten Kolonisten, die meisten aus der Waadt, zeigten ihm ihre schlechten Unterkünfte und klagten über Heimweh. Anfangsschwierigkeiten, tröstete die Direktion, er solle sich von diesen wehleidigen, meist untüchtigen Leuten nicht beeindrucken lassen.

Mit zwiespältigem Gefühl kam Dunant gegen Ende Jahr zurück nach Genf. In La Monnaie dann ein zierlich geschriebenes Billet: Madame Fazy-Meyer erwarte ihn zum Empfang eines hohen Besuchs, dessen Namen sie noch nicht verrate.
Der Gast ist Harriet Beecher-Stowe, die Verfasserin von *Onkel Toms Hütte.* Das Gesicht dieser Zweiundvierzigjährigen wird Dunant nie vergessen, in seinen Memoiren weist er ihm drei Adjektive zu: *sanft, freundlich und schön.* Die Tatsache, daß sie ihr epochemachendes Buch mit fünfundzwanzig geschrieben hat, in Henrys Alter also, beeindruckt ihn. Noch träumt er davon, eine schriftstellerische Leistung zu vollbringen zugunsten der Menschen.

Ein Jahr später sollte Henry in der Waadt für die Genfer Compagnie des Colonies suisses de Sétif neue Kolonisten anwerben. Da saßen sie denn vor ihm, vierundfünfzig Auswanderungswillige, das Paradies in den Köpfen. Dunant versprach, er werde nach Algerien vorausreisen, den Bau der Unterkünfte überwachen.
In Sétif wurde Dunant, wacher diesmal und voll Verantwortungsgefühl für die Waadtländer, Zeuge der Habgier und Gewissenlosigkeit der Direktoren. Trotz seiner Bemühungen standen viele der Hütten bis zur Ankunft der Schweizer noch nicht

bereit, man mußte die von der Reise Geschwächten in Zelten und Baracken unterbringen. Der Sommer, heiß und trocken, brachte eine Mückenplage, durch den Genuß von verseuchtem Wasser griff eine Epidemie um sich. Bald hieß es in der Westschweiz, wenn von der Kolonie die Rede war: *Die einzigen Siedlungen, die wachsen, sind die Friedhöfe.*
Die Leitung der Compagnie geriet in Panik: hatte man sich doch für eine Konzession von 20 000 Hektar Land verpflichtet, zehn Dörfer zu errichten!
Um die Genehmigung für den Bau neuer Wasserleitungen zu erwirken, schickte man Dunant nach Constantine zum Generalgouvernement, ein junger Wirtschaftsberater aus Isny im Allgäu, Heinrich Nick, sollte ihn begleiten.
Auf der Reise entdeckten die beiden jungen Männer Gemeinsamkeiten: Auch Nick ist Protestant, er liest wie Henry täglich in der Bibel.
Am ersten Abend genossen sie im Haus eines ehemals reichen Arabers Gastrecht. Man servierte ihnen Schaffleisch und Kuskus im ummauerten Garten, unter dem Sternenhimmel tranken sie mit dem Gastgeber Pfefferminztee. Der Mann klagte, die Franzosen hätten ihn enteignet, jetzt, als Pächter seines früheren Eigentums, müsse er hohe Zinsen entrichten. Henry empörte sich: Brutal sähe er

die arabische Kultur verdrängt, Algerien werde von der Bürokratie zu einem Frankreich jenseits des Mittelmeers gemacht.

Vor der Brücke von El Kantara ließen die beiden jungen Kaufleute den Kutscher anhalten, Seite an Seite blickten sie in die Engnis der Schlucht. Henry Dunant war auf der Fahrt eine Zeitlang vorne auf dem Bock gesessen, Nick entdeckte das vom Straßenstaub überpuderte Gesicht des Freundes. Eine Clownmaske hast du, rief er aus, mehlweiße Haare! Henry stimmte in sein Lachen ein.

In einem der Gebirgsdörfer ließen sie den Kutscher zurück, auf gemieteten Kamelen ritten sie bis zu der Flußwindung im Tal. Der Rhythmus der Tiere, die wiegende Bewegung griff auf sie über, ein leichter Rauschzustand, der Tagträume zuließ, Visionen.

An der Flußbiegung hatten Felsbrocken kleine Tümpel von sauberem Wasser gestaut, sie zogen sich aus und nahmen ein Bad. Nick zeigte im durchsichtigen Wasser auf flimmernde runde Steine, Goldstücke, sagte er, ein gutes Omen für uns. Der Allgäuer durfte sich seiner hellen, fast rötlichen Haut wegen nicht lange der Sonne aussetzen. Unter einer Palme zeichneten flirrende Schatten Muster auf seinen Rücken, Henry legte sich neben ihn. Die Kamele waren mit Wiederkäuen beschäftigt, in der Stille hörte man ihr Mahlen.

Geh auf Distanz von der Compagnie de Sétif, sagte Nick nach einer Weile. Zusammen können wir Geschäfte machen, die gerechter und wahrscheinlich ertragreicher sind.
Was stellst du dir vor, fragte Henry.
Nick, der in Algerien schon Erfahrung gesammelt hatte, schlug Geschäfte vor mit Weizen, Mühlen, Vieh.
Henry lauschte, hingerissen von inneren Bildern: Die Wüste zurückgedrängt, Weizenfelder wogten, dieses Land, einst Kornkammer des Römischen Reiches, auferstanden in alter Fruchtbarkeit!
Da lagen sie, irgendwo in Nordafrika voller Pläne, die Kuppel des Himmels überspannte sie wie ein schützendes Zelt, im Zenit Gottes alles überblickendes Auge.
Ein Gefühl, wie schon oft: Liebling Gottes zu sein, auserwählt. Aufgehoben, was immer auch geschehen sollte, unter der Glocke des Alls.

Nick wußte: Für Dunant war es leicht, unter kapitalkräftigen Genfern Geld aufzutreiben. Gerade in diesen Kreisen der Frommen, der Mitglieder der Société Evangélique, zu denen auch viele Genfer Bankiers gehörten, besaß er einen ausgezeichneten Ruf.
Der Plan, in der Gegend von Mons-Djémila Mühlen zu errichten, nahm langsam Form an. Von Anfang an begegneten die jungen Kaufleute

bürokratischen Schwierigkeiten. Ungeduldig, ohne die Konzession abzuwarten, ließ Dunant bestes Material aus Frankreich kommen und begann mit dem Bau der Mühle. Schließlich erhielten sie auf das Gesuch für fünzig Hektar Land nur eine Bewilligung für sieben Hektar. Mit so wenig Land ließen sich die Investitionen nicht amortisieren.
Auf eine Eingabe für zwei Wasserfälle kam keine Antwort. Das Gesetz für Konzessionen war eben geändert worden, sie saßen in der Zwickmühle, Hektik, Leerlauf. Das ist nicht der Philanthrop Dunant, das ist der Geschäftsmann, der sich vor dem Untergang retten will. Er besinnt sich auf die französische Herkunft seiner Familie, läßt sich 1856, ohne das Genfer Bürgerrecht aufzugeben, als Franzose in der Ortschaft Culoz naturalisieren, erhofft sich davon Vorteile für den Umgang mit der Bürokratie.
Flucht nach vorn. 1858 gründet er die Finanz- und Industriegesellschaft der Mühlen von Mons-Djémila. Kapital: eine Million. Dunant verspricht zehn Prozent Rendite.
Unter den Geldgebern in Genf gewichtige Leute: General Dufour und Gustave Moynier, Präsident der Genfer Gemeinnützigen Gesellschaft. Eine Versammlung frommer Kapitalisten. Calvin erlaubt, fünf bis sieben Prozent Zinsen zu nehmen, Reichtum ist Gottes Belohnung.

Dunant spürt die Verantwortung. Er steht im Wind seiner Mühlenflügel, reagiert überdreht. Auf der Jagd nach Konzessionen will er Korkeichenwälder kaufen, einen Marmorsteinbruch, eine Silbermine. In den Versammlungen der Finanz- und Industriegesellschaft werden die Genfer Geldgeber unruhig.
Dunant schlägt das Pfauenrad literarischer Eitelkeit. Nach zwei Reisen nach Tunis verfaßt er ein Buch, widmet ein Kapitel dem Islam, ein anderes klagt die Sklaverei an, er weist auf die Vereinigten Staaten von Amerika hin, wo man *heute noch seinen Glaubensbruder kauft und verkauft wie ein Stück Vieh.* Das Buch mit dem Titel *Die Regentschaft von Tunis* erscheint 1859, er schickt es an den Bei von Tunis und an Napoleon III. Die Herren bedanken sich, doch auf die Konzessionen wartet Dunant noch immer.

3

Die letzten klaren Oktobertage zwischen den Appenzeller Hügeln, in den Mulden staute sich bläuliches Licht.
Vor dem Lehrerhaus *Rütli* in Heiden stand ein Fuhrwerk, bereit, Dunants Habe nach Trogen zu bringen. In der Wohnung war Madame Wilhelm beim Packen behilflich gewesen, hatte Kleidungsstücke gefaltet, Hausrat in eine Kiste verstaut, dies und das sortierte Dunant aus und überließ es ihr, in ihren Erinnerungen erwähnt sie Gläser mit silbernen Deckeln. Den Büchern, Zeitungsausschnitten und über hundert großformatigen Heften nahm sich Dunant persönlich an, die Notizen mit der Aufschrift *L'Avenir sanglant* bündelte er mit besonderer Aufmerksamkeit. Der Lehrer mußte die Pakete einzeln nach unten tragen, vor dem Wagen auf das Pflaster legen, während Madame Wilhelm beim Fuhrwerk stand und nach Dunants Anweisungen achtgab, *damit keines in unberufene Hände gelange.*
Da lag denn seine Habe, bereit, unter der Blache verstaut zu werden: fünfzehn unförmige Packen,

gefüllt mit dem Dynamit seiner Gedanken, bereit, überholte Strukturen zu sprengen, Entwürfe für eine Anderswelt, prophetische Warnungen.
Dr. Altherr und Wilhelm Sonderegger begleiteten ihn nach Trogen.
Während die beiden Männer sich auf der holprigen Fahrt angeregt über lokale Ereignisse unterhielten, versank Dunant in Nachdenklichkeit, vor seinen Augen geriet die Welt in Bewegung, Hügel, Häuser, Brunnen, Ställe, Waldstücke fielen durcheinander wie farbige Glasstücke in einem Kaleidoskop, in seinem Inneren stiegen Erinnerungen auf aus einem schon versunken geglaubten Grund.

Jene schicksalhafte Nacht vom 23. auf den 24. Juni 1859.
Er fuhr in einer Mietkutsche von Pontrémoli nach Brescia, später, als er den Kaiser nicht vorfand, von Brescia nach Solferino.
Eine Unrast brannte in ihm. In Pontrémoli hatte er von General Beaufort erfahren, Napoleon habe sein Hauptquartier in Brescia, Dunant müsse sich beeilen, die entscheidende Schlacht stehe bevor.
Er trieb den Kutscher an, schneller zu fahren. Nein, keine Rast. Er schaute zum Sternenhimmel hinauf, sah die bevorstehende Schlacht in verklärtem Glanz. In Genf hatte er Cavour kennengelernt, sich erwärmen lassen für den Gedanken, die

Italiener wollten das Joch der österreichischen Herrschaft abschütteln.
Und Napoleon III., die Zeichen der Zeit erkennend, war den Italienern zu Hilfe geeilt! Henry, der den Ablauf der Geschichte mit Gaussens prophetischem Blick sieht, schiebt dem französischen Kaiser eine Schlüsselrolle in der Umschmelzung der alten Welt in eine neue zu.
Jetzt gilt es, Napoleon persönlich zu treffen. Der junge Kaufmann will dem Herrscher eine selbst verfaßte Eloge übergeben: Der Titel so wirr wie das ganze Werk: *Das wiederhergestellte Kaiserreich Karls des Großen, oder das Heilige Römische Reich, erneuert durch Seine Majestät, den Kaiser Napoleon III.*
Henry, der Träumer unter der Himmelskuppel. Naiv genug anzunehmen, Napoleon lese dieses Machwerk auf seinem Feldzug, vergelte die schmeichelhaften Geschichtsklitterungen mit den lang ersehnten Konzessionen: zwei Wasserfälle am Oned Saf Saf Fluß, ein größeres Grundstück.
Die Unrast dieser Nacht, durch die er seinem Idol entgegenfährt.
Wind bläst durch ihn hindurch, er ist ein Segel, das ein unsichtbares Schiff in großer Geschwindigkeit vorantreibt. Das Ufer noch im Dunkeln. Mit welcher Naivität der Auserwählte, der Liebling Gottes, diese innere Unruhe registriert. Er ist er-

hitzt, nach dem heißen Junitag bringt die Nachtluft keine Kühlung.
Napoleon und Henry, beide Seismographen. Spüren schon das geheime Beben kommender Ereignisse. Beide auf dem Zenit ihres Lebens, voller Pläne, voll Schaffensdrang. Wer ganz oben ist, fühlt sich vom Abstieg bedroht.

Wie sich der junge Kaufmann im weißen Sommeranzug eine Schlacht vorstellt? Wie jene Touristen im Krimkrieg, die auf einer Anhöhe picknickten und mit Feldstechern die Truppenbewegungen beobachteten? Kein Blut, kein Schmerzensschrei erschreckt den distanzierten Betrachter. Die Feldstecher sind präzise geworden. Fremdes Leid, durch immer größere Distanz entrückt. Dunant, auch er ein Fernseher, von Gaussen hat er gelernt, den Blick in die Zukunft zu richten: Fernsehen, eine Kunst, die man im nächsten Jahrhundert beherrschen wird. Eingerahmte Bildchen von Kriegsgreueln in den Wohnzimmern, neben denen man ruhig ißt, Karten spielt. Nachgeborene als Voyeure mit stumpfem Blick...

Am 24. Juni gerät Dunant in der Lombardei mitten ins Kriegsgeschehen. Eines der grausamsten Gemetzel der Weltgeschichte hat soeben stattgefunden. Durch einen Zufall sind die durch Gewaltmärsche und Hitze erschöpften Heere in der Morgenfrühe aufeinandergestoßen, 300 000 Mann stehen sich gegenüber, neuartige Waffen sind erstmals im Einsatz. Die Strategie versagt, es wird ein Kampf von Mann zu Mann; um jeden Hügel, um jedes Haus wird gekämpft. Die höchste Erhebung von Solferino mit dem viereckigen Turm, der Spia d'Italia, wechselt mehrmals die Eroberer.

Ein Taumel des Tötens.

Schmerzensschreie auf den Abhängen der zypressenbestandenen Hügel, junge Männer, tot zwischen den Hecken der Maulbeerpflanzungen. Zwanzigjährige Österreicher. Zwanzigjährige Franzosen. In den gebrochenen Augen spiegelt sich der gleiche Himmel. Sanftes Erstaunen, daß alles, was sein könnte, schon ausgelöscht ist durch diese Schlacht. Vom Sterben hat keiner der Kriegswerber gesprochen, nur vom Abenteuer, vom Ruhm...

In drei Jahren werden die Bauern von Cavriana die Schädel aus den Feldern graben, sie aufschichten, makabre Tuffsteingrotten. Keiner weiß mehr, welcher Schädel dem Feind gehört hat, welcher dem Sieger. Mörtel waren sie im Gefüge der Staaten. Düngen mit ihren Leibern die späteren Reiche, was sind das für Staaten, die über so viel Seufzern errichtet werden, denkt Dunant, heraldische

Adler kreisen über ihnen, suchen, nach unten stoßend, neue Beute.

Nach fünfzehnstündiger Schlacht entlädt sich im Laufe des Nachmittags ein Gewitter. Der Boden jetzt aufgeweicht, übersät mit menschlichen Gliedmaßen, im Todeskampf erstarrten Leichen.
Die Regenpfützen füllen sich mit Blut.
Der junge Kaufmann im hellen Anzug verliert alle Distanz. Er beugt sich über Verwundete, das weiße Leinen saugt sich voll mit Blut und Kot, durch alle Poren nimmt er das Elend auf.
Am nächsten Tag ist der Anblick noch gespenstischer: Die Sonne brennt erneut, Verwundete kriechen, um ihren rasenden Durst zu löschen, zu den Bluttümpeln, Schwärme von Schmeißfliegen auf nässenden Wunden. Plünderer berauben die hilflos am Boden Liegenden, scheuende, verletzte Pferde trampeln über sie hinweg.
Die wenigen Sanitätspersonen bringen auf Maultieren und Karren die Verwundeten in die Dörfer; Plätze, Kirchen und Häuser füllen sich mit der Ernte des Krieges.
Auf den Steinplatten der Kirche von Castiglione delle Stiviere liegen sie dicht gedrängt in ihren Uniformen, das Wundfieber macht viele unruhig, sie schlagen um sich, als müßten sie sich immer noch verteidigen.

In den Spitälern der Lombardei konnte man sehen, um welchen Preis das erkauft wird, was die Menschen mit dem stolzen Worte «Ruhm» benennen und wie teuer dieser Ruhm zu stehen kommt, wird Henry in *Eine Erinnerung an Solferino* schreiben.
Bei den Kranken heißt Henry Dunant «Der Mann in Weiß». Nach dem Beispiel der Florence Nightingale im Krimkrieg versucht er Trost und Linderung zu bringen. In seinen Erinnerungen wird er den Soldaten erwähnen, dessen Zunge aus der zerschmetterten Kinnlade heraushängt, er benetzt den ausgetrockneten Gaumen, gießt Wasser in die unförmige Mundöffnung. Nebenan, auf Stroh gebettet, ein Fiebernder im Todeskampf. Kaum eine halbe Stunde, da nicht einer unter Qualen verendet.
Er muß es bald einsehen: Sein Samariterdienst ist nichts als ein Tropfen auf einen heißen Stein. Es fehlt an Wasser, an helfenden Händen.
Henry beginnt zu organisieren. Touristen und Durchreisende, die sensationslüstern zuschauen, spornt er zur Hilfe an. Unter seinen Anweisungen beginnt Suchard, ein Schokoladefabrikant aus Neuenburg, Verbände anzulegen, Abschiedsbriefe für Sterbende zu schreiben.
Dunant schickt seinen Kutscher nach Brescia, um auf seine Kosten Dringendes zu holen. Opferbereite Frauen aus Castiglione finden sich ein: Mütter,

junge Mädchen. Abends, bei flackerndem Kerzenlicht, mitten im Stöhnen der Kranken, bittet Henry die Gräfin de Gasparin in Genf um Unterstützung: *...Verzeihen Sie mir, Frau Gräfin, daß ich Ihnen mitten auf dem Schlachtfeld schreibe, wo man seine Ausdrucksweise nicht abwägt. Selbst das Schlachtfeld mit seinen Haufen Toter und Sterbender ist nichts im Vergleich mit einer Kirche, in der fünfhundert Verwundete zusammengepfercht sind! Seit drei Tagen sehe ich jede Viertelstunde eine Mannesseele inmitten unerhörter Qualen diese Welt verlassen.*

Er schaut von seinem Schreibpapier auf. Es geht gegen Mitternacht.

Sein Blick bleibt auf einem Mädchen aus Castiglione ruhen, er nimmt ihre gesammelten Gesichtszüge wahr, die flinken, stillen Bewegungen. Rosetta heißt sie, seit zwölf Stunden sieht er sie pausenlos im Einsatz. Vor einem der Beichtstühle stützt sie den Oberkörper eines jungen Mannes, versucht ihm mit einem Schnabelkrug Wasser einzuflößen. Der Mann, in Fieberphantasien, verdreht die Augen, schießt hoch, ruft nach seiner Braut. Sie setzt den Krug ab, läßt zu, daß sein Kopf an ihre Brust sinkt.

Mit Erstaunen beobachten die Frauen von Castiglione, daß sich Dunant auch um Feinde bemüht, ganz hinten, neben dem offenen Portal, liegt ein junger, vor Schmerzen wimmernder Ungar, sein

Rücken ist von Kartätschenstücken zerschossen. *Als die Frauen von Castiglione jedoch sahen, daß ich zwischen den Nationalitäten keinerlei Unterschied machte, folgten sie meinem Beispiel und nahmen sich all dieser Männer aus so unterschiedlichsten Ländern mit demselben Wohlwollen an... Tutti fratelli, wiederholten sie bewegt.*
Dunant praktiziert die Grundsätze seiner späteren Institution: Verwundete hören auf, Feinde zu sein, sind einfach wieder Menschen, haben ein Recht auf Hilfe, ihre Nachrichten sollen den Angehörigen übermittelt werden.
Bald unternimmt er noch einen weiteren Schritt: Nach drei Tagen sind die wenigen Chirurgen, die an den mit Chloroform Betäubten pausenlos Amputationen vornehmen, von ihrer Arbeit erschöpft. Da zieht ein Trupp Kriegsgefangener vorbei, Dunant erfährt, daß sich darunter österreichische Ärzte und Sanitätspersonen befinden. Die französischen Militärs weigern sich, sie für die Pflege freizulassen. Es verstoße gegen das Kriegsgesetz. Dunant müsse in dieser Angelegenheit persönlich bei Napoleon vorsprechen.
Der Kaiser ... Henry weht es an wie aus einer anderen Welt. Da waren doch einmal Mühlen, Konzessionen, da war dieses salbungsvolle Buch... Im Anblick des Elends hat er das ursprüngliche Ziel seiner Italienreise vergessen.

Mit der «Wiedererrichtung des Kaiserreichs» in seinem Portfolio und einem Empfehlungsschreiben an Mac-Mahon reist er nach Cavriana, dem Hauptquartier Napoleons. Seine Majestät läßt sich nicht blicken. Doch der Adjutant des Kaisers erlaubt die Freilassung der feindlichen Chirurgen und Ärzte, Dunant nimmt es mit Erleichterung zur Kenntnis, diese geübten Hände werden Leben retten. Das hilft ihm die andere Enttäuschung verkraften: Napoleon bittet den Verfasser des *Wiederhergestellten Kaiserreichs Karls des Großen* durch eine Drittperson, er möge in Anbetracht der politischen Lage die Veröffentlichung unterlassen.
Dunant fährt zur Kirche von Castiglione zurück.
Die Kranken, ihre Pflegerinnen und Pfleger freuen sich: Da ist er wieder, ihr Mann in Weiß. In der Nähe der Verwundeten verblassen andere Wirklichkeiten, die Mühlenflügel, an den Rand der Welt gerückt, stehen still.

Hier sind wir, sagte Doktor Altherr.
Er wies den Kutscher an, langsam über den Kirchplatz von Trogen zu fahren. Dunant bekam Gelegenheit, die stattliche Kirche mit dem säulenbestandenen Vorraum zu bewundern, die vornehm aussehenden Häuser. Streng umstanden sie das

Geviert des Platzes, kehrten den kleineren bäurischen Häusern und Hütten undemokratisch den Rücken.

Sie könnten zusammen in der *Krone* einkehren und auf Dunants neue Heimat anstoßen, schlug Sonderegger vor. Als sie die niedrige Gaststube im ersten Stock betraten, verstummten die Gespräche. Hinter vorgehaltener Hand wurden Vermutungen geflüstert, wer die Fremden sein könnten. Schließlich trug der Wirt zur Aufklärung bei: Er schüttelte Dr. Altherr die Hand, fragte mit polterndem Lachen, ob ihm im *Freihof* zu Heiden der Wein ausgegangen sei, daß er ihn bei ihm trinken müsse?

Alles lachte. Bewundernde Blicke ruhten auf Doktor Altherr. Auch Sonderegger wurde erkannt, einige lobten seine Artikel in der «Appenzeller Zeitung». Von Dunant nahm kaum einer Notiz.

Im *Lindenbühl* stand alles im Zeichen eines freundlichen Nachsommers. Im Schatten der Linde verabschiedeten sich die Heidener Freunde von Dunant.

Der neue Gast blieb noch eine Weile auf der Bank vor dem Haus sitzen, Hühner gackerten zu seinen Füßen, der Wind trug ihm das Geläut weidender Kühe zu. Unter den schrägen Strahlen der Sonne sahen die Wiesen mit den Kuhtritten aus wie gebosselt. Violette Schatten sammelten sich in den

Mulden. Dunant erhob sich, ging ein paar Schritte nach Süden. Im Einschnitt der Hügel erschien fern, wie entrückt, die blasse Bläue des Bodensees.

Das *Lindenbühl*, ein weiterer Schritt des Rückzugs.

Das Haus verwehrte durch seine Querlage den Blick auf den See, auf der Frontseite dämmte eine Hügelflanke die Weitsicht ein, die Rückseite war von Waldbäumen beschattet.

Der Wald fiel Richtung Dorf stotzig in ein Tobel ab, eine dieser Querrinnen, die das Appenzellerland zuweilen unwegsam machen, weiter unten führte der Pfad durch eine Waldschleife zu den ersten Häusern.

Einige Schritte von der Pension entfernt, auf der Hügelkuppe, wurden ein paar Häuser des Dorfes sichtbar. Hinter den Baumkronen schlossen sie sich zusammen, eine steinerne Woge, kompakt, wallartig.

Dunant bekam ein schmales Zimmer zugewiesen, das einzige Fenster blickte auf den Wald. Auf der Wetterseite war das Haus mit Schindeln bedeckt, Holzzungen schuppenförmig übereinandergelegt, mit Nägeln an der Wand befestigt.

Durch das Fenster, das nachts offen stand, drang ein Geruch nach Feuchtigkeit, Moos und Farn. Dunant, in seinem Bett mit dem dunklen Eisengestänge, füllte die Lungen tief mit der frischen Luft. In der ersten Nacht wälzte er sich ein paarmal hin und her, hörte auf das Girren des Gestänges, mußte bald eingeschlafen sein, tief, ohne die üblichen Alpträume. Dankbar dachte er am Morgen, er habe, wie früher oft, durch den Umzug die Verfolger überlistet. Er wußte, es war nur eine Frage der Zeit, bis sie ihn auch hier fanden. Zwölf Jahre lang war er ihnen immer wieder entwischt, Haken schlagend durch ganz Europa, von dem Vorsprung, der ihn für eine Weile Atem schöpfen ließ, hatte er gelebt.

Ob das eiserne Bett bequem sei? fragte Frau Stäheli. Wenn nicht, werde ihr Mann aus dem Untergeschoß eine nußbaumene Bettstatt heraufschaffen. Ihm gefalle das Bett. Dunant lächelte gewinnend. Es erinnere ihn an Italien. In Castiglione, nach der Schlacht bei Solferino, habe er in einem ähnlichen Bett geschlafen.

Cavriana. Ein Diener hatte ihm in der Villa Mirra das Eisenbett gezeigt. In der Nacht vom 23. auf den 24. Juni 1859 hatte der österreichische Kaiser, Franz Josef I., hier Ruhe gesucht. Am Abend des selben Tages hatte der Sieger, Napoleon III., darin geschlafen. Ein Bett als Requisit des Welttheaters. Zwischen der Nachtruhe der beiden Herrscher hatte sich die Hölle geöffnet: 19 311 österreichische Soldaten, 634 Offiziere getötet oder schwer verletzt, 18 000 französische und sardische Soldaten und Offiziere durch Tod oder Verletzung außer Gefecht gesetzt. Sieger und Verlierer zahlten den gleichen Tribut.

In seinem Bett im *Lindenbühl* denkt sich der Gaussenschüler Szenen aus. Stellt Franz Josef noch einmal auf die Weltbühne. Läßt ihn am Vorabend der Schlacht von Solferino auf der linken Seite des Matrimonialbetts Ruhe suchen. Nach kurzem Schlaf schreckt der Herrscher auf. Er vernimmt eine innere Stimme, sie klingt wie die seiner jungen Frau Elisabeth.
Franz Josef, du liegst auf der Seite des Todes.
Franz: Ich bin noch nicht dreißig, ich liebe das Leben, und ich liebe dich, Sissi. Habe ich dir das nicht neulich geschrieben?
Auch Napoleon, dein Feind, schreibt seiner Frau Briefe, ihr wollt beide kein Gemetzel und setzt dem Krieg dennoch kein Ende. Schlagt euch auf fremder Erde. Wo ihr euch doch modern gebt, dem Gedanken der Freiheit applaudiert…
Franz: Die Lombardei verlieren? Gar Venezien? Es geht um unsere Ehre: Cavour ist mit Napoleon verbündet, beim Treffen von Plombières hat Napoleon versprochen, Italien solle frei sein bis zur Adria.

Ganz Europa bangt um den Frieden. England schlägt eine diplomatische Lösung vor, aber du, Franz, lehnst ab, stellst ein Ultimatum. Am 29. April überschreiten deine Truppen den Tessinfluß, die Grenze zwischen dem Königreich Sardinien und der österreichischen Lombardei. Nach der Niederlage von Magenta die Gewaltmärsche nach Westen, ohne genügend Trinkwasser, in der Hitze.
Franz: Nun steht uns die entscheidende Schlacht bevor…
Verschlafe diesen Tag, Franz Josef. Ich habe schlecht geträumt: Die Ebene von Medole voll blutrotem Mohn! Zerfetzte Uniformen zwischen den Maulbeerbäumen, Blut…
Franz: Schweig. Wir werden siegen…
Auch Preußen bezweifelt eure Kriegstüchtigkeit, man zögert, der Bitte um Hilfe zu entsprechen.
Franz: War ein Heer je moderner ausgerüstet? Unsere Luftgondeln haben die topographischen Verhältnisse sondiert. Unsere Feldherren haben Strategien ausgearbeitet. Mit dem Lorenz-Gewehr sind wir im Vorteil, unsere Kartätschen reichen weiter…
In euren Feldlagern leiden Männer an Fieber, Gastritis. Die Truppen sind von den Märschen mit leerem Magen erschöpft.
Franz: Ich kann dich trösten: Heute gibt es Früh-

stück, eine warme Mahlzeit. Erst um neun wird die Truppe in Bewegung gesetzt. Unsere Feinde sind nicht matinal, Lateiner schlafen gerne aus, wir werden sie überraschen.
An der Zimmertür klopft es. Zwei Uhr in der Früh.
Majestät, meldet ein Adjutant, die Schlacht hat soeben begonnen.
Eine kleine österreichische Vorhut ist auf die Truppen des Feindes gestoßen, der Zufall hat entschieden.
Hätten die beiden Herrscher doch diesen Tag verschlafen, verspielt! Die Geschichte hätte vielleicht einen anderen Weg genommen.

Am Abend des 24. Juni sinkt der Sieger Napoleon III. in dasselbe Bett, hofft auf erholsamen Schlaf.
Aber hinter dem Gestänge des Betts hat sich wie eine Wanze der Traum versteckt, fällt über den Schlafenden her. Eine innere Stimme mit der Klangfarbe seiner Frau Eugénie:
Ich sehe dich noch immer mitten in der Schlacht. Deine Augen voll Schreckensbilder, deine Ohren voll Schreie. Es graut mir vor dir.
Napoleon: Die Kriegstechnik hat versagt, ein brutaler Kampf von Mann zu Mann…

Szenen im Kopf.

Dunant erhebt sich im *Lindenbühl* von seinem Lager. Er zündet eine Kerze an, setzt sich vor eines der Hefte mit dem Titel *L'Avenir sanglant.* Seit 1889 hatte er unter diesem Stichwort Zeitungsartikel gesammelt, sich Notizen gemacht, nun schreibt er Passagen ins reine, ergänzt das Geschriebene. Nach der *Erinnerung an Solferino* steht er im Brandschein neuer Kriege. Er sieht vor seinem inneren Auge Zwiste auflodern, ein verzehrendes, versengendes Feuer, das die Segnungen des Fortschritts, die Zivilisation der friedlichen Jahre zunichte macht.

Im Inneren des Menschen beginnt es: Aufruhr, diese Gier nach Macht. Beginnt der Krieg im einzelnen, so wird auch Friede im einzelnen geboren: Einfühlung in den andern, Gerechtigkeit.

Schon eine einzige kleine Kerze bricht die Finsternis.

Nach Solferino kam Dunant verändert nach Genf zurück.

Nur Tage hatte er im improvisierten Lazarett von Castiglione verbracht, doch sie wogen Jahre auf. Durch diese Zeitraffung entstand Entfremdung, zwischen ihm und seinen Bekannten ging ein Bruch durch die gestockte Zeit.

Zurückgekehrt, konnte er sich kaum der Einladungen erwehren, Hilfsgesellschaften, die sich auf seinen Hilferuf hin gebildet hatten, wollten ihn sehen und persönlich erzählen hören. Erst jetzt erfuhr er, daß der Feldarzt Dr. Appia mit einer kleinen Delegation in die Lazarette der Kriegsgebiete gereist war. An einem Wohltätigkeitsstand bei Madame de Gasparin machte Dunant ihr Vorwürfe, daß sie seinen Brief aus dem Lazarett in Castiglione in der «Illustré» und auszugsweise im «Journal de Genève» veröffentlicht hatte, beleidigt wies sie darauf hin, daß er sie doch gebeten hatte, die Öffentlichkeit zu alarmieren. Er entschuldigte sich, wies auf den zerrütteten Zustand seiner Nerven hin. *Zur Zeit des Waffenstillstandes von Villafranca in die Schweiz zurückgekehrt, fühlte ich mich gezwungen, die Luft der Berggipfel zu atmen, um meine Gesundheit wieder herzustellen, welche durch die schmerzlichen Emotionen während meines Aufenthaltes in Solferino angegriffen war.* Einsame Wanderungen. Worte formten sich in seinem Innern zu einem Appell an die Menschheit: Solferino darf sich nie mehr wiederholen.

Um wahrheitsgetreu zu berichten, ließ er Geländekarten aus der Gegend des Kriegsgeschehens kommen. Er studierte Strategiepläne, Kriegsberichte. Bei Dr. Appia erkundigte er sich nach den Aufgaben eines Feldarztes, er ließ sich Operationen

schildern, die Details der Wundpflege.
Schließlich gelingt ihm nach zwei Jahren Vorbereitung die Niederschrift: *«Als ich die Erinnerung an Solferino in aller Stille schrieb, war ich wie entrückt, beherrscht von einer höheren Macht und vom Geist Gottes erfüllt... Die Kraft kam von oben, denn in Wahrheit dachte ich keineswegs an mich. Dieses Buch m u ß t e einfach geschrieben werden, ich kann mich nicht anders ausdrücken. Es gab gar nichts anderes, als dieses tiefe und schmerzliche Erlebnis von Solferino in einer kurzen, genauen Erzählung von dem niederzulegen, was ich mit eigenen Augen gesehen hatte, um es damit andern zu übermitteln, auf daß der humane Gedanke, der mich mit Begeisterung erfüllte, fruchtbar würde...»*
Im November 1862 erschienen in der Buchdruckerei Fick in Genf 1600 Exemplare des Bändchens «Un Souvenir de Solférino» mit dem Vermerk: Nicht zum Verkauf bestimmt.

4

Die großen Ideen gehören uns nicht.
Funken sind es, die uns erhellen, uns entflammen zur Tat.
Eines Tages springen die Funken über, entzünden andere, Ideen setzen sich über Grenzen hinweg.
Die unruhigen Nächte damals, bevor Henry mit dem Schreiben beginnen konnte. Während er sein Kissen zerwühlte, nachdachte, verlangten seine Gedanken nach der Tat, fanden nach dem Gesetz der Wahlverwandtschaft an einem entgegengesetzten Punkt der Welt einen anderen Menschen, eine Frau.
Ging bei ihm die Sonne unter, ging sie in der Neuen Welt bei ihr auf. Legte er sich zur Ruhe, machte sich diese Frau mit den gleichen Ideen im Kopf an die Arbeit.
Sie läßt sich in Amerika an die Front des Sezessionskriegs schicken, kümmert sich um die Verwundeten der Schlachten von Fair Oaks, Bull Run, Cedar Mountain. An der Front in den Wäldern Virginias lernt die ehemalige Büroangestellte bei Sturm Feuer anzuzünden, mit primitivsten Ein-

richtungen kocht sie für die Soldaten. Im September 1862, bevor Henrys *Erinnerung an Solferino* erscheint, beugt sie sich in der Hölle von Antietam in improvisierten Lazaretten über die Verletzten.
Es ist Clara Barton.
Henry wird nach und nach durch Zeitungsartikel von ihr erfahren.
Viel später, beim Lesen ihrer Memoiren, die sie ihm persönlich aus Washington zuschicken wird, sieht er die Verknüpfung ihrer beider Schicksalsläufe, sieht er seine innersten Impulse in Clara gespiegelt.

In der Einsamkeit von Trogen und Heiden entsteht ihr Bild vor seinem inneren Auge. Er sieht sie als Vierzigjährige, der sensible Mund ist eine Spur zu breit, die hohen Wangenknochen geben dem Gesicht einen heiteren Zug. Die dunklen Augen voll spöttischer Zärtlichkeit. Ihr Haar ist das Schönste an ihr: füllig, von glänzend schwarzer Farbe. Aus Glen Echo bei Washington wird sie ihm ihr Foto nach Heiden schicken.
In seiner Vorstellung sieht er sie schrumpfen: vierjährige Farmerstochter mit einem ledernen kleinen Apfelgesicht, der Ausdruck zu herb für ihr Alter.
Als sie 1821, sieben Jahre vor Henry, in North Oxford in Massachusetts geboren wurde, hatte die Mutter vom Kinderkriegen genug, bei Claras Ge-

burt was das jüngste der fünf Geschwister schon zwölf Jahre alt.
Bis ins hohe Alter wird Clara helfend beweisen müssen, daß es nicht sinnlos war, sie auf die Welt zu bringen.
Der Vater, ein alter Haudegen, erzählt ihr statt Märchen von seinen Erlebnissen im Krieg gegen England. Clara ist ein Kind mit einer allzu lebhaften Imagination.
Wie in Henrys Wolfsgeschichte auf La Monnaie spielt ihr die eigene Vorstellungskraft Streiche, Ängste lauern ihr auf. *In the earlier years of my life, I remember nothing but fear. Aus meiner frühen Kindheit erinnere ich mich an nichts anderes als Angst,* wird sie später in ihrer *Story of my childhood* feststellen.
Henry sieht sie vor dem einfachen Holzhaus, die Eltern verabschieden sich von ihr.
Clara, du bist doch ein großes, tüchtiges Mädchen?
Ja, Pa.
Sie schaut ihrem Vater in die Augen, der ehemalige Captain hält viel auf Tapferkeit.
Die Eltern fahren davon, das Fuhrwerk schmilzt auf dem Hügel zu einem winzigen Punkt. Im Stall wiehern die Pferde, sie hört auch Billy, ihren Liebling, ihr großer Bruder hat versprochen, sie nächstes Jahr reiten zu lehren. Hügel mit Zäunen um-

stellen die kleine Wohnstatt, der Wind treibt Wolken über das Dach hinweg. Die Wolken klumpen, füllen sich mit Schwärze, eine Herde von vorwärtsdrängenden, wütenden Widdern. Sie blicken auf das kleine Etwas auf dem Vorplatz des Gehöfts. Es donnert, ein Blitz zuckt.

Clara ruft nach ihrem Bruder, aber er hört sie nicht, arbeitet draußen auf dem Feld. Sie rennt ins Haus, sieht vor dem Fenster die *angry rams,* wütende Schafböcke, sie wirft sich zu Boden, beginnt hysterisch zu schreien. Der Bruder findet sie aufgelöst, sie zittert, kann nicht sagen, was war. Bei der Rückkehr der Eltern ist sie noch immer stumm.

Sprich doch, sagt Pa ungeduldig, kommt nah mit seinem narbigen Gesicht.

Ein paar Tage lang dringt kein Wort über ihre Lippen.

Drei Jahre später reitet sie im Hügelland von Worcester. Eine dünne Siebenjährige, das dunkle Haar flattert im Wind.

Ihr Vater will sie stärker machen, schickt sie mit acht ins Internat.

Sie sondert sich ab, gilt bei den Mitschülerinnen als Mimose, sie lispelt, heimwehkrank schickt man sie zurück.

Der Vater besorgt ihr einen Hauslehrer. Auch er jagt ihr Angst ein.

Langsam faßt sie Vertrauen, sie begreift schnell, lernt gut.
Mit sechzehn wird sie in einer Dorfschule Lehrerin. Nach ein paar Jahren Unterricht wird die nervliche Belastung zu groß, vor ihrer Schulklasse in Hightstown, New Jersey, bringt sie plötzlich kein Wort mehr heraus. Als eine der ersten weiblichen Staatsangestellten arbeitet sie in Washington auf dem Patentamt. Bei Ausbruch des Civil War bietet Präsident Lincoln 75 000 Freiwillige auf, Claras Nachbarjungen sind dabei, Brüder, Verwandte. Die Konföderierten der Südstaaten drohen, Washington zu erobern, Clara bangt um das Schicksal des 6. Massachusetts-Regiments. In Washington kümmert sie sich um Kriegsverwundete. Bald wird ihr klar, daß diese Hilfe früher einsetzen muß, mitten in der Schlacht, auf dem Feld. Mit ihrer Überzeugungskraft bringt sie General Rucker dazu, ihr einen Paß für die Front auszustellen. Zum zweiten Mal findet eine Schlacht am Bull Run statt. Sie kommt mit dem Zug in Fairfax an. Die Böschung hinter dem Bahnhof ist vom Blut der getöteten und verletzten Soldaten gerötet. Auf dem vom Regen aufgeweichten Boden liegen Sterbende. Sie legt Verbände an. Die Soldaten, es könnten ihre jüngeren Brüder sein, staunen, in dieser Hölle eine Frau zu sehen. Einem Schwerverletzten verspricht sie, für seinen Transport nach

Washington besorgt zu sein, er hat den Eltern versprochen heimzukommen, tot oder lebendig. Die Sanitätspersonen weigern sich, ihn mitzunehmen, er ist ein hoffnungsloser Fall, es sind zu viele Verwundete da...

Sie schafft es, daß er in einen der Waggons geladen wird, sie hat die Kranken gebeten, für einen Kameraden noch Platz zu machen. Sie verabschiedet sich vom dem jungen Soldaten, den sie «jüngeren Bruder» nennt, auf dem Transport wird er sterben, wie so viele. Clara Barton und ihre Helferinnen beschließen, in der Gefahrenzone auszuharren, es drohen neue Kämpfe.

Später geht sie durch die Hölle von Antietam.

Im Kugelhagel der eigenen Angst stehen.

Während sie einen Verwundeten im Arm hält, streift eine Kugel ihren weiten Ärmel, der Mann in ihrem Arm stirbt.

Spüren, wie inmitten der Angst die Kraft wächst, einschießt wie der Saft im Frühlingsbaum.

Nach dem Erscheinen von *Eine Erinnerung an Solferino* im November 1862 hatte das Buch sofort Reaktionen ausgelöst.

Die ersten, die aufhorchten, waren Schriftsteller; sie erkannten in Dunant einen verwandten Geist.

Victor Hugo schrieb begeistert: *Sie rüsten die Menschlichkeit auf und dienen der Freiheit...*
Und Ernest Renan: *Sie haben das größte Werk des Jahrhunderts geschaffen. Europa wird es vielleicht nur zu nötig haben...*
Auch Charles Dickens spendete in *All the year round* großes Lob.
Doch Dunant hatte das Buch nicht für Dichter geschrieben. Es sollte sich vor allem an jene wenden, denen der Krieg ein Mittel ist, ihre Macht zu mehren. Staatsmänner, gewohnt, Menschen wie Schachfiguren zu verschieben, junge Männer als Kanonenfutter zu opfern für Ehre und Vaterland. Ihm war bewußt: Diese Adressaten verfügten über wenig Zeit, gleich zu Beginn des Buches galt es, ihre Aufmerksamkeit zu gewinnen. So läßt Henry Uniformen in der italienischen Sonne glänzen, nennt klingende Namen, lobt die Tapferkeit der Heerführer. Dann folgen die Szenen der Schlacht, der Glanz weicht, Schrecken breitet sich aus. Schonungslos erzählt Dunant, was er gesehen und erlebt hat. Noch nie hat man gewagt, aus dieser Optik einen Kriegsbericht zu schreiben. Der Krieg als Verrat an der Menschlichkeit.
Am Schluß ruft er auf zu einer internationalen Vereinigung zur Hilfe der Kriegsverwundeten. In Friedenszeiten muß alles vorbereitet werden, denn im Europa von 1862 spürt man bereits den näch-

sten Krieg nahen. Dunant gibt praktische Anregungen: In jedem Land müssen Helfer mobilisiert und organisiert werden. Ein Kongreß könnte *einen internationalen, vertragsmäßigen und geheiligten Grundsatz aufstellen, der, einmal angenommen und bestätigt, den Vereinen zur Hilfeleistung für die Verwundeten in den verschiedenen Ländern Europas als Grundlage dienen könnte.* Er fordert bessere Beförderungsmittel und stellt dann fest: *Diese Vereine könnten auch, wenn sie dauernden Bestand hätten, bei Seuchen, Überschwemmungen, großen Feuersbrünsten und anderen unvorhergesehenen großen Unglücksfällen, wertvolle Dienste leisten.*
Die Grundzüge einer künftigen Organisation sind damit klar umrissen.

In Genf ging *Eine Erinnerung an Solferino* von Hand zu Hand, kaum je hatte ein Buch die Gemüter so bewegt. Lullin senior, bei dem Dunant die Banklehre gemacht hatte, schrieb schon im November 1862: *Genf wird, so hoffe ich, dank Ihnen in Kürze die Wiege der schönsten christlichen Einrichtung sein.*
Die folgenreichste Begegnung aber ergab sich mit Gustave Moynier. Moynier, sechsunddreißig Jahre alt, Rechtslizenziat und seit sechs Jahren Präsident der Gemeinnützigen Gesellschaft von Genf, fühlt sich durch *Un Souvenir de Solférino* erschüttert.

An einem Vormittag gegen zehn Uhr läutete er an Dunants Stadtwohnung Puits-Saint-Pierre. Dunant, der bis tief in die Nacht Begleitbriefe zu seinen Buchsendungen geschrieben hatte, war noch im Hausrock und unrasiert, seine Mutter versuchte, den unerwarteten Gast mit Freundlichkeit und einer Tasse Tee hinzuhalten.

Noch etwas verwirrt eilte Henry schließlich in den Salon, der Umstand, daß Moynier ihn überrumpelt hatte, hinterließ in ihm ein diffuses Gefühl der Schuld.

Moynier war zudem Mitaktionär der Mühlen von Mons-Djémila, in den Generalversammlungen pflegte der Jurist überall Fußangeln zu suchen und seinen Finger auf zweifelhafte Dinge zu legen. Wer wollte ihm, dem Erben eines Neuenburger Uhrenunternehmers, verargen, daß er sein Geld nutzbringend anlegen wollte? Mehr als vor Dufour oder vor jenen Verwandten, bei denen er hoch verschuldet war, fürchtete sich Henry in den Zusammenkünften vor diesem mißtrauischen, bohrenden Blick.

Ich habe Sie leider nach der Versammlung der Aktionäre letzte Woche nicht mehr sprechen können, entschuldigte sich Dunant nach der Begrüßung.

Moynier winkte ab: Ich komme heute nicht als Aktionär. Es drängt mich, Ihnen persönlich zu gratulieren für Ihre *Erinnerung an Solferino*.

Dunant lächelte verwirrt.
Ihre Ideen sind wichtig, fuhr Moynier fort. Ich würde es bedauern, wenn Sie von den ewigen Pessimisten lächerlich gemacht, beiseite geschoben und fallengelassen würden. Darf ich fragen, wie Sie sich die Verwirklichung Ihrer Vorschläge vorgestellt haben?
Dunant schwieg eine Weile, sagte dann mit seiner leisen, stockenden Stimme: Meine Ideen sind im Buch umrissen. Über ein genaues Vorgehen habe ich im einzelnen noch nicht nachgedacht. Ich weiß jedoch, daß ich von Hof zu Hof reisen muß, damit ein Abkommen im Sinn meines Buches zustande kommt.
Moynier räusperte sich, seine Hand tastete zum Kragen, er rückte die Halsbinde zurecht. Dunants Blick streifte den feierlich korrekten Anzug, peinlich wurde er sich seiner eigenen nachlässigen Kleidung bewußt.
Monsieur Dunant, begann Moynier, ich schlage vor, Ihre Anliegen im Schoß der Gemeinnützigen Gesellschaft zu besprechen. Da Sie nicht Mitglied sind, möchte ich Sie anfragen, ob Sie sich damit einverstanden erklären können und dies mit allen Konsequenzen?
Dunant blickte an Moynier vorbei zum Fenster, die Scheibe war bläulich behaucht vom Frost des klaren Novembertags, er überlegte eine Weile.

Schließlich kehrte sein Blick zurück, mit einem Nicken willigte er ein.
Moynier, sichtbar erleichtert, kam auf Dunant zu. Er blieb auf dem Teppich stehen, den Dunant seiner Mutter aus Tunis mitgebracht hatte, sein linker Schuh verdeckte einen der beiden Löwen, die auf einem Aufbau saßen und je ihre linke Tatze hoben.
Ich freue mich, sagte der Jurist. Beim Handschlag blickten sie sich in die Augen, eine Gepflogenheit bei Absprachen unter Ehrenmännern.
Dunant fühlte sich durch diese Augen verunsichert. In den Unterständen des Stirnbeins lagen sie auf der Lauer, von unbestimmter Farbe, starr, rund, in seltsamem Kontrast zu den flatternden Lidschlägen.
In den Versammlungen der Mühlen-Aktionäre hatten sich diese Augen auf ihn gerichtet, in ihnen las er das Urteil über seine sprunghaften Geschäfte, die uneingelösten Versprechen. Er konnte, wenn er von zehn Prozent Rendite sprach, die Gedanken des Juristen lesen: Lächerlich, eingelöst am Sankt Nimmerleinstag!
Zwanzig Jahre später wird sich Moynier in seinem Buch *La Croix-Rouge, son passé et son avenir* an dieses Treffen mit Dunant erinnern:
Der Verfasser (von Un Souvenir de Solférino) galt im allgemeinen auf den ersten Blick für einen Utopisten.

Mehr war nicht nötig, um sein Projekt in unheilvollen Mißkredit zu bringen...
Der Zwiespalt zwischen Werk und Autor. Von allem Anfang an machte er Moynier zu schaffen. Er und dieser Dunant, was für Gegensätze. Dunant, der Inspirierte, der kindliche, künstlerische Mensch. Im Einklang mit Gott und sich selbst. Moynier dagegen, der gewissenhafte Beamte, erlebte sich als gehemmt. Er forderte zu viel von sich, fühlte sich unzufrieden mit seinen Leistungen. 1907, als alter Mann, wird er in seinen Memoiren *Mes heures de travail* diese Unsicherheit erwähnen, *eine große Schüchternheit, die ich für unheilbar hielt.* Und an anderer Stelle: *Die knabenhafte Furcht, bei all meinen Handlungen ein Unvermögen hervortreten zu lassen... Ein Kern von Mißtrauen besteht heute noch in meiner Seele.*
Sein Hadern, von Anfang an. Wie kamen ausgerechnet Menschen wie Dunant auf große Ideen? Warum schenkte Gott oft seine besten Eingebungen zweifelhaften Individuen? Schenkte seine Melodien Mozart und nicht Salieri?
Ihm Moynier, dem Gewissenhaften, fiel nie etwas Zündendes ein.
Er war dazu verurteilt, Ausführender zu sein, der Gärtner fremder Blumen.

Am 9. Februar 1863 dann die Sitzung der Gemeinnützigen Gesellschaft von Genf, die Moynier in seinem Buch *La Croix-Rouge, son passé et son avenir* als *eigentlichen Ausgangspunkt des Roten Kreuzes* bezeichnet.

Dunant als Neumitglied unter den Vertretern der besten Genfer Familien. Feierlich-zugeknöpfte Theologen bestimmen das Gruppenbild.

Als Traktandum drei ist angesagt: *Die Unterstützung kriegsführender Armeen durch Korps von freiwilligen Krankenpflegern.* Der Präsident Gustave Moynier liest am Rednerpult Passagen aus Dunants Buch vor.

Der Autor, obwohl anwesend, wird um keine Erklärung gebeten. Nach Prüfung *der noch etwas unklaren Hauptidee,* wie Moynier in seinen Memoiren schreiben wird, schließt sich ein fünfköpfiges Komitee zusammen mit der Aufgabe, ein Memorandum zu verfassen. Seine Mitglieder sind in Moyniers Buch mit allen Titeln respektvoll genannt: General Guillaume-Henri Dufour, *Chef Kommandant der Schweizer Armee;* Herr Dr. Louis Appia, *als Freiwilliger diente er als Chirurg in der Italienischen Kampagne, Autor eines sehr beachteten Buches ‹Le chirurgien à l'ambulance›;* Dr. Theodore Maunoir, *praktischer Arzt von großem Talent.* Nur beim letzten Mitglied steht lakonisch: M. Henri Dunant. Es ist dem Leser überlassen, sich an die Charakterisierung zwei Seiten weiter vorne zu er-

innern: *Er galt im allgemeinen auf den ersten Blick für einen Utopisten.*
Dieser Utopist schweigt in der Gründungssitzung seiner eigenen Institution. Wartet Dunant darauf, daß Moynier ihn ans Rednerpult ruft? Der Präsident denkt nicht daran. Er ist schon zum nächsten Punkt der Tagesordnung übergegangen. Traktandum vier: *Die Errichtung eines Heimes für mißratene Kinder in der Westschweiz.*
Auch in späteren Versammlungen wird sich Dunant nur selten zu Wort melden. Er, der wie kein anderer die Kunst des Zweiergesprächs beherrscht, wird von Menschenansammlungen eingeschüchtert. Stumm sitzt er unter den rund drei Dutzend Anwesenden. Eine Ahnung streift ihn, daß Dinge von großer Tragweite im Gang sind, Moynier hinter seinem Rednerpult wird zum Steuermann, das Schiff steuert von Dunant hinweg, fernen Ufern zu.
Das Protokoll der Gründersitzung. Wie man es auch über ein Jahrhundert später dreht und wendet: Es enthält kein Wort aus dem Mund Henry Dunants.

Der Augenblick hat seine eigene Logik.
In der Rückblende sehen wir ihn mit der verkürzenden Optik des Verstandes. Wir suchen nach Kausalitäten, reihen Ereignisse wie Perlen an die

selbst verfertigte Schnur des Nacheinanders.
Dunant an diesem Neujahrsabend im *Lindenbühl.*
Die Begegnung mit Moynier, dreißig Jahre zurückliegend, zieht nochmals an ihm vorbei: Henry, jugendlicher Liebhaber der Menschheit auf der Bühne von 1863.
Paß auf, möchte er sein Double warnen, überlaß deine Visionen nicht andern. Vorschnell hast du deine Entwürfe abgeliefert, so wie man ein neugeborenes Kind der Amme anvertraut, von der man annimmt, daß sie die Brüste voll Milch hat und die Geduld der täglichen Zuwendung zur Aufzucht eines gefährdeten Wesens, für das man nicht selber sorgen kann.
Ja, Henry, das macht dein Alter bitter. Ideen, kaum geboren, schon in fremden Händen: Für den Christlichen Verein junger Männer hast du Perret gebraucht und für das Rote Kreuz Moynier. Sei ehrlich, du hättest es nicht allein geschafft. Dir fehlte der Atem für die kaum sichtbaren Fortschritte von Tag zu Tag, für den Kleinkram des Hegens: Kinderkrankheiten, Rückschläge. Das Leben ließ dich schon bei der geringsten Steigung ins Keuchen kommen.
Die Ziehväter für deine Geisteskinder hast du dir gut ausgesucht, sie sorgten für die Zöglinge, als wären es ihre eigenen. Ja, das ist der schmerzende Punkt, daß die Kinder sich auf diese Weise vom

Erzeuger entfremden, sich abwenden und sagen: Unser Vater, das ist doch Perret, das ist Moynier!
Dreißig Jahre danach, Henry.
Januar. Vogelschwärme von dunklen Gedanken. Sie kreisen über den redigierten Blättern für die Neuausgabe von *Erinnerung an Solferino.*

In der ersten Sitzung des Fünferkomitees, am 17. Februar 1863, fand Dunant seine Sprache wieder, er machte von dieser wiedergefundenen Gabe so ausführlich Gebrauch, daß Moynier mit einer Steilfalte auf der Stirn zuhörte. Dunants Idee, vom Präsidenten der Gemeinnützigen Gesellschaft als verschwommen bezeichnet, nahm jetzt mehr Form und Profil an, als ihm wahrscheinlich lieb war.
Hatte Moynier in der ersten Zusammenkunft an ein paar Equipen freiwilliger Helfer gedacht, so entwarf nun Dunant eine weitgespannte Institution auf Dauer, die ihre Verankerung finden müsse in einer internationalen Konvention.
Moynier verbarg nur schlecht seinen Unwillen. Was Sie sich da erträumen, Monsieur Dunant, ist eine Weltneuheit, warnte der am juristischen Denken Geschulte. Ich kenne mich aus im Völkerrecht: Bis auf den heutigen Tag existieren zwischen

den Staaten keine vergleichbaren multilateralen Abkommen. Sollen wir auf eine Utopie setzen?
Die Utopie von heute ist die Realität von morgen, sagte Dunant, er hielt einen Moment inne und lächelte. Und zu Dufour gewandt, der ihm aufmerksam und, wie Dunant schien, mit einem Ausdruck von Wohlwollen zuhörte: *Die europäischen Nationen sind heutzutage durch so enge Seile verknüpft, daß, wenn man diese an einer einzigen Stelle lockert, sogleich die gesamte Welt darunter leidet.*
Keiner der vier Zuhörer schien Stellung nehmen zu wollen, Dunant holte weiter aus und betonte als zentralen Punkt die Idee der Neutralität. Verwundete, Pfleger und Lazarette müssen als neutral erklärt werden, nur so erfahren sie den notwendigen Schutz.
Moynier entgegnete darauf heftig: Ich habe es Ihnen schon gesagt, das ist eine übertriebene Forderung, wenn wir an ihr festhalten, bringen wir unser Projekt zu Fall.
Dunant blickte Moynier an. Er fürchtete sich, mehr als er es sich eingestand, vor diesem lippenlosen Mund, der trist hängenden Nase, den Augen, so rund und starr wie die von Eulen. Trotzdem wagte er zu widersprechen. Sein Selbstvertrauen war durch die günstige Aufnahme seines Buches in Frankreich gestärkt worden. Zudem versetzte ihn die Tatsache, daß sein Platz in der Postkutsche

nach Paris für den nächsten Tag schon reserviert war, in eine aufgekratzte Stimmung.
Dr. Appia brachte das Gespräch in eine andere Richtung: Wie sollen die Völker und Fürsten Europas den Weisungen folgen, die von fünf Privatmännern in Genf ausgehen? gab er zu bedenken.
Das wird nicht leicht sein, räumte Dunant ein. Wir müssen die Menschen davon überzeugen, daß sich in Europa jederzeit ein neues Solferino ereignen kann. Wir müssen die Qualen der Verwundeten schildern, die niemand aus eigener Anschauung besser kennt als Sie, Dr. Appia. So werden die Machthaber die Notwendigkeit einsehen, in Friedenszeiten Hilfsgesellschaften zu organisieren.
Dr. Maunoir faßte zusammen: Dann gilt es also *eine Agitation zu betreiben, um unserer Ansicht bei jedermann, bei hoch und nieder, bei den Fürsten Europas, wie bei ihren Völkern Eingang zu verschaffen.*
Allen war klar: Für eine solche Überzeugungsarbeit kam nur der Autor der *Erinnerung an Solferino* in Frage. Kein anderer geizte so wenig mit seiner Zeit, kein anderer kümmerte sich so wenig um seine eigenen Geschäfte. Dunant zeigte sich denn auch bereit, *diese Agitation auf eigene Kosten und Gefahr zu übernehmen.*
Gleichzeitig sollte Henry für den Wohltätigkeitskongreß in Berlin eine Denkschrift abfassen, damit fiel ihm das Amt des Schriftführers zu. Und

wer würde unter Dufour stellvertretender Präsident? Man blickte auf Moynier. Moynier zögerte, diese Ehre stehe doch eher dem Autor von *Eine Erinnerung an Solferino* zu? Nehmen Sie bitte an, sagte Dunant. Noch ahnte er kaum, welche Folgen diese Großzügigkeit haben würde.
Man bat Dunant, im Sinne der geplanten Denkschrift, seine Vision nochmals zusammenzufassen. Er skizzierte in großzügigen Strichen, blieb jedoch schlicht im Ausdruck, nannte die Dinge präzise beim Namen. Klarer denn je erstand vor dem inneren Auge der Komitee-Mitglieder das zukünftige Werk.
Als Dunant geendet hatte, blieb es eine Weile still. Schließlich meldete sich der General, der bis dahin den eher skeptischen Standpunkt des hohen Militärs verfochten hatte. Nun hielt er das Anliegen für eine Forderung der Zeit, es gelte, nach der Zustimmung der Fürsten und Völker, die allgemeinen Grundlagen festzulegen. *Es wäre auch gut, irgendein Abzeichen, eine Uniform oder Armbinde einzuführen, damit diejenigen, die sich mit diesem allgemein anerkannten Abzeichen einfänden, nicht zurückgewiesen würden.*
Dunant spürte: In diesem Moment hatte sich der General für seine Idee entschieden. Das bedeutete ihm mehr als die Zustimmung aller andern. Er schätzte diesen Mann mit dem asketischen Kopf,

den wachen Augen. Der Fünfundsiebzigjährige mit dem alterslosen Aussehen war die einzige international bekannte Persönlichkeit im Komitee, über die Grenzen der Schweiz hinaus lobte man seine menschliche Haltung im Sonderbundskrieg.

Auch Moynier war es nicht entgangen: Nach den Ausführungen des Autors von *Erinnerung an Solferino* lag ein Glanz des Zukünftigen auf den Gesichtern der Komiteemitglieder. Der Jurist mußte eingestehen, daß Dunant über eine unerklärliche Überzeugungskraft verfügte. Vielleicht, wer weiß, gelang ihm bei Fürsten und Völkern das Unmögliche? Setzte sich dieser Utopist mit dem gleichen Elan auf dem internationalen Parkett durch, würde dies Ruhm bedeuten, Ruhm für sein geliebtes Genf. Ein bißchen Glanz auch für ihn, Moynier, hinter den verstaubten Wohlfahrts-Akten.
Als stünde auch er unter des Suggestivkraft Dunants, wischte er mit dem Handrücken über seinen tristen Schnauzbart, blickte in die Runde und raffte sich zu einem tollkühnen Vorschlag auf: Sind Sie einverstanden, daß sich unsere Kommission selbst zum internationalen permanenten Komitee erklärt?
Die Mitglieder, das Wehen der Zukunft spürend, nahmen einstimmig an.

Noch immer hielt Dunant Paris für das wichtigste Machtzentrum der Welt.
Er eilte von Salon zu Salon, sprach über seine Ideen, verteilte unentgeltlich seine Veröffentlichung.
Wieder einmal übergab er Napoleon III. ein Buch, wieder einmal ließ der verehrte Herrscher durch eine Drittperson danken. Wieder galten Dunants Hintergedanken seinen algerischen Unternehmungen, denen es immer schlechter ging und die dringender denn je die Fürsprache des Kaisers gebraucht hätten. Von den verschiedensten Seiten heimste er Zustimmung ein: Monarchisten, Republikaner, Katholiken, Juden, Freidenker, Anarchisten lobten seine Vorschläge; er achtete alle, brauchte die Unterstützung aller Menschen guten Willens. Doch auch Feinde machten sich bemerkbar: Hohe Staatsbeamte und Militärs empfanden sein Buch als Kritik an Frankreich, als unerlaubte Einmischung. Mit sicherem Instinkt sandte Dunant ein Exemplar seines Buches an die Ehefrau seines lautesten Kritikers, des Maréchal Randon, nach der Lektüre zeigte sich die Dame bereit, in einem der Hilfskomitees mitzuarbeiten.

Mitte März nach Genf zurückgekehrt, fand er das selbsternannte Internationale Komitee in Hochstimmung vor. Sympathiebekundungen waren

eingetroffen aus Italien, Baden, Hessen und von den Regierenden der Niederlande. Basting, Chefchirurg Seiner Majestät des Königs der Niederlande, war daran, Dunants Buch ins Niederländische zu übersetzen.
Man hoffte, Dunant werde wie vorher den Löwenanteil der Arbeit übernehmen, Henry aber mußte dringend nach Algerien, die Schwierigkeiten in seinen Mühlenunternehmen zwangen ihn dazu. Der Wohltätigkeitskongreß, an dem das Internationale Komitee sein Projekt vorstellen wollte, war abgesagt worden. Dafür berichtete Dr. Basting von einem Statistischen Kongreß in Berlin. Moynier hielt nicht viel von den glänzenden Zentren Europas, er träumte von einem internationalen Genf. In der August-Sitzung schlug er vor, auf den 26. Oktober eine internationale Konferenz in die Vaterstadt einzurufen mit dem Ziel: *die Ideen des M. Dunant vom Felde der Theorie zu dem der Praxis zu bringen.*

Nur zwei Monate Zeit zur Vorbereitung eines internationalen Kongresses? Das war kühn. Dunant sollte zu Propagandazwecken mit Dr. Basting am Statistischen Kongreß in Berlin teilnehmen, im Anschluß war ein Werbefeldzug durch deutsche Staaten geplant.

An der Schlußveranstaltung des Statistischen Kongresses trägt Basting den anwesenden Ärzten und Militärs die Anliegen Dunants vor. Auch der Punkt der Neutralisierung kommt zur Sprache. Der Kongreß meldet keine Einwände an, im Gegenteil, Kriegsminister Albrecht Roon, ein alter Haudegen, zeigt sich entgegen allen Erwartungen von der Neutralitätsidee begeistert. Diese Neutralitätsidee, die Moynier in Genf für undurchführbar hält! Dunant lebt auf, gewinnt an Atemluft. Beflügelt vom Erfolg läßt er in Berlin ein Rundschreiben drucken: Einladung zur Konferenz in Genf, unter die Tagesordnungspunkte nimmt er eigenmächtig drei neue Vorschläge auf, darunter den umstrittenen Artikel der Neutralität.

Was soll er, da die Zeit drängt, nach Genf schreiben, abwarten, was die Herren zu entscheiden geruhen?

Es geht um seine Vision, die in den Köpfen der Politiker langsam Form annimmt. Dunant fürchtet: In Genf muß sie Luft lassen, bis sie hineinpaßt in Moyniers Enge, in die Aktentasche des ängstlichen Juristen.

In seinen *Denkwürdigkeiten,* die später Teil von Rudolf Müllers *Entstehungsgeschichte des Roten Kreuzes* bilden, erklärt Dunant: *Es war nicht ganz in Ordnung, da das Rundschreiben im Namen des Genfer Ausschusses unterzeichnet war, während es doch in Wirklichkeit von mir allein stammte. Aber warum hätten wir auch warten, warum uns vielleicht durch unser Zaudern Schwierigkeiten bereiten sollen, wo doch von nun ab jede Stunde für das Gelingen unseres Planes wertvoll war?*

Rückkehr nach Genf.
In Moyniers Büro standen sie sich Aug in Aug gegenüber.
Sie maßen sich.
Die Luft im Büro knisterte von Moyniers verhaltenem Zorn.
Dunant, mit dem Punkt der Neutralität verlangen Sie Unmögliches.
Dunant hielt den starren Blick aus.
Da standen sie: zwei Männer, ungefähr im gleichen Alter.
Konkurrenten. Liebhaber derselben Vision.

Mit der Leidenschaft des Leidenschaftslosen liebte Moynier Dunants Idee. Er bangte um sie als ein Stück von ihm. Er fühlte sie bedroht, wollte sie sicher stellen, auf eine solide juristische Basis.
In kleinen Schritten vorgehen, war seine Devise. Zugunsten des Ganzen auf Utopisches verzichten, vor allem auf diese übertriebene Forderung der Neutralität. Doch Dunant, dieser Luftibus, bedrohte durch seine Eigenwilligkeit das noch

schwache Unternehmen. Schon ahnte Moynier: Früher oder später galt es, diesen Unberechenbaren auszuschalten.
Dunant witterte die Gefahr.
Hinter den Augen seines Gegenübers sah er in einen Abgrund. Aus der dämmrigen Tiefe eines Brunnens blickte ihn ein zweiter Moynier an, haßerfüllt: Monsieur M.
Zerrissen vom Zwiespalt, Liebhaber eines Entwurfes zu sein, der aus dem Hirn eines Menschen stammte, den er immer unerträglicher fand.
Hätte Henry zu jenem Zeitpunkt Moynier noch warnen können? Ahnte Moynier etwas von seinem Doppelgänger, kannte er seine Abgründe? Kaum. Was wußte dieser ängstliche Beamte von sich selber? Moynier, der nach Ehre lechzte, hielt sich für bescheiden. Unbescheiden gab er in seinen Schriften dieser Bescheidenheit immer wieder Ausdruck. Gab sich so raffiniert, so geschraubt bescheiden, daß Dunant die Bernini-Säulen vor sich sah.

Nach dem Statistischen Kongreß in Berlin war Henry kaum Zeit geblieben, sich über Moyniers Empfindlichkeiten Gedanken zu machen.
Das Datum der Konferenz rückte unaufhaltsam näher. *Es muß jetzt alles mit wunderbarer Geschwindigkeit vor sich gehen,* hatte er dem Komitee geschrieben, fiebrig jagte er den Einflußreichen nach.

Sein Jagdgebiet: die zahlreichen Gala-Essen.
In Berlin, unter den Ehrengästen des Statistischen Kongresses, merkte er sich bei Tisch die Konstellation der Sitzordnung, prägte sich im Schein der Kerzen Gesichter ein, memorierte Namen, Titel, Besonderheiten.
Zu seiner Linken zeigte der spanische Graf Ripalda für Dunants Anliegen unverhohlen Sympathie, zu seiner Rechten hielt sich der Münchener Stadtrat Professor von Hermann einsilbig zurück. Baron von Weber, Sohn des Komponisten, hörte von gegenüber dem Genfer während der Vorspeise halbherzig zu, zerstreut zerkrümelten seine Finger neben der Lachsmousse ein Stück Brot. Bei der Hauptspeise, es gab Hirschmedaillons unter Grotten von vielfarbigem Gemüse, lockerte sich die Stimmung. Während der Moselwein reichlich floß, zog Dunant seine Tischgenossen enger in das Netz seiner Werbegespräche. Er merkte sich, bei welchen Formulierungen die Zuhörer auf Distanz gingen, bei welchen sie sich erwärmten. Der russische Minister Semenov neben Baron von Weber stellte Dunant, während er sich zum zweiten Mal die Teller füllen ließ, knifflige Fragen, Herr von Weber beugte sich vor, um das Gespräch im allgemeinen Lautpegel mitzukriegen. Dunant konnte jetzt zielstrebig auf die Punkte: *Neutralität der Verwundeten* und *Einführung einer gleichförmigen La-*

zarettflagge eingehen. Die Regierungen sollten sich, sagte er, auf der Genfer Konferenz *ad audiendum et ad referendum* vertreten lassen.
Semenov zeigte sich begeistert. Er wolle nach seiner Rückkehr Ihre Kaiserliche Hoheit, Großfürstin Helene, über Dunants Pläne unterrichten.
Beim Nachtisch versprach Baron von Weber, sich persönlich an König Johann von Sachsen zu wenden, Professor Hofmann, der nicht nachstehen wollte, erwähnte seinen Einfluß auf König Maximilian II. von Bayern.
Beim Mokka wurden die Visitenkarten ausgetauscht.
Eine Sternstunde. Dunant verstand es, die Konstellation des Abends zu nutzen, die Gestirne, im Glanz ihrer Orden, neigten sich ihm zu.

Nachts im Hotel schrieb Dunant die Zungenschlag verursachenden Namen der neuen Bekannten in sein Notizbuch, merkte sich Titel, Funktionen, prägte sich die Orthographie ein:
Graf Botho zu Eulenburg, Minister des Innern;
Fürst Boguslav Radziwill;
Graf von Stolberg-Wernigerode;
Dr. Loeffler, Generalarzt des vierten Armeekorps…

Baron von Weber hatte Wort gehalten: In Dresden verschaffte er Dunant eine Audienz bei Johann von Sachsen. Der älteste unter Europas Königen wurde seiner Gelehrsamkeit wegen verehrt, unter einem Pseudonym hatte er eine Übersetzung von Dantes *Göttlicher Komödie* veröffentlicht. Durch eine Tapetentür trat er in das Besuchszimmer, Dunant verneigte sich dreimal und wartete darauf, angesprochen zu werden.

Auf die Frage, was ihn zu ihm führe, begann Henry von seinem Plan zu sprechen.

Der König blickte, während Dunant sprach, aufmerksam in das Gesicht des jungen Mannes. Es erschien ihm angenehm, aber ohne Besonderheiten, ein Mann ohne Eigenschaften, der sich einfärbte unter dem Blick des Gegenübers, ein Instrument der Ideen, die zu verbreiten er angetreten war. Verriet die Wortwahl den Leidenschaftlichen, so klang die Stimme unaufdringlich, manchmal stockend und leise, als bitte sie für die Störung um Entschuldigung, der König mußte sich vorneigen, um alles mitzubekommen.

Unter dem Blick des wohlwollenden Betrachters gewann Henry an Sicherheit, in seine Wangen kam Röte, in die Augen Tiefe und Glanz. *Ich wäre Eurer Majestät unendlich dankbar, wenn sie diesem Werk in Ihren Staaten Ihren Schutz zuzuwenden geruhten, und zu der am 26. dieses Monats in Genf zu eröffnenden Konferenz einen Vertreter schickten,* schloß er seinen Bericht.

Der König lehnte sich zurück, ein Netz von Falten sammelte sich um die Winkel seiner Augen. *Der König lächelte, als er meinen Eifer bemerkte, aber so wohlwollend, daß ich nicht eingeschüchtert wurde.*
Was die Vertretung betrifft, muß ich zuerst meine Kammern befragen, sagte er.
Ich erwiderte sofort mit demselben achtungsvollen Eifer: Majestät, bei einem so menschenfreundlichen Werke dürfen Eure Majestät sicher sein, daß Ihre Kammern alles bewilligen werden, was es dem König belieben wird zu verfügen.
Der König verschränkte seine von Ringen geschmückten Finger und lächelte. Da saß vor ihm ein wortwörtlich Einfältiger, ein in die Jahre gekommenes Kind. Die Kraft seiner dunklen, bohrenden Augen brach in seinem Herzen Verkrustungen auf. Eine Ahnung aus Kindertagen begann sich zu regen: Wunder – sie können also doch noch geschehen? Und gleichzeitig fiel ihm ein Satz ein, den er bei einem Landsmann dieses Dunant, bei Pestalozzi, gelesen hatte: Der Mensch ist gut, nur der Weg ist verschüttet, auf dem er gut sein will.
Es war ihm, er begegne im Gesicht dieses Genfers seinen eigenen Kinderaugen. Er wollte sie nicht enttäuschen.
Als er aufstand, legte er in einem Impuls seine Hand auf Dunants Schulter: *Ich werde tun, was in*

meinen Kräften steht, denn sicherlich würde ein Volk, das sich nicht an diesem menschenfreundlichen Werke beteiligte, von der öffentlichen Meinung Europas in die Acht erklärt werden.
Henry stand eine Weile unbeweglich, von diesem Satz wie von einem Blitz getroffen.

Nach diesem Besuch schrieb Dunant bis zum Morgengrauen in seinem Hotel Briefe in die Hauptstädte Europas. *Überall trug ich Sorge, den glücklichen Ausspruch des Königs von Sachsen zu erwähnen, welcher wie ein wahrhafter Talisman wirkte,* vermerkt er in seinen Aufzeichnungen.
Der wichtigste Brief ging nach Frankreich. Dunant bat seinen Anhänger, Staatsrat Darricau, Napoleon III über die Erfolge in Deutschland zu berichten. Darricau erhielt nach eigener Aussage den Brief auf dem Weg in die Tuilerien und legte ihn sofort dem Kaiser vor. Der Kaiser soll nach der Lektüre das Schreiben an Darricau zurückgegeben haben mit den Worten: Sie werden nach Genf gehen, mein lieber Darricau, um Frankreich bei der Konferenz zu vertreten.

5

In der Pension *Lindenbühl* war es zum Winter 1890 hin still geworden, das englische Ehepaar, das den Oktober und November hier verbracht hatte, reiste ab. Die Zimmer standen leer: *Je ne vois personne, absolument personne.*

Pünktlich zum Silvester fiel Schnee, am Neujahrstag '91 wellten sich die Hügel weiß unter einem heiteren Himmel.

Auf dem Vorplatz der Pension hörte Dunant auf das Kirchgeläut von Trogen, die Äste der Linde siebten das Licht.

In das ausklingende Geläut mischten sich die Geräusche eines herannahenden Gefährts: Zurufe, Geißelknall, Schnauben, die Pferde hatten Mühe, die Steigung zu nehmen.

Der Wagen erschien auf der Hügelkuppe, vor der Linde hielt der Kutscher die Pferde an. Dunant erkannte am Schriftzug die Kutsche des *Freihofs,* ihr entstiegen die Heidener Freunde: Dr. Altherr und Wilhelm Sonderegger in Begleitung seiner Frau.

Die Überraschung war gelungen. Dunant, seine helle Freude zeigend, schüttelte Hände, Be-

grüßungsworte standen als Wolken in der kalten Luft.
Frau Stäheli, von dem Besuch schon Tage vorher in Kenntnis gesetzt, hatte ein Mittagessen vorbereitet, beim Kaffee kam das Gespräch auf die geplante Neuausgabe der *Erinnerung an Solferino.*
Er wolle der gekürzten Ausgabe einige «Denkwürdigkeiten» aus der Geschichte des Roten Kreuzes zufügen, sagte Dunant. Er denke da an seine Gespräche mit den Staatenlenkern, die eine Genfer Konvention erst möglich gemacht hätten.
Dr. Altherr fand diesen Gedanken gut: Schildern Sie alle die Szenen an den Fürstenhöfen, von denen Sie meiner Frau und mir während unserer Nachtessen im *Freihof* erzählt haben! Das wird man mit Interesse lesen und sich dabei die Tatsache in Erinnerung rufen: Sie sind der Gründer des Roten Kreuzes und Promotor der Genfer Konvention!
Sonderegger stimmte bei. Um die Broschüre des Heidener Roten Kreuzes vorzubereiten, habe er im 1882 veröffentlichten Buch von Gustave Moynier gelesen: *La Croix-Rouge, son passé et son futur.* Ihre Rolle, Monsieur Dunant, scheint mir da geschmälert. Der Präsident des Roten Kreuzes bringt das Kunststück fertig, Sie in seiner Geschichte des Roten Kreuzes nur zweimal zu erwähnen: als Autor des Solferino-Buches und als Komiteemitglied.

Noch eine Generation, und das offizielle Rote Kreuz wird nicht mehr wissen, wer sein Gründer war!
Ein Schatten war über Dunants Gesicht gefallen, am Tisch entstand betretene Stille.
Nach einer Weile legte die Lehrersfrau ihre Hand auf den Arm des Tischnachbarn: Monsieur Dunant! Sie lächelte bedeutungsvoll. Ich habe Ihnen etwas von den Heidener Frauen mitgebracht! Dunant öffnete die zwei hübsch verschnürten Päckchen: Im einen lagen Visitenkarten mit dem Aufdruck: Henry Dunant, Fondateur de la Croix Rouge et Promoteur de la Convention de Genève. Im zweiten war ein liebevoll gemaltes Diplom.
Gerührt betrachtete er die beiden Geschenke. Bei der Besichtigung des Zimmers drängte er darauf, daß Sonderegger bei der Wirtin Hammer und Nagel borgte und das mit einer Samariterin verzierte Diplom über seinem Schreibtisch aufhängte.
Bevor Sonderegger in die Kutsche stieg, nahm Dunant ihn noch rasch beiseite und sagte zu ihm: Ich habe vor, Moynier in unserem geplanten Buch seinen Platz zu lassen.
Der Titel des dritten Kapitels soll heißen: *Die Genfer Gemeinnützige Gesellschaft und ihr Vorsitzender Gustave Moynier.* Drucken wir seinen Namen überall gesperrt. Heben wir ihn heraus. Wortwörtlich soll es heißen: *So gelang es doch*

schließlich den Bemühungen und der Ausdauer Moyniers, Genf, Dunants Geburts- und Wohnort, zum Mittelpunkt der Bewegung zu machen.

Niemals zuvor fühlten sie sich so klein und schwach vor dem grandiosen Ziel, das zu ereichen sie sich vorgenommen hatten (Moynier, Die Gründung des Roten Kreuzes).
Je näher das Datum der Konferenz rückte, um so mehr sank dem Fünfer-Komitee in Genf der Mut. Außer Dunant konnte man die Ärzte, den General, den Juristen als nüchterne, dem Alltag verpflichtete Menschen bezeichnen. Der Versuch, als Privatpersonen die politischen Drahtzieher Europas zu einem Gespräch zu sich nach Hause zu bitten, mußte ihnen mit jedem Tag tollkühner vorkommen. Noch nie in der Geschichte hatte es eine internationale Zusammenkunft gegeben mit dem Ziel einer die Grenzen sprengenden Konvention.
Am 26. Oktober 1863 wurde das Unmögliche wahr: Der Saal des Athenäums in Genf füllte sich mit Delegierten und Bevollmächtigten, die meisten Militärärzte und Armee-Intendanten. Sechzehn Staaten ließen sich vertreten, und verschiedene Vereinigungen schickten ihre Experten.
General Dufour eröffnet die Tagung, von der

straffen Gestalt am Rednerpult geht eine natürliche Autorität aus. Offen gibt der betagte General seinen gedämpften Erwartungen Ausdruck: Ein sofortiger Erfolg ist von dieser Zusammenkunft kaum zu erwarten. Aber es wird *das Verdienst der Konferenz sein, das Werk versucht zu haben.*
Als zweiter spricht Gustave Moynier, der Präsident der Konferenz. Wie immer ist seine Rede wohlgesetzt, schraubt sich voran, nimmt eine Dreiviertelstunde in Anspruch.
Dunant, zum Protokollführer ernannt, sitzt an einem gesonderten Tisch, macht Notizen. Nun erwartet man von Dunant eine Begrüßung. Etwas Grundsätzliches täte jetzt not, das die Stimmung der Versammelten hebt. Dunants Buch, der Überzeugungskraft seiner Einzelgespräche verdankt man schließlich, daß Vertreter aus allen Himmelsrichtungen gekommen sind.
Er erhebt sich, die Hände umklammern die Kante seines Tischchens, scheu blickt er in die Runde.
Die Menschenmenge schüchtert ihn ein, im Hals spürt er eine trockene Enge. Stockend verliest er das Verzeichnis der Konferenzmitglieder: Namen, Titel, Orte. Vor den Fenstern fällt welkes Laub von den Bäumen.
Einmal schwingt in seiner Stimme Emotion mit: Staatsrat Darricau, Generalintendant des französischen Heeres, läßt sich entschuldigen. Bedauert

zutiefst. An seiner Stelle hat Frankreich zwei Intendanten delegiert. Dunant schließt mit ein paar Proben aus dem Briefwechsel des Ausschusses.

War das alles? Vergeblich warten seine Freunde auf einige persönliche Worte, auf einen begeisternden Aufruf.

Warum überläßt er das Terrain ganz seinen Vorrednern, die nicht so recht an den Erfolg der Konferenz glauben.

Moynier spricht jetzt über die zehn Punkte eines möglichen Abkommens. In der anschließenden Diskussion bringen die Gegner ihre Einwände vor. Der englische Delegierte Rutherford findet Hilfsorganisationen überflüssig, sein Land hat längst den Sanitätsdienst reorganisiert. Die beiden für Darricau aus Frankreich angereisten Militärintendanten stehen spürbar unter dem Einfluß Marschall Randons: Intendant Boudier beschwört die Vision von *verstörten Helfern, die auf dem Schlachtfeld herumirren.* Sein Kollege doppelt nach, anstelle von Sanitätspersonen empfiehlt er *den Einsatz von 15 000 Mauleseln.*

Zu den Befürwortern gehören der spanische Abgeordnete Dr. Landa und der preußische Militärarzt Dr. Loeffler. Man ist sich im klaren, daß die Helfer durch ein einheitliches Zeichen geschützt werden müssen, die Versammlung einigt sich auf eine Armbinde mit dem roten Kreuz auf weißem

Grund, die Umkehrung der Schweizer Fahne.
Nun müßte endlich die Frage der Neutralität zur Sprache kommen. Dunants Anhänger wissen, wie wichtig ihm dieses Anliegen ist. Moynier hat es bisher geschickt verstanden, diesen Punkt aus der Diskussion auszuklammern. Dr. Basting blickt zu Dunant hinüber, macht ihm Zeichen, endlich zu sprechen, seinen Standpunkt zu verfechten. Aber Dunant, abgesondert an seinem Katzentisch, beugt sich über das Protokoll. Sein Schweigen erzeugt eine fast unerträgliche Spannung. Dr. Basting, im Gespräch mit seinem Nebenmann, vergißt, seine erregte Stimme zu dämpfen. Bewegung entsteht.
Der Präsident der Konferenz ist sensibel genug, diese Mißstimmung zu spüren. Als gewiefter Taktiker wendet er sich einem anderen Punkt zu und verschafft sich in seiner sachlichen, trockenen Art Gehör.
Moyniers Sätze.
Umstellt vom Schweigen des Protokollschreibers.
Dr. Basting hält das nicht mehr aus, er erhebt sich. Alle Augen richten sich auf die massige Gestalt des niederländischen Stabsarztes, der jetzt betont, am Rande des Statistischen Kongresses in Berlin habe vor allem die Frage der Neutralität interessiert. Nun höre er zu seiner Überraschung, das Komitee beabsichtige nicht, darauf einzugehen?

Moynier, der diesen Vorstoß erwartet hat, kontert geschickt. Ob Basting nicht verstanden habe? Der Genfer Ausschuß wolle diesen Punkt nicht der Diskussion entziehen, im Gegenteil! Er schlage vor, ihn im Anhang nach den zehn Hauptpunkten des Übereinkommensentwurfs auf die Wunschliste zu setzen. Aus Zeitgründen. Später, während einer anderen Konferenz, könne man sich mit diesen Wünschen, auch mit dem Vorschlag einer gemeinsamen Fahne für die Lazarette, eingehender befassen.

Es bleibt dabei. Man ist am vierten Tag der Diskussionen müde, zudem darf man mit der Einigung auf die gemeinsamen Beschlüsse zufrieden sein, sogar die beiden französischen Intendanten haben sich gefügt.

Die Konferenz geht dem Ende zu. Noch einmal meldet sich Dr. Basting. Die Teilnehmer der Konferenz möchten sich erheben: Zum Dank an Henry Dunant, zum Dank auch an die Gemeinnützige Gesellschaft von Genf, die Dunants Ideen unterstützt habe!

Man erhebt sich, klatscht.

Nachdem sich alle gesetzt haben, bittet General Dufour, man möge auch Gustave Moynier danken, dem *lieben Vorsitzenden.*

Einmütiger Beifall.

Die Sitzung wird aufgehoben.

Heiden im Februarlicht.
Vor dem *Freihof* saßen Kurgäste in Pelze und Decken gehüllt in der Sonne.
Dunant war am Vormittag mit der Postkutsche aus Trogen gekommen, Heiden erschien ihm nach der Einsamkeit des *Lindenbühls* heiter und belebt, ein verlorengegangenes Paradies.
Er stand mit Sonderegger auf der Aussichtskanzel, wo sich der Blick zum Bodensee auftut, der Lehrer hielt Emma an der Hand.
Sie trauern Heiden nach? Sie haben sich ja selbst verbannt, sagte Sonderegger.
Eine Geldfrage. Dunant seufzte. Wo sonst kann ich für knapp drei Franken am Tag leben?
Unter dem frisch gefallenen Schnee erschien die Landschaft weit und licht, das Seebecken glänzte metallen.
Die Helligkeit schmerzte, Dunant schloß einen Moment die Augen. Wie wäre es mit einem Spaziergang? fragte der Lehrer. Ihre Retourkutsche fährt doch erst um sechs? Vielleicht nach Wolfhalden, schlug der Lehrer vor. Das schaffen auch die kleinen Beine meiner Emma in einer Dreiviertelstunde.
Dort ist doch ein Postamt? erkundigte sich Dunant. Eben hatte er einen Teil seiner Korrespondenz in Heiden zur Post gebracht, aus Diskretionsgründen erschien es ihm ratsam, nicht alles am selben Ort aufzugeben.

Sonderegger nickte: Nicht nur ein Postamt, auch eine besondere Posthalterin, blitzgescheit und eigenwillig! Weil an ihrem Schalter wenig läuft, schreibt sie im Hintergrund Zeitungsartikel und beliefert die wichtigsten Blätter des Landes mit Neuigkeiten aus der Ostschweiz. Sie unterschreibt mit einem männlichen Pseudonym, meist mit C. Albertini.

Und wie heißt sie in Wirklichkeit?

Catharina Sturzenegger.

Klingt wie Sonderegger, sagte Emma, ist sie denn verwandt mit uns, Papa?

Nein, sie stammt aus einer armen Bauernfamilie aus Speicher. Als zu den fünf Geschwistern noch ein sechstes Kind kam, war zu wenig zu essen da, und man hat Catharina weggeben müssen zu einer kinderlosen Tante. Damals war sie nicht älter als du, Emma.

Oh, das wollte ich nicht! sagte Emma und drückte schnell ihrem Vater die Hand. Ich habe Euch doch lieb.

Auch Catharina hat ihre Mutter lieb gehabt und mußte doch gehen. Bei ihrer Patentante sollte sie arbeiten wie eine Magd.

Dunant und Sonderegger schritten jetzt, Emma in der Mitte, auf einem Feldweg kräftig aus. Der Neuschnee knirschte unter ihren Schuhen. Die Landschaft wirkte weiter als im Sommer: Waldstücke, weiß gesprenkelt wie Hahnengefieder, die Kuppen voll Licht, Schneestaub flimmerte in der Luft.

Und dann, wie ging es mit Catharina weiter? Emma schaute zu ihrem Vater auf, Dunant bemerkte auf ihrem Haar die kupferfarbenen Lichter.

Zum Glück konnte sie zur Schule gehen. Dort ist sie aufgefallen: So schnell hat kein anderes Kind gelernt. Nach ihrer Konfirmation hat der Pfarrer dafür gesorgt, daß sie nicht als Arbeiterin in die Fabrik mußte, er ermöglichte ihr den Besuch des Lehrerseminars in Bern. Direktor der Schule war damals Viktor Widmann, Redaktor des «Bund» und Schriftsteller. Beim Schlußexamen schloß Catharina im Aufsatz mit der besten Note ab, Widmann hat sie gelobt und ermuntert, selbst zu schreiben.

Als junge Lehrerin in Kandersteg hat sie zum Schreiben keine Zeit gehabt. Dann ist sie unglücklich vom Pferd gestürzt, nach der Operation konnte sie nicht länger unterrichten. Jetzt, als Postmeisterin, kämpft sie in ihren Zeitungsartikeln meist für irgend etwas. Für eine Pensionskasse der Postbeamten, zum Beispiel. Oder wie neulich in der «Basler Nationalzeitung» für eine bessere Uferverbauung am Rhein.

Nun schreibt sie an einer neuen Schweizergeschichte. Ein ganz ungewohnter Blickwinkel. Keine chauvinistischen Schilderungen von Kriegen, sondern Aspekte des Friedens. Ich weiß das so genau, weil ein Kollege, Lehrer Engi, ihr dabei behilflich ist.

Sie hatten Wolfhalden erreicht. Neben der Kirche standen drei aneinandergebaute Häuser mit hübsch geschwungenen Giebeln, im letzten war das Postamt untergebracht. Ein Postbüro dritter Klasse, wie Catharina Sturzenegger später sagte, im ehemaligen Privathaus öffnete sich der Schalter nur auf ein Klingelzeichen hin.

Im dämmrigen Vorraum hatten ihre Augen Mühe, sich nach der Helligkeit draußen zurechtzufinden. Ein Mädchen stand vor dem Schalter, es mußte eben geläutet haben, das Flügelfensterchen flog auf, und die Sturzeneggerin guckte heraus wie die Hexe aus dem Knusperhäuschen. So wenigstens schien sie auf das Kind vor dem Schalter zu wirken, denn auf das barsche: Was willst du? antwortete es mit dünner Stimme: eine Marke zu fünf Rappen.

Eine einzige? Und dafür läutest du Sturm?

Das Mädchen nickte stumm.

Habe ich nicht gebeten, daß man Marken gleich im halben Dutzend kaufen soll? sagte die Posthalterin. Der streng gescheitelte Kopf schob sich aus dem Viereck des Fensterchens und neigte sich, im Nacken wurde der Haarknoten sichtbar.

Es hat sich doch herumgesprochen, daß ich an einem Geschichtsbuch schreibe? fuhr sie fort. Bei jeder Marke verliere ich den Faden.
Sie öffnete das Buch mit den Wertzeichen, mit der Fünfermarke schob sie schnell eine Süßigkeit über das Brett. Das Kind griff danach und verschwand.
Jetzt erst bemerkte die Posthalterin die beiden Männer, die im Dämmerdunkel des getäferten Raums standen. Sie erkannte Sonderegger. Flink kam sie aus der Tür und rief: Schön, daß Ihr zu einer ehemaligen Kollegin nach Wolfhalden kommt! Und Emma ist auch dabei?
Sonderegger stellte Dunant vor, Catharina war sofort im Bild. Was für eine Ehre, bitte, kommen Sie einen Moment in mein Büro! sagte sie.
Dunant beharrte darauf, erst seine Post aufzugeben. Alles chargé, sagte er vor dem Schalter.
Das Büro war eher eine Wohnstube, vor dem niedrigen Fenster stand noch der Christbaum. Ich sollte ihn längst wegräumen, entschuldigte sie sich, aber meine Briefträger trinken hier Kaffee, und ich spiele auf der Zither. Ich habe keine Familie, so mache ich es als Posthalterin meinen Angestellten gerne ein bißchen gemütlich.
Sie schnitt einen in Staniol gewickelten Schokoladestern vom Baum und reichte ihn Emma.
Jetzt wirkte sie nicht mehr streng und abweisend. Dunant schätzte sie auf Ende Dreißig, das Gesicht

rund und proper, beim Lachen zogen sich die Wangen wie Äpfel zusammen. Ein energiegeladenes Persönchen, wie viele Appenzellerinnen klein von Wuchs.

Oben am Baum hing ein Wachstäfelchen mit dem Wort Pax. Dunant zeigte hinauf. Das Leitmotiv meiner Schweizergeschichte, erklärte Catharina lachend. Ich möchte zeigen, daß die Werke des Friedens wichtiger sind als Heldentaten im Krieg. Ihr Werk, Monsieur Dunant, soll auch in meinem Buch gewürdigt werden. Aber es wird, wenn ich weiter Fünfermarken verkaufen muß, noch Jahre dauern, bis ich in der Gegenwart angekommen bin. Vorerst beschäftige ich mich mit der vorgeschichtlichen Epoche unseres Landes, mit den Pfahlbauern…

Beeilen Sie sich, ich möchte Ihr Buch noch lesen, sagte Dunant.

Was Catharina anpackt, erledigt sie zügig, sagte Sonderegger. Sogar bei der «Neuen Zürcher Zeitung» sind ihre Artikel begehrt, weil sie die Nase immer vorn hat, meist weiß sie als erste über Neuigkeiten Bescheid.

Sie blickte Sonderegger belustigt an, unter der spitzen Nase erschienen kräftige Schaufelzähne, die Augen leuchteten auf.

Käferaugen, blank poliert, dachte Dunant.

Auf dem Rückweg unterhielt er sich mit Sonderegger über die morgendliche Komiteesitzung der Rotkreuz-Sektion Heiden, als Besucher hatte der Rotkreuz-Gründer daran teilgenommen. Liebevoll hatte sich Dunant mit den Details befaßt: Inhalt der geplanten Broschüre, Farbe des Briefpapiers, Form und Anordnung des Signets.
Es müssen neue Sektionen gegründet werden, sagte er zu Sonderegger, ich bitte Sie, Briefe an Ihre Kollegen in den Nachbarorten zu schreiben. Er sah, wie der Lehrer die Stirn in Falten legte. Schon die Übersetzungsarbeit schien ihn zu überfordern, Dunant hatte den Eindruck, Sonderegger trete damit an Ort.
Haben Sie die neuen Blätter der *Denkwürdigkeiten* schon gelesen?
Der Lehrer nickte. Der Bericht über die Genfer Konvention hat mich beeindruckt, sagte er. Das ist wohl eines der wichtigsten Kapitel der Gründungsgeschichte des Roten Kreuzes? Stimmt es, Monsieur Dunant, daß Sie an dieser Konferenz den Maître de plaisir spielen mußten?

6

Sommer 1864. Die Sonne steht im Zenit von Dunants Leben.
Im August, zehn Monate nach der Genfer Konvention, trafen in Genf erneut Delegierte aus sechzehn Ländern ein. Offiziell eingeladen vom Schweizer Bundesrat, galt es diesmal, die im Oktober in harter Arbeit herauskristallisierten zehn Artikel *der Konvention zur Verbesserung des Schicksals der verwundeten Soldaten* feierlich zu beschließen.
Mit wunderbarer Raschheit ging wiederum alles vor sich, manchmal, beim Planen der Bankette, zwang Henry ein Schwindel, innezuhalten und die Augen einen Moment zu schließen.
War dies Wirklichkeit oder Traum?
Nur zwei Jahre nach der Niederschrift von *Eine Erinnerung an Solferino* trieb sein Werk der Vollendung entgegen.
Der Kongreß war von Moynier aufs genaueste vorbereitet worden, er hatte die zehn Artikel, die zu unterzeichnen waren, mit Dufour vorformuliert, im Rathaus warteten die Tische in Hufeisenform. Die Aufgaben waren verteilt, die Störenfriede aus-

geschaltet: Basting blieb wegen dringender Aufgaben in Holland, und Dunant hatte man an den Rand des offiziellen Geschehens gedrängt.

Nein, das Amt des Protokollführers sei schon vergeben, sagte man ihm. Auch der Bundesrat habe seine offizielle Delegation bereits bestimmt: Moynier und Dr. Lehmann, Oberfeldarzt der Schweizer Armee. Nun gelte es, die Vergnüglichkeiten am Rande des Kongresses zu planen, da Dunant den Geschmack der großen Gesellschaft bestens kenne, habe man ihm diese Aufgabe übertragen. Man denke an Bankette, Regatten, Bälle, ein Feuerwerk.

Henry wehrte sich nicht. Er, der wie ein Löwe für eine Sache zu kämpfen vermochte, besaß, wenn es um seine persönlichen Belange ging, keine Waffen.

Mit seinem gewohnten Engagement machte er sich ans Werk.

Die Genfer Regierung erlaubte eine erleuchtete Seepromenade. Die Residenzen der Reichen wurden hergerichtet: Moyniers Villa am See, das Grundstück von Moyniers Schwiegermutter in Sécheron, Schloß La Grange des Oberst Favre in Versoix, die pompejanische Villa des Bartholomy; Säle und Terrassen warteten mit Spiegeln und Kerzenleuchtern auf den Glanz der Uniformen und Orden.

Einer der ersten Delegierten, die eintrafen, war

Charles S.P. Bowles, er vertrat die legendäre amerikanische *Sanitary Commission.* Auch in europäischen Zeitungen war viel von ihrem Einsatz zu lesen, der Sezessionskrieg in Amerika war zur Zeit der Genfer Konvention noch im Gange. Dunant ließ es sich nicht nehmen, Bowles persönlich zu begrüßen. Er begleitete ihn ins Hotel des Bergues, wo dreizehn der fünfundzwanzig Delegierten untergebracht waren, Dunant sorgte dafür, daß der Amerikaner die größte und schönste Suite des Hauses bekam. Bowles trat durch eine der Balkontüren und schaute eine Weile auf den See. Es ist der schönste See der Welt, sagte er, als er sich umdrehte, ich werde das in meinem Bericht an Washington vermerken.
Dunant lächelte, die Freundlichkeit des Amerikaners hatte für ihn einen bitteren Nachgeschmack. Bowles hatte ihm beim Empfang in aller Offenheit mitgeteilt, er sei nur ein inoffizieller Teilnehmer, Staatssekretär William Henry Seward untersage ihm, die Konvention zu unterschreiben. Im Geist der Monroe-Doktrin aus dem Jahr 1823, die allen europäischen Staaten die Einmischung in amerikanische Angelegenheiten untersagte, wolle sich Washington seinerseits von europäischen Vertragsvereinbarungen fernhalten. Man behalte sich jedoch vor, zu einem späteren Zeitpunkt die zehn Artikel anzuerkennen.

Bowles' beeindruckender Einsatz für die Ziele der Konferenz ließ diese erste Enttäuschung bald vergessen.

Gleich nach seiner Ankunft zeigte er Dunant sein Material, das er über den Ozean geschleppt hatte: graphische Darstellungen der organisatorischen Arbeit der Sanitary Commission, Lithographien über die Weltausstellung in Philadelphia, Photographien der Hauptdepots und Lazarettanlagen, der Feldhilfskorps mit Wagen, Pferden und Zelten. Dunant war begeistert. Sie kamen überein, die Unterlagen schon bei der ersten zwanglosen Versammlung im Athenäum herumzureichen.

Die Delegierten waren beeindruckt, sie konnten sehen und hören, wie man Probleme, um die sie sich Sorgen machten, praktisch löste, manchem Teilnehmer leuchtete der Zweck der Konferenz erst jetzt so recht ein. Bowles kam geradewegs aus einem der blutigsten Kriege seiner Zeit: *Das Schlachtfeld, das Hospital, das Massengrab noch frisch vor Augen, vermochte ich es, nur allzu ernst zu ihnen zu sprechen von dem Krieg, der Krankheit der Völker,* hielt er später in seinem Bericht an seine Regierung fest.

Zu Beginn der ersten Sitzung betonte General Dufour, der Kongreß habe sich nun für die Neutralität zu entscheiden. War im Oktober des vorangegangenen Jahres um diesen Begriff noch gefeilscht worden, so hatte sich in den verflossenen Monaten die Einstellung zu Dunants Hauptanliegen verändert. Am 1. Februar hatten Preußen und Österreich den Dänen den Krieg erklärt, unter Dr. Appia und dem niederländischen Offizier Van de Velde sorgten Sanitätspersonen auf beiden Seiten mit der Rotkreuz-Armbinde für die Verwundeten. Die Forderung der Neutralität erschien nach diesem praktischen Einsatz den meisten als logisch, nur die französische Delegation widersprach zu Beginn noch.

Die Konferenz verlief friedlich. Die wichtigsten Gespräche fanden, wie bei fast allen solchen Veranstaltungen, zwischen den Arbeitssitzungen statt. Bowles' zentral gelegene Zimmer im *Hotel des Bergues* wurden zu einem *Hauptquartier und Treffpunkt des Kongresses außerhalb des Kongresses.* Der Beobachter aus Amerika war unbelastet, die Animositäten zwischen den Vertretern der verschiedenen Länder, das Netz gegenseitigen Mißtrauens waren ihm fremd; ohne es zu merken, setzte er sich über die Traditionen des Umgangs unter Diplomaten hinweg.

Dunant schöpfte Trost aus diesen Gesprächen. Ein neuer Wind wehte, wenn der Vertreter der Sanitary Commission etwa sagte: *Unser Leitgedanke bei allen Diskussionen und Aktionen sollte sein: zuerst die Menschlichkeit, dann die Politik.*

Einmal, als Dunant nach einer Zusammenkunft half, Statistiken und Photos zu ordnen, zündete sich Bowles noch eine Zigarette an und fragte: Wie kommt es, daß Sie an diesem wichtigen Kongreß keine offizielle Funktion haben?
Henry blickte auf den See, wo sich die Segel im Wind blähten. Ich bin schließlich Maître de plaisir, sagte er zu Bowles, und seine Augen zwinkerten ein bißchen vom Seelicht.
Bowles ließ sich nicht ablenken. Vergißt das Internationale Komitee, daß wir Ihretwegen gekommen sind? Ich jedenfalls säße ohne Ihre Intervention nicht hier. Sie haben doch persönlich an Präsident Abraham Lincoln geschrieben, nicht wahr?
O ja, sagte Dunant und schmunzelte.
Der Brief an Abraham Lincoln war eine von seinen Aktionen hinter Moyniers Rücken gewesen. Und sie hatte Erfolg gehabt. Nicht nur Bowles war gekommen, auch der amerikanische Gesandte in Bern, George G. Fogg, hatte Instruktion erhalten, dem Kongreß beizuwohnen.
Aber Moynier kümmerte sich nie darum, was Dunants Vorstöße brachten, ihn ärgerte nur Dunants Alleingang, punkt.
Kurz vor dem Kongreß war es zwischen Dunant und Moynier zum Streit gekommen. In Frankreich hatte Henry über Drittpersonen erfahren, Moynier werfe ihm hektische Betriebsamkeit vor,

Eigenliebe, zu hohe Ausgaben. Ausgerechnet in einem Augenblick, da er bei der größten Militärmacht Europas Vorurteile zerstreut und die Gründung einer Hilfsgesellschaft vorangetrieben hatte, und zwar mit persönlichem finanziellen und zeitlichen Aufwand! Aus eigener Tasche bezahlte Henry Reisekosten, Zusammenkünfte in Restaurants und die Gehälter von zwei Sekretären; die Ausgaben beliefen sich auf nahezu fünfzigtausend damalige Schweizer Franken. Als er daran war, mit dem französischen Staatssekretär über den Begriff der Neutralität zu verhandeln, entzog ihm Moynier von Genf aus die Vollmacht, als offizieller Vertreter des Genfer Komitees aufzutreten. Gewiß, Dunant betrachtete Frankreich gewissermaßen als privates Jagdgebiet, aber war das nicht, als schweizerischer und französischer Doppelbürger, sein Recht? Hatte er nicht für die bevorstehende Konvention in diesem schwierigsten aller Länder wunderbar vorgearbeitet? Wiederum auf Umwegen vernahm er, in der Calvinstadt werfe man ihm vor, Katholiken in sein Werk einzubeziehen und selbst mit Kardinälen zu Tisch zu sitzen. Ein Verrat an seinem angestammten Glauben und an einem humanitären Werk, das aus Kreisen frommer Calvinisten herausgewachsen sei!
Dunant fühlte Ärger und Scham. In Erinnerung daran wird er in Heiden in eines seiner Hefte

schreiben: *Was macht es aus, ob jemand Preuße ist oder Franzose, Engländer oder Russe, Chinese oder Türke, Protestant oder Katholik, Jude oder Mohammedaner, Konservativer oder Radikaler, Sozialist oder Monarchist, Reformer oder Orthodoxer, Zimmermann oder Marquis, Prinz oder Lehrer, das ist mir vollkommen egal. Ich erkenne keinen Unterschied, keine Aristokratie an als die des Herzens und der großen Gedanken. Es erschreckt mich alles, was kleinlich ist, vulgär, klein, eng, borniert, dumm, gewöhnlich, plump, egoistisch, berechnend, bigott, intolerant, böse und tyrannisch.*
Eilig betrieb er die Gründung der französischen Hilfsgesellschaft für verwundete Soldaten und schickte Moynier im Mai eine Namensliste der illustren Mitglieder. Schickte sie wie eine Jagd-Trophäe. Legte ihr eine Mitteilung bei: *Jetzt glaube ich, verehrter Monsieur, daß ich alles in meinen Kräften Stehende getan habe, um unser Werk voranzutreiben und zum Erfolg zu bringen. Von jetzt an möchte ich mich im Hintergrund halten. Zählen Sie nicht mehr auf meine aktive Mitarbeit. Ich trete in den Schatten zurück.*
Das Werk ist in Gang gebracht. Ich war nur ein Werkzeug in der Hand Gottes. Jetzt müssen es andere, Berufenere als ich, vorantreiben und weiterführen.

Der Zeitpunkt dieser Erklärung war für Moynier fatal. Drei Monate vor der Genfer Konvention konnten sie es sich nicht leisten, Dunant, das Aushängeschild der humanitären Aktion, in der Versenkung verschwinden zu lassen. Er schrieb zurück: *Wir können es noch immer nicht fassen, daß Sie ernsthaft daran denken, uns Ihre unverzichtbare Mitarbeit zu entziehen. Wir sind für Sie Gehilfen, aber kein Ersatz. Sie werden uns Ihre aktive Mitarbeit nicht verweigern, wenn Sie wieder unter uns weilen.*
Noch einmal maßen sich die Rivalen im Austausch höflicher, von falscher Bescheidenheit triefender Floskeln. Während der Genfer Konvention zeigte sich: Moynier war von nun an am längeren Hebelarm. Er, der stellvertretende Präsident, konnte sich auf ein Amt und auf eine Organisation stützen.
Dunant, der Gründer, wurde zum Statist in seinem eigenen Stück.

Der Kongreß amüsierte sich: Augusttage, von innen heraus illuminiert.
Für Dunant hatten die Belustigungen einen bitteren Bodensatz. Später, in der Einsamkeit von Heiden, werden sich diese Tage wieder öffnen wie eine Muschel, langsam, im Zeitlupentempo, entfalten sie ihre Pracht:

Schiffahrt nach Versoix. Die *Helvetia* gleitet unter Fanfarenklängen über den See.
Gesprächsfetzen. Der französische Gesandte Jagerschmidt prostet dem preußischen Militärarzt Dr. Loeffler zu. Die gestrige Sitzung ist ohne Meinungsverschiedenheiten verlaufen, sogar die Franzosen freunden sich langsam mit dem Neutralitätsbegriff an.
Auf dem Wasser zittert das Abbild des Dampfers. Vorgespielte Eintracht.
Schloß La Grange, zu Gast beim Doyen der Genfer Patrizier. Speisen und Getränke aufeinander abgestimmt. Comme il faut. Es gibt keine Pannen. Dunant sei Dank.
Der nächste Abend überbietet das Bisherige. Delegierte, das Glas in der Hand, stehen in den Säulenhallen der Villa Bartholomy.
Alle Blicke nun zum Ufer des Grundstücks gewandt: Ein Böllerschuß kündigt den Beginn der Regatte an. Mädchen in Genfertrachten gießen vom Weißwein nach.
Als man sich satt gesehen hat, nahen zwei Dampfer, Männerchöre an Bord intonieren eine eigens für den Anlaß komponierte Kantate. Die Dunkelheit fällt vorschriftsmäßig um halb zehn. Gleich muß das Feuerwerk losgehen. Dunant taucht da und dort auf, blaß, nervös. Chrysanthemen aus Licht öffnen sich am Nachthimmel, verglühen über dem See.

Bowles steht mit einem Glas hinter Dunant, klopft ihm mit der freien Hand auf die Schulter: Marvellous, thank you.
Nachtessen im *Hotel de l'Ecu.* Der Genfer Staatsrat hat geladen. Auf einer ungeheuren Torte Sanitätspersonal aus Zucker, die Armbinden mit dem roten Kreuz aus Marzipan. Dunants Vision, als Nachtisch zu vernaschen. Männerstimmen singen dazu den Chor aus Rossinis *Wilhelm Tell.* Der amerikanische Vertreter glaubt, vor dem Fenster des Speisesaals den Platz zu erkennen, *auf dem der Republikaner einst Gessler erschossen hat.* Er schließt die Vision in seine Berichterstattung ein. In Washington wird kaum jemand daran zweifeln. Zumal Bowles ein Gespür beweist für Zwischentöne, als unparteiischem Beobachter entgingen ihm auch gewisse Intrigen nicht. Sein Bericht an den amerikanischen Staatssekretär endet mit den Worten: *Zum Schluß möchte ich ganz besonders darauf hinweisen, wie sehr wir Herrn J. Henry Dunant persönlich und im Geiste der gesamten Menschheit Dank und Anerkennung schulden. Mit allen seinen Kräften, durch seine geistige Arbeit, seinen Einfluß und sein Geld, durch seinen Mut und seine große Energie ist er der Pionier, die Stütze und der erfolgreiche Schöpfer dieses Werkes in Europa gewesen. Noch ist er an der Arbeit, und das Werk schreitet unbeirrt voran.* Der von ferne Zugereiste spürt das

Drama, das sich da, am Rand der Konferenz, abspielt: Dunant, lange schon vor seinem Fall, vom Komitee in Distanz gebracht zu seinem Werk.

Fünfzehn Tage lang dauerte die Konferenz.
Am letzten Tag wird die Idylle jäh gestört.
Am 22. August, dem Tag des feierlichen Vertragsabschlusses, kommt Sturm auf, fasziniert betrachten die Delegierten hinter den Scheiben des Hotels des Bergues die Wellen im Miniozean des Lac Léman. In der Stadt brodelt es: Konservative «Independisten» haben nach Auszählung der Stimmen über den Radikalen James Fazy gesiegt, das Wahlbüro erklärt die Wahl für ungültig. Demonstranten ziehen durch die Straßen, im Arbeiterviertel fallen Schüsse, einige Demonstranten liegen tot auf dem Pflaster. Eine erboste Menge stürmt zum Rathaus, um den Staatsrat zur Verantwortung zu ziehen. Dunant, beunruhigt durch den Lärm, zeigt sich dem erbosten Volk und erklärt, hier tage nicht der Staatsrat, nur Fremde, die nichts mit dem Vorfall zu tun hätten. Während er Fenster und Türen verriegelt, hört er von einem der Aufständischen, sein Bruder, Dr. Dunant, befinde sich unter den Opfern. Nach Abschluß der Sitzung wird er durch die leergefegten Straßen der Unterstadt gehen, Türen und Fenster sind verbarrikadiert, das

Gerücht vom Tod seines Bruders erweist sich als unwahr.
Der Kongreß hat sich nicht aus der Ruhe bringen lassen und unterschreibt den Vertrag.
Noch sind die Unterschriften feucht, und schon gerät das Dokument in Gefahr. Moynier erzählt, er habe sich auf dem Heimweg an bewaffneten Banden vorbeigedrückt, unter dem Arm, dicht an seinen Leib gepreßt, die Rolle mit den kostbaren Unterschriften.

Dunant sah sie durchs Fenster: Sie standen am Waldrand hinter dem *Lindenbühl,* bückten sich nach Veilchen.
Zwei Damen aus Berlin, das erste warme Maiwetter hatte sie nach Trogen gebracht.
Die ältere der beiden, eine Gräfin Itzenplitz, hatte Henry schon im Herbst des Vorjahrs kennengelernt, die Dame, die dem Hof Kaiser Wilhelm II. und dem Roten Kreuz nahestand, hatte sich erstaunt und erfreut gezeigt, den Autor der *Erinnerung an Solferino* in diesem Winkel der Welt wiederzufinden. Die im Sinne Rousseaus vom einfachen Landleben Begeisterte hatte diesmal ihre Nichte mitgebracht. Beim Nachtessen hatte Dunant mit der jungen Frau ein paar Sätze gewech-

selt, ihr Französisch klang anmutig, und ihre Augen hielten ihn, auch als er sich in sein Zimmer zurückzog, noch immer gefangen: Bernsteinfarben, mit dunklen Einschlüssen, erinnerten sie an Léonie Kastners Augen und tauchten den Rest des Abends in ein zauberhaftes, wehmütiges Licht.
Léonie, schon seit zwölf Jahren tot: bitter dachte Dunant daran, daß seine Feinde seine Heirat mit ihr zu verhindern gewußt hatten.
Henry schloß seine Hefte, erhob sich und öffnete einen Fensterflügel. Harzgeruch, Maibläue. Die gestockte Zimmerluft geriet in Aufruhr, er drückte den Rücken gerade, atmete tief. Den ganzen Winter, so kam ihm vor, war er auf seinem Arbeitsstuhl gesessen, festgeeist hinter seinen Heften, abwechslungsweise am *Avenir sanglant* schreibend und an den *Denkwürdigkeiten* für die Neuausgabe der *Erinnerung an Solferino.*
Er verließ sein Zimmer, trat vor die Pension.
Die beiden Damen kamen eben vom Waldrand zurück.
Die junge Frau streckte ihm einen Strauß Veilchen entgegen, für Monsieur Dunant, sagte sie und strahlte. Er beugte sich über die Blumen, der Duft benebelte ihm den Kopf: La Monnaie im Frühling, *das Gras voller Büschel wohlriechender Veilchen.*
Ich habe meiner Nichte Livina eben erzählt, wie

Sie, Monsieur Dunant, nach dem Deutsch-österreichischen Krieg in Berlin gefeiert wurden, sagte die Gräfin. Als Freundin der Königin Augusta und Vorsitzende eines Wohltätigkeitsvereins bewunderte ich Sie damals von weitem auf der Tribüne. Wissen Sie, in welchem Jahr dies war?
1866, sagte Henry. Und dachte: Was für eine verrückte Zeit damals, zwischen der Genfer Konvention und meinem Sturz.

Krieg. Mitten in Europa. Preußen und Österreich wegen der schleswig-holsteinischen Frage und dem preußischen Antrag auf Bundesreform aneinandergeraten, in der Schlacht von Königgrätz siegte das erstarkte Preußen. Vierzigtausend Tote blieben auf dem Schlachtfeld. Dank Helfern vom Roten Kreuz wurden in den Lazaretten Menschenleben gerettet.
Dunant wird zur Siegesfeier nach Berlin eingeladen.
Längst wegen seiner algerischen Unternehmungen in Schwierigkeiten geraten, liebt er den Ortswechsel, glaubt, sich zu verändern vor einem andern Hintergrund, unter einem andern Einfall des Lichts. Ein freierer Mensch werden im Spiegel fremder Augen, die nicht den Kaufmann in ihm sehen, nur den Rotkreuz-Mann, den Autor von «Solferino».

Die preußische Hauptstadt in Erwartung der heimkehrenden Soldaten.
Triumphbögen aus Tannenreisig über die Straßen gespannt. Die leeren Plätze, die viel zu breiten Chausseen hungrig nach Menschen, das Pflaster bereit, den Schall marschierender Stiefel zurückzuwerfen.
Henry, der in Genf vor dem Abgrund stand, schöpft Atem. Der Wind streicht über märkischen Sand, bringt den Geruch nach Kiefern und Heide, läßt das Fahnentuch knistern. Neben den Flaggen in preußischen Farben hängt aus den Fenstern auch sein Zeichen, das Rote Kreuz. Man empfängt ihn wie einen Monarchen; er verkörpert den Geist der Menschlichkeit. Auf der Tribüne der Ehrengäste steht neben ihm Otto von Stolberg-Wernigerode, der Vorsitzende der Hilfsgesellschaft für die Verwundeten.
Vorbeimarsch der Truppen. Die Anwesenheit des Philanthropen mildert den rohen Aspekt des Kriegshandwerks, dämpft das schlechte Gewissen, das sich bei einer Siegesfeier einstellt. Wer nicht abgestumpft ist, spürt: In den marschierenden Reihen gehen die vierzigtausend Toten mit, die Witwenschleier sind in der wartenden Menge nicht zu übersehen.
Haben Sie gehört, daß Königin Augusta vor ihrem Mann gekniet ist und ihn angefleht hat, den Krieg

zu verhindern? Stolberg-Wernigerode schreit es in Dunants Ohr, der Lärm der marschierenden Stiefel läßt keinen normalen Gesprächston zu.
Dunant blickt ihn erstaunt an. Und? Warum dann der Krieg?
Staatsräson. Prestige. Ehre. Man hält Frauen für emotional und schiebt ihre Bedenken beiseite. Beruft sich auf männliche Vernunft und wählt das Unvernünftigste: den Krieg.

Am Abend, während des Banketts im Schloß, setzt sich Henry an den bescheidensten Tisch und wird an die Tafel des Königs geholt. Gewiß, er genießt es, geehrt zu werden. Und doch wird er, mitten im Gespräch, von der Ahnung des Unheils gestreift. Später erfährt er: Während seiner Ehrung in Berlin müssen in Genf seine Eltern seinetwegen einen Teil ihres Vermögens verpfänden.
Beim anschließenden Empfang steht Dunant unter Generälen und den Mitgliedern des Hauses Hohenzollern. Die Stimmung hat sich gelockert. Trinksprüche, Lobreden auf Moltke, die preußische Kriegsstrategie.
Schnell, blutig, kurz ist der Kampf verlaufen, wie am Schnürchen, sagt einer der Generäle. Haben eben ihren Clausewitz gelernt.
Dank Dunant haben wir auch den moralischen Aspekt nicht vernachlässigt, wagt eine der Damen

zu bemerken, nicht nur die eigenen Soldaten, auch der verwundete Feind wurde gepflegt.
Ja, im nächsten Krieg werden wir sogar die verwundeten Franzosen pflegen, bemerkt einer der Militärintendanten, er sagt es augenzwinkernd, man lacht, prostet ihm zu.
Nur wenige schweigen betroffen.
Dunant, mitten im Siegestaumel. Er, der Bewunderer der Aristokratie, der narkotisiert wird von Titeln, der die Litanei der großen Namen vor- und rückwärts betet, fühlt sich an diesem Abend entzwei gerissen.
War es das, wovon er geträumt hat bei der Niederschrift der *Erinnerung an Solferino,* Teil einer Siegesfeier zu werden im Schoße eines kriegsbegeisterten Hofs?
Heute die Rotkreuzfahne am preußischen Schloß. Morgen wird sie in Paris wehen: Napoleons übereilte Kriegserklärung, Niederlage, Elend, Gewalt haben sie gehißt. Die beiden Gegner im Deutsch-französischen Krieg von 1870/71 ineinander verkeilt und Preußen, diese von der Rotkreuzidee begeisterte Nation, Sieger. Einer der Brüder Goncourt hatte nach der Lektüre von *Erinnerung an Solferino* geschrieben: *Hat man dieses Buch gelesen, verdammt man den Krieg.*
Annektiert nun der Krieg das Hilfswerk samt dem Gründer?

Dunant schaudert es.

Inmitten der Menschen, in einer Ecke des Saales, ein zweiter Außenseiter. Zwar trägt er die Uniform der weißen Kürassiere. Das Gesicht eisgrau, die hühnenhafte Gestalt wie erstarrt, so, als berühre auch ihn diese Siegesfeier nicht.
Es ist Graf Bismarck.
Henry hat die Begegnung in seinen *Denkwürdigkeiten* festgehalten: *Der große Mann betrachtete mich fest und prüfend. Unsere Blicke begegneten sich. Suchte der berühmte Staatsmann, der große Patriot zu erraten, wer wohl dieser bescheidene Fremdling war, der einzige in dem Saale der Auserwählten, inmitten dieses von glänzenden Uniformen wimmelnden Hofes, der bürgerlich in den einfachen schwarzen Frack ohne Gold und Stickereien gekleidet war und dem ein solcher Empfang durch die Glieder des mächtigen Hohenzollernhauses zuteil wurde? Oder, falls er wußte, wer ich war, nämlich der Vertreter eines Friedenswerkes im besten Sinne des Wortes, dachte er wohl an all das Blut, das infolge seiner so erfolgreich geleiteten Politik geflossen war, an jenes Blut, welches zu stillen die freiwilligen Hospitaliter so viel Mühe gehabt hatten? Er hatte ein gewagtes Spiel gespielt, und er hatte gewonnen. Aber, welch beklemmende Angst hatte er ausstehen müssen! Sein hageres Gesicht war bleich wie der Tod.*

Am nächsten Tag erhält Dunant eine Einladung: ein Abendessen mit Königin Augusta in kleinem Kreis. Sie empfängt ihn wie einen Vertrauten, zeigt ihm am Arm die Binde mit dem roten Kreuz. Henry erfährt nicht nur von ihrem sozialen Einsatz während des Krieges, diese kluge, von seiner Idee begeisterte Frau macht sich Gedanken über die Zukunft des Hilfswerks: In Friedenszeiten, schlägt sie vor, sollte das Rote Kreuz bei Katastrophen helfen.
Dunant blickt sie erstaunt an. Das war von Anfang an meine Idee, doch stößt sie in Genf beim Internationalen Komitee nicht auf Gegenliebe.
Und Sie können keinen Einfluß mehr nehmen? Sie sagt es ungläubig lächelnd, als nähme sie die Antwort voraus.
Ihre ruhigen Augen geben ihm Kraft.
Ich will auf den Vorschlag zurückkommen, verspricht er. Schließlich ist die Aufgabe des Roten Kreuzes durch die Bestimmungen der Konvention nicht für alle Zeit festgelegt. Eine Idee muß sich verändern können, immer wieder neuen Gegebenheiten anpassen, nur so bleibt sie lebendig.
Später erwähnt die Königin die Tätigkeit der Frauenvereine in Amerika während des Sezessionskrieges.
Clara Barton. Sie hat sich vorbildlich um die Ver-

wundeten gekümmert. Nun, da der Krieg beendet ist, widmet sie sich in Washington der Aktion *Missing Men:* So viele Informationen wie möglich sollen über die Vermißten des Krieges gesammelt werden.
Dunant schweigt beeindruckt. Sagt dann: Der amerikanische Vertreter der Sanitary Commission hat mir in Genf von Clara Barton erzählt. Unabhängig von meiner Gründung scheint in der Neuen Welt die gleiche Idee am Werk zu sein! Das bestätigt ihre Notwendigkeit.

Nach dem Essen wurde Dunant von weiteren Mitgliedern der königlichen Familie begrüßt. Eine kleine Prinzessin, acht Jahre alt, zeigte zutraulich ihr Bilderbuch: Ein Junge mit einem Spielzeuggewehr war abgebildet, daneben das Schwesterchen als Pflegerin, auf Häubchen und Armbinde das rote Kreuz.
Dunant betrachtete lange das Bild.
Eine Bilderbuchformel, dachte er: Was die Männer verletzen, verbinden die Frauen.
Auch das Kind schien die Darstellung nicht einfach hinzunehmen.
Als die Königin erklärte: Herr Dunant hat durch sein Werk viele Menschen gerettet, denn nun verbinden freiwillige Helfer auf dem Schlachtfeld die Verwundeten, schaute das Mädchen groß zu ihr

auf: Warum verwundet man sie denn, wenn man sie nachher pflegt?

Mitte Mai begleitete Dunant die Gräfin Itzenplitz und ihre Nichte zu einer Besichtigung des *Freihofs* in Heiden.
Frau Altherr-Simond freute sich, Dunant zu sehen, gerne reserviere sie seinen Begleiterinnen zwei Zimmer.
Auf dem Heimweg, während sich die Itzenplitz lobend über den *Freihof* äußerte, sagte die Junge mit schalkhaftem Blick: Herr Dunant, wechseln Sie mit uns nach Heiden. Ihnen gefällt es dort doch auch besser?
Leider läßt sich das nicht machen, sagte Dunant verlegen.
Die Gräfin wußte, was er verschwieg. Schon im Herbst war ihr aufgefallen, daß sich der Gründer des Roten Kreuzes selbst in der bescheidenen Pension *Lindenbühl* einschränken mußte. Sie hatte ihn nie etwas anderes als Suppe und Brotschnitten essen sehen.
Unsere gemeinsame Freundin, Kaiserin Augusta, ist leider im Januar 1890 gestorben, sagte die Itzenplitz. Aber ich habe mich an die junge Kaiserin Auguste Viktoria gewandt mit der Bitte, man mö-

ge Sie, den Gründer des internationalen Hilfswerks, tatkräftig unterstützen. Schließlich haben Sie den zivilisierten Nationen durch ihr Werk einen Dienst erwiesen, der sich nicht durch Zahlen ausdrücken läßt.
Dunant war blaß geworden. Und was hat die Kaiserin gesagt?
Sie wolle Erkundigungen einholen lassen.
In Genf, beim Roten Kreuz?
Vermutlich.
Dann wird alles im Sand verlaufen.
Warum denn? fragte die Gräfin erstaunt. Weiß man dort nicht, daß Sie älter werden und ein bequemeres Leben verdienten?
Man weiß, daß ich darbe. Trotzdem pflegt man auf eine solche Anfrage zu antworten: Herr Dunant braucht nichts. Er hat eine reiche Familie, die ihn unterstützt.
Und, trifft das zu?
Meine Familie läßt mir jeden Monat hundert Franken zukommen. Das sind fünfzig Cents mehr pro Tag, als man in Amerika Kostgeld zahlt für einen Hund!
Die Nichte fand den Vergleich komisch, aber unter dem Blick der Tante brach ihr Lachen jäh ab.
Wir könnten einen Umweg zum Fünfländerblick machen, schlug die Gräfin vor. Sagten Sie nicht, daß Sie die Aussicht dort oben lieben?

Sie erreichten die Anhöhe, als eben die Sonne sank. Unter ihnen lag der Bodensee im letzten Glanz des Tages, vom Seebecken aus weitete sich der Blick über rauchgraue Anhöhen in alle Richtungen, fünf Länder, sagte Dunant, und auf Livias Bitte hin zählte er auf: Schweiz, Österreich, Baden, Württemberg, Bayern.
Sie standen noch eine Weile. Dunant, der die junge Frau heimlich von der Seite betrachtete, fühlte sich wieder an Léonie Kastner erinnert: So hatte sie ausgesehen während ihrer gemeinsamen Zeit in Rom, das rötlichblonde Haar, die geschwungene Linie des Halses.
Vorhin, in der Kutsche, hatte er verschwiegen, daß Genf auf die Frage nach seinem Befinden bis 1888 noch eine andere Antwort bereit hatte: Dunant geht es gut, er hat eine reiche Geliebte.
Henry stand stumm im letzten Licht des Tages. Mehr mit dem Herzen als mit den Augen erahnte er hinter den letzten, schon dunklen Erhebungen Stuttgart, seinen «Heimathafen», wie er die Stadt seit seiner Emigrantenzeit nannte. Aus dieser Stadt war nach der Veröffentlichung seines Buches zuerst Antwort gekommen, die beiden Pfarrer Wagner und Hahn, Abgeordnete an der Genfer Konferenz, gründeten schon Ende 1863 eine Verwundetenhilfe. Pfarrer Wagner hatte *Eine Erinnerung an Solferino* ins Deutsche übersetzt und den

Autor immer wieder in seinem Haus aufgenommen. Nach Wagners Tod überließ seine Witwe dem exilierten Dunant in ihrem Haus an der Hasenbergsteige 7 zwei Dachzimmer. Und in Stuttgart hatte er schließlich Rudolf Müller kennengelernt.

7

Auf der Flucht Teile seiner selbst aufgeben, sich zurücknehmen, Stück für Stück, den innersten Kern mit einer Kalkschicht überziehen, ein Krebs, der seine Weichteile schützt unter den Verpanzerungen.
Henry Dunant, alt, vom Leben verletzt. Und noch immer dieses Verlangen, anerkannt, geliebt zu werden.
In den Fluchtjahren war er mißtrauisch geworden. Rudolf Müller jedoch hatte ihn schon bei der ersten Begegnung durch seine schlichte, ehrliche Art entwaffnet.
Auf einer Aussichtsterrasse oberhalb von Stuttgart hatte Dunant den jungen Mann in gebrochenem Deutsch angesprochen: Was für ein schöner Tag.
Rudolf Müller, Student in Tübingen, führte das Gespräch auf Französisch weiter. Lange gingen sie unter den Bäumen spazieren. Rudolf Müller sprach von seinem Wunsch, in Paris zu studieren. Henry, Wahlverwandtschaft spürend, weihte den beeindruckbaren Einundzwanzigjährigen in seine Gedankenwelt ein. Der junge Mann hörte mit wachsender Begeisterung zu, stellte dann Fragen,

Dunant erkannte seine Intelligenz, den entflammbaren, Idealen aufgeschlossenen Geist. Stunden später, als sie nach Stuttgart hinunterstiegen, glänzten Weingärten und Dächer im Mondlicht.

In einem Brief hat Dunant später Rudolf Müller seine Freundschaft förmlich angetragen, das Vokabular erinnert an den Sekretär des Christlichen Vereins junger Männer:
Wenn die Zusicherung einer ehrlichen und aufrichtigen Freundschaft, einer wirklich zuverlässigen und reinen Zuneigung, kurz gesagt, die Freundschaft eines christlich denkenden Menschen, Dir Mut und Unterstützung geben kann in Deinem Studium, Deiner Arbeit und in den Mühsalen und Traurigkeiten dieses Lebens, wenn sie Dir die Trennung von Deiner Mutter und den Deinen erleichtern kann, wenn dieser Freundschaftsbeweis, so wiederhole ich, Freude und Beruhigung in Dein Herz zu bringen vermag, ein Herz, das frei von Materialismus ist, (…) so akzeptiere diese Freundschaft mit absolutem Vertrauen.

Die Beziehung überdauerte Dunants dunkle Zeit in London.
Dunant fühlte sich damals bespitzelt, die Genfer Gläubiger wollten wissen, wo der Bankrotteur sich aufhielt, wovon er lebte, eine Zeitlang hielten sich Gerüchte, er habe Geld versteckt. Aus Furcht, die

Briefe könnten, trotz Siegel und Deckadressen, den Spionen in die Hände fallen, bat er Rudolf, unter einem anderen Namen zu schreiben. Henry selbst unterzeichnete die Schreiben oft mit dem Namen seiner englischen Großmutter *Hilditch,* manchmal auch mit *Paul,* Rudolf wurde dann nach biblischer Vorlage zu seinem *Timotheus.* Im Winter erteilte er Rudolf, der in Stuttgart an chronischer Erkältung litt, Gesundheitsratschläge, in väterlicher Fürsorge nannte er ihn: *My dear Child* oder: *Mein lieber Sohn,* und er unterschrieb mit *Dein Dich liebender Verwandter.* Formulierungen, um irrezuführen, aber auch Zeichen einer unmittelbaren, herzlichen Zuneigung, die auf Gegenseitigkeit beruhte. Keiner wird dem alternden, verbitterten Philanthropen so tatkräftig die Treue halten wie Rudolf Müller.

Jahre später, als Müller heiratete, schien Dunant die Männerfreundschaft bedroht. Er gratulierte dem Paar verspätet, schützte seine Handverletzung vor. Vermutlich war es ihm nicht bewußt, daß er in späteren Briefen unvermittelt vom familiären Du zum formellen Sie wechselte.

So schrieb er aus dem Kurort Seewis, wo ihn das junge Paar 1887 besucht hatte: *Versichern Sie Frau Müller meiner großen Freude, ihre Bekanntschaft gemacht zu haben…*

Nach einem längeren Unterbruch nahm Dunant

im *Lindenbühl* anfangs des Jahres ’91 den Briefwechsel wieder auf. Am 2. Januar teilte er Müller mit, er fühle sich in Sicherheit im *Lindenbühl,* auch habe er in Heiden Freunde gefunden, die in einer Broschüre daran erinnern wollten, daß er der Gründer des Roten Kreuzes sei.
Im März schrieb er: *Ich bin hier in einer Einsamkeit, die mir gefällt, zwanzig Minuten von Trogen entfernt, die Luft ist ausgezeichnet, die Pension ist preisgünstig und ruhig. Im Oktober und November war ein englisches Ehepaar hier, nun bin ich allein.* Er arbeite an einem Werk mit dem Titel *L'Avenir Sanglant,* das er in der Schweiz drucken lassen wolle. Ein Kapitel widme er jenen Künstlern, Erfindern und Wohltätern der Menschheit, die man verachtet und verkannt habe. Es seien ihm vor allem englische und französische Beispiele eingefallen. Nun bitte er Müller um einige deutsche Namen.

In *L'Avenir sanglant* notiert Dunant: *Als Franklin dem Französischen Institut seine Denkschrift über Blitzableiter überreichte, nahm die gelehrte Welt sie mit schallendem Gelächter auf...*
Das Urheberrecht von James Watt an der Erfindung der Dampfmaschine wurde angezweifelt, ebenso das von Stephenson bezüglich der Lokomotive, das von Richard Arkwright bezüglich des Web-

stuhls... Michelangelo wurde verraten, mißverstanden...
Beethoven vereinsamte verkannt...

Mozart stirbt, zu Grunde gerichtet und verschuldet, wird in ein Massengrab geworfen... Shakespeare hat für den «Hamlet», sein Meisterwerk, nur fünf Guineen gelöst, und Milton, erblindet, verarmt und vereinsamt, trat «Das verlorene Paradies» um zehn Pfund Sterling ab...
Corneille fehlte es an allem, sogar an Suppe, sagte Racine...
Walter Scott kennt die Kämpfe, die Leiden, die düsteren Tage des Unglücks...
Der große Schweizer Geschichtsschreiber Johannes von Müller, von seinen Gläubigern gequält, ordnet in seinem Testament an, daß man seine Manuskripte verkaufe...
Dunant blickte von seinem Schreibtisch auf, er dachte an seinen eigenen Sturz im Jahre 1867. Das Fenster, blind vom Sommerregen, spiegelte die traurigsten Szenen seines Lebens. Er seufzte, Schweiß trat auf seine Stirn.
Dann öffnete er eines der blauen Hefte und schrieb.
1867. Catastrophe! Ruiné!
Das war für mich eine Katastrophe; und diese Katastrophe kam zur Zeit der besten Mannesjahre in

mein Leben... Ich war noch nicht einmal in mein 39. Jahr eingetreten, als alles um mich zusammenbrach. Alles verdunkelte sich; und ohne ganz den Mut zu verlieren, fühlte ich mich plötzlich geschwächt. Ich verlor diese Beweglichkeit, diesen Halt, dieses Vertrauen, das ich bis anhin besessen hatte, und fiel in schwarzen Kummer...

Bis zuletzt hatte er auf ein Wunder gewartet.
Napoleon besuchte im Frühjahr 1865 Algier, seine afrikanische Hauptstadt. Dunant, der zur Rettung der Mühlen eben die «Omnium Algérien» gegründet hatte, hoffte, Napoleon werde bei seinem Besuch die neue Gesellschaft absegnen. Der Generalgouverneur Mac-Mahon empfing den Herrscher in der ehemaligen Sommerresidenz des Beis, Dunant unter den Ehrengästen.
Ein Fest wie aus Tausendundeiner Nacht.
Das Schloß von Fackeln beleuchtet, gezackte Spitzbögen, Arabesken warfen malvenfarbene Schatten.
Die Gäste blickten von ihren Gartenplätzen auf Alleen von Orangenbäumen.
Auf den weißen Kieswegen schritten zahme Gazellen zur Tränke, Wasserkünste und Springbrunnen ließen die Dürre jenseits der Bergkette vergessen.
Henry war umringt von Wohlwollen. Die Gattin des Maréchal Mac-Mahon bezeichnete sich im

Kreis ihrer Damen als Dunants Jüngerin. Licht- und Schattenspiele auf den Gesichtern der schönen, ihm zugeneigten Frauen.
Aus diesem Stoff waren einst die Geschichten gemacht, die er als Zwanzigjähriger in den Gefängnissen von Genf den weiblichen Gefangenen vorgelesen hatte.
In das Märchen mischt sich die Realität seiner Mühlen, gleich wird er als Bittsteller vor dem Herrscher stehen. Die Gäste formen sich zu einem Zug. Langsam bewegt er sich auf den kaiserlichen Thron zu.
Dann steht Dunant vor seinem Idol.
Henry, der Erwählte, der Liebling Gottes, erwartet von Napoleon Rettung: Alle biblischen Plagen sind über ihn hereingebrochen: Dürre hat die Ernte vernichtet, die Mühlen haben nichts zu mahlen, das von Nick gekaufte Vieh ist an einer Seuche erkrankt, das Geld rinnt davon wie aus einem aufgeschlitzten Kornsack…
Nur eine Minute ist ihm gewährt: Er muß diese Minute spalten in der Form seines gespaltenen Herzens. Die eine Hälfte gehört der neugegründeten französischen Gesellschaft für verwundete Soldaten, die andere Hälfte der neuen Gesellschaft zur Rettung seiner algerischen Unternehmungen.
Napoleon betrachtet verwundert diesen eifrigen, von Unrast getriebenen Mann. Er spürt eine gei-

stige Verwandtschaft, denkt an die eigenen Utopien, die er als Kaiser so schlecht verwirklichen kann, seine Kritiker verhindern die von ihm geplanten sozialen Reformen. Das läßt ihn stumpf werden, schwunglos. *Unter einem verschlossenen und gefühllosen Aussehen verbarg er eine edle Seite und besaß in hohem Maße das Gefühl seiner Verantwortung. Es ist recht traurig, daß er nicht besser verstanden und unterstützt wurde,* schreibt Henry später über diesen Augenblick.

Napoleon hört erstaunt, was die leise, stockende Stimme erwähnt: eine Gesellschaft, errichtet zur Rettung Algeriens! Eine Gesellschaft, errichtet zur Rettung der Menschlichkeit in einer von Kriegen erschütterten Welt!

Etwas verwirrt, aber nicht ungerührt blickt der Kaiser in die großen, bittenden Kinderaugen des Philanthropen. Sagt dann müde: *«Ihre Gesellschaft wird durch meine Regierung gefördert.»* Wieder ein Talisman-Satz.

Dunant trägt ihn wie eine Kostbarkeit nach Genf. Für ihn gibt es keinen Zweifel, auf welche der beiden Gesellschaften sich dieser Ausspruch bezogen hat, dieser Satz wird seine Mühlen retten.

Als eine Woche später die Nachricht eintrifft, Gesellschaften von der Größe einer «Omnium Algérien» würden nicht zugelassen, gründet er mit der Energie eines Stehaufmännchens in

Genf eine andere Gesellschaft, die «Compagnie Algérienne».
Später wird man sich fragen, weshalb sich zu diesem Zeitpunkt noch so bekannte Männer für das Unternehmen einspannen ließen: General Dufour, Dunants Onkel Jean-Daniel Colladon, sein Bruder Daniel Dunant, ein Pictet, ein Eynard, ein Wecker...
Auf Henri Nicks Rat die letzte Flucht nach vorn: Dunant läßt durch den Verwalter die Marmorbrüche von Felfela in der Nähe des algerischen Philippeville kaufen. Diese Steinbrüche, hat man ihm versichert, sind ihre halbe Million Franken wert, der Crédit Genevois soll für die Kaufsumme von 400 000 Franken die Hälfte vorstrecken. Dunant sitzt im Verwaltungsrat der neu gegründeten Genfer Kleinbank, die sich in einem Liquiditäts-Engpaß befindet, seit dem Deutsch-österreichischen Krieg ist in ganz Europa eine wirtschaftliche Depression zu spüren. Der Crédit Genevois verlangt in dieser Zwangslage das Darlehen zurück, Dunant, nicht zahlungsfähig, bittet um Aufschub, seine neue Gesellschaft befinde sich erst im Aufbau. Gerüchte gehen um, er habe für die Marmorbrüche von Felfela eine bedeutend kleinere Summe bezahlt.
Die Genfer Geldgeber verlieren die Geduld, sie lassen zu, daß der Marmor von Felfela die Mühlen

von Mons Djémila mit in den Abgrund reißt, den Grabstein liefert für Dunants kaufmännische Karriere. Vom Handelsgericht zur Verantwortung gezogen, steht er vor einem Schuldenberg von über einer Million.

Den Kauf in Algerien, schreibt Dunant in seinen Memoiren, *hatte für mich Direktor N. getätigt. Er hat mich nicht über den Wert der Steinbrüche getäuscht (sie waren eine halbe Million Francs wert), aber über den Verkaufspreis, den er mit dem früheren Besitzer ausgehandelt hatte. Nun hat man mich persönlich beschuldigt, den Crédit Genevois getäuscht zu haben, eine Absurdität und Gemeinheit von seiten meiner Verleumder.*
Dies ist die Wahrheit: Die von mir gegründete neue Gesellschaft sollte vom Crédit Genevois diese Steinbrüche für einen höheren Preis übernehmen, wie es auch ihrem tatsächlichen Wert entsprach. Dies im Interesse des Crédit Genevois und gerechtfertigt, weil er den Kauf durch seinen Einsatz ermöglicht hatte (...)
Die Finanzkrise von 1866 erschütterte den Crédit Genevois, der sich aus anderen Gründen in einer mißlichen Lage befand und auf sofortige Rückzahlung drängen mußte. Der Crédit Genevois machte mir wegen dieser Rückzahlung einen Zivilprozeß vor dem Handelsgericht. Zum Zeitpunkt dieses Prozesses befand ich mich in Paris, krank vor Kummer und im

Elend. Ich war nicht einmal in der Lage, dem Advokaten, den mir meine Familie geschickt hatte und der mich verteidigen sollte, ausreichende Erklärungen zu geben. Ich gewann den Prozeß in erster Instanz. Aber der Crédit Genevois befand sich in einer Notlage und war gezwungen zu liquidieren. Dies und der Umstand, daß meine Feinde die öffentliche Meinung gegen mich aufhetzten, war der Grund, warum ich den Zivilprozeß in zweiter Instanz vor dem Gerichtshof verlor.
Meine Feinde ließen in Paris und anderswo, wo die Rechtspflege unterschiedlich organisiert ist, glauben, ich sei strafrechtlich verurteilt worden…
Das Handelsgericht entschied, daß wegen meiner Zahlungsunfähigkeit die Verwalter des Crédit Genevois die Differenz zahlen sollten. Ihnen und ihren Erben schulde ich also einige Hunderttausend…»

Im August 1867, als in Genf das Urteil in zweiter Instanz bekannt wurde, Dunant habe *«bewußt seine Geschäftspartner getäuscht»,* rief Gustave Moynier die Mitglieder des Komitees zu einer außerordentlichen Sitzung zusammen. *Das Komitee war sehr alarmiert und sah seine letzte Stunde gekommen.* Man beschloß, *alle Beziehungen zu einem Mitglied, das seinen Ruf derart kompromittierte, abzubrechen,* schreibt Moynier in seinen Erinnerun-

gen. Auch der Christliche Verein junger Männer strich den Gründer aus seiner Mitgliederliste.
Für die Genfer Calvinisten hatte Dunant mehr als Ehre und Geld verloren, Gott hatte ihm seine schützende Hand entzogen. Von nun an trug Dunant das Kainszeichen auf der Stirn.
Auch anderswo, in dieser vom Spekulationsfieber geschüttelten Gründerzeit, waren Ehrenämter einem Bankrotteur versagt.
Dunant wußte darum. In einem Schreiben vom 25. August 1867 gab er auf Wunsch Moyniers seinen Rücktritt als Sekretär des Internationalen Komitees bekannt. Den Offiziellen reichte das noch nicht aus: Zehn Tage später schlossen sie ihn gänzlich aus ihren Reihen aus. Dunant hörte auf, Komiteemitglied seiner eigenen Gründung zu sein. Für den Rest seines Lebens lang wird sich Dunant gegen den Vorwurf des betrügerischen Konkurses wehren. Trotzdem nahm er Schuld auf sich: *Ich verstand nichts von Börsengeschäften, ich habe Unrecht getan, mich auf sie einzulassen. Ich gebe dies tausendfach zu, und ich bitte Gott und die Menschen in tiefer Reue und Demut um Vergebung dafür.*
So lag denn der Gründer der Hilfsgesellschaften für Verwundete, von Leichtsinn und Gutgläubigkeit zu Fall gebracht, verletzt auf dem Schlachtfeld des Lebens, und die institutionalisierten Samariter

gingen mit kalten Gesichtern vorbei und hoben ihn nicht auf.

Mittellos lebte Dunant jetzt in Paris.
Sein Vater und zwei seiner Brüder hatten seinetwegen ihr Vermögen verloren und einen Teil ihrer Habe verpfänden müssen. Das machte ihn krank vor Kummer.
Ich hatte grausam zu leiden unter den Folgen meiner Einfalt, meiner Unfähigkeit, meiner Unerfahrenheit und Leichtgläubigkeit, um so mehr, als durch mein eigenes Unglück andere Personen Verluste erlitten, andere, denen ich nützlich zu sein gehofft hatte, und für die ich recht gern mein eigenes Blut gegeben hätte, um sie vor Schaden zu bewahren.
Einzig die Tätigkeit für das Französische Rote Kreuz gab ihm Auftrieb. In Reden in verschiedenen Gegenden des Landes versuchte er, die humanitäre Idee von der Hauptstadt in die Provinz zu tragen.
Während eines solchen Vortrags lernte Dunant 1866 im Elsaß Jean-Jacques Bourcart kennen. Der junge Fabrikant, Besitzer einer Kattunweberei und selbst ein Weltverbesserer, war von Dunants Ideen begeistert. Zur Fortsetzung des Gesprächs lud er Dunant zum Nachtessen in seine Villa in Guebwiller ein. Er erzählte von seinen Schweizer Vor-

fahren, die aus Richterswil am Zürichsee stammten, seinen schriftstellerischen Plänen, seinem Steckenpferd, der Malerei. An den Wänden, in schweren Rahmen, hingen seine Bilder der Fabrikanlagen in Guebwiller.
Dunant bewunderte den um sieben Jahre jüngeren Mann: Mit Frau und vier Kindern führte er ein reiches, von Industriefleiß und musischen Neigungen erfülltes Leben. Mit Beklemmung dachte Henry an seine Pariser Dachkammer, an seine leer gewordene Existenz.
Madame Bourcart spürte etwas von diesen Gefühlen. Als sie ihren Mann am nächsten Tag auf die mit Tinte geschwärzten Ärmelkanten, die schäbige Kleidung und die ungesunde Gesichtsfarbe des Gastes ansprach, meinte Bourcart: *Voilà un homme, qui se ruine pour l'humanité – ein Mann, der sich für die Menschheit ruiniert.*

In Dunants Unglücksjahr 1867 fand die zweite Pariser Weltausstellung statt.
Den Hilfsgesellschaften für Kriegsverwundete, für die sich langsam der Sammelbegriff Rotes Kreuz durchsetzte, stand auf dem Champs de Mars unweit der Krupp-Kanonen ein eigener Pavillon zur Verfügung; in einem Zelt, über dem eine weiße

Friedensfahne wehte und das im Volksmund «la tente des blessés» hieß, waren Sanitätsausrüstungen und Samariter-Puppen zu bewundern. Dort stand auch eine mit Lorbeer umkränzte Büste Dunants. Der lebende Dunant lag während der Eröffnungsfeier halbtot vor Scham und Kummer in der Dachkammer eines schäbigen Pariser Viertels.
Später, als er sich etwas erholt hatte, mied er die Ausstellung aus Furcht vor der Verachtung und dem Spott der Genfer Offiziellen. So kam es, daß Moynier und seine Leute immer wieder nach dem Verbleib des Gründers gefragt wurden.

Unter denen, die sich nach Dunant erkundigten, war auch Jean-Jacques Bourcart. Während eines Empfangs des französischen Komitees im Pavillon der Hilfsgesellschaften entdeckte Bourcart mit Genugtuung Dunants Büste.
Auf seine Frage, warum der Gründer nicht anwesend sei, verwies man ihn an einen Vertreter aus Genf.
Bourcart näherte sich ihm mit seinem jugendlichen, jovialen Lächeln: *Schön, daß man Girlanden um die Büste Dunants gewunden hat, aber sagen Sie mir, wo ist Dunant selbst?* Der Offizielle aus Genf deutete an, daß sich Dunant wohl aus schlechtem Gewissen nicht zeige, das Gericht werfe ihm betrügerischen Bankrott vor.

Bourcart, tief erschrocken, erkundigte sich nach seiner Adresse.
Der Auskunftgeber zuckte die Schultern: Er liegt irgendwo krank in Paris, man sagt, in einem schlechten Quartier.
Und Sie überlassen ihn seinem Elend, während seine Büste hier steht, von Efeu und Lorbeer umkränzt? rief Bourcart entrüstet. Man muß doch etwas für ihn tun!
Lassen Sie ihn sterben unter seinen Lorbeeren, meinte der Rotkreuz-Mann mit spöttischem Lächeln.
Bourcart, der diese Antwort später in einem Brief festhalten wird, berichtet, er habe den Vorfall sogleich dem Senator Michel Chevalier erzählt.
Suchen Sie in dieser Sache den Kaiser auf, riet der bekannte Volkswirtschaftler.
In den nächsten Tagen sprach Bourcart bei wohlhabenden Leuten vor und bat sie um eine Subskription zugunsten Henry Dunants.
Die Aktion ließ sich gut an, auch der Besuch beim Kaiser war vielversprechend, doch auf einen Brief an Dunant in dieser Sache kam nie Antwort. Auch auf ein zweites Schreiben hin blieb Dunant stumm; erst später zeigte sich, daß beide Briefe nie bei ihm angekommen waren. Nach ein paar Wochen geriet die Angelegenheit aus unerfindlichen Gründen ins Stocken, später erfuhr Bourcart: Ein Vertreter aus Genf hatte Schritte unternommen,

um die Unterschriftensammlung zugunsten Dunants zu verhindern.
Jean-Jacques Bourcart, der sich zu jener Zeit im Elsaß auch für eine Verbesserung der Volkserziehung engagierte, ließ die Aktion schließlich fallen.

In seinem Genfer Büro machte Moynier seinem Ärger Luft:
Noch immer, trotz der Gerüchte über seinen Bankrott, steht Dunant auf dem internationalen Parkett hoch im Kurs! Nun hat man ihn sogar für die Goldmedaille der Weltausstellung vorgeschlagen, deren Verleihung mit einer erheblichen Preissumme verbunden ist!
Sein Adjunkt, ein hagerer junger Mensch, der sich bei Moynier die ersten Sporen abverdiente, stimmte ihm bei: Nicht zu fassen, wie tief sich dieser fragwürdige Philanthrop im Bewußtsein der Leute festgesetzt hat!
Moynier strich sich mit dem Handrücken erregt über den Schnauzbart. Um Dunants Einfluß zu schwächen, hatte man ihn während der Genfer Konvention von allen öffentlichen Funktionen ferngehalten, er war dort eine Art illustres Aschenbrödel, das hätte doch zu denken geben müssen! Auch auf dem Gemälde von Armand-Dumaresq, *Die Unterzeichner der Genfer Konvention,* dessen Kopien in aller Welt zirkulierten, suchte

man Dunant vergebens. Trotzdem die nicht auszurottende Vorstellung, Dunant sei der Gründer des Roten Kreuzes! *Eine Erinnerung an Solferino* ist zum Modebuch geworden, das ist die Erklärung, meinte der Adjunkt. Haben Sie von diesen Gerüchten gehört, daß Dunant sein Buch gar nicht selbst geschrieben hat? Es sollen da gewisse Unterschiede auffallen zu seinem üblichen Schreibstil…

Moynier blickte ihn nachdenklich an, sein Blick wurde rund und starr. Das Gericht hat Dunant vorgeworfen, mit falschen Angaben Kredite erschlichen zu haben. Seine Glaubwürdigkeit ist angeschlagen. Man müßte die Öffentlichkeit vor ihm warnen…

Der Adjunkt nickte: Auch in Paris, wo man Dunant immer noch schätzt, würde ein Rundschreiben mit dem Genfer Gerichtsurteil und Ihrer Unterschrift, Monsieur Moynier, seine Wirkung tun. Schließlich haben Sie als Mitbegründer und prominenter Mitarbeiter des Pariser Instituts für Internationales Recht einen Namen…

Moynier hatte sich mit dem Rücken gegen das Fenster gestellt, der Gedanke an Dunant belastete ihn und vergällte ihm die Arbeit. Dunant, der Schädling. Noch immer ist er der Liebling der Pariser Damen. Auch Kaiserin Eugénie protegiert ihn. Moynier machte ein paar Schritte auf und ab

und dachte mit Empörung: Im Juli ist die Kaiserin mit einem Anliegen, das die Genfer Konvention betrifft, nicht etwa an das Internationale Komitee in Genf gelangt, nein, sie hat in Paris Dunant rufen lassen! Und Dunant, dieser abgebrannte Utopist?
Erscheint als das personifizierte Rote Kreuz in den Tuilerien.
Hört sich in einem abgewetzten Frack an, was die Kaiserin zu sagen hat.
Eugénie, dieses empfindsame Geschöpf mit den Zapfenlocken, noch ganz unter dem Eindruck der verlustreichen Seeschlacht von Lissa. Um die Besatzungen der Kriegsschiffe in Zukunft zu schonen, möchte sie die Genfer Konvention auch auf Seeleute ausgedehnt wissen.
Und wer tut der Kaiserin den Gefallen, auf diesen unannehmbaren Vorschlag einzugehen? Dunant! In Genf kursieren Gerüchte, Eugénie zuliebe wolle Dunant sogar katholisch werden, jedenfalls setzte er sich in Gesellschaft dieser Dame mit Kardinal Mermillod zu Tisch... Dunant hat dem Genfer Büro mitgeteilt, er werde zugunsten der Seeleute für die Ende August stattfindende Internationale Konferenz mit dem Vorsitzenden, Graf Sérurier, eine Petition aufsetzen.
Dunants ständige Reformversuche. Für Moynier ein Ärgernis.

Hatte die Konvention nicht ein für allemal festgesetzt: Die Hilfsgesellschaft beschränkt sich auf die Fürsorge für Kriegsverwundete?
Schon vor einem Jahr hatte Dunant den Vorschlag der preußischen Königin Augusta weitergeleitet, die Hilfsgesellschaften sollten in Friedenszeiten bei der Katastrophenhilfe eingesetzt werden. Und nun die Ausdehnung der Konvention auf die Seeleute, begleitet von einem Manifest, das den Kriegsgefangenen den Status der Neutralität verleihen soll!
Er, Moynier, ist für Überschaubares. Für klare Prinzipien, die einer Sache ein für alle Mal feste Umrisse geben. Und da kommt Dunant, den man schon für ausgeschaltet geglaubt hatte, mit einem Schmetterlingsnetz voll hochfliegender Ideen!
Moyniers dünne Lippen verschlossen sich zu einem Strich. Eines durfte jedenfalls nicht passieren! dachte er voll Groll: Daß Dunant, wie er durch Gerüchte aus Paris erfahren hatte, als Gründer der Hilfsgemeinschaften für die Verwundeten, den großen Preis der Weltausstellung erhielt!
Das hätte gerade noch gefehlt! Dunant, Utopist und Betrüger, dekoriert mit der Goldmedaille! Bekommt er sie, setzt sich die Vorstellung, Dunant sei das personifizierte Rote Kreuz, für alle Zeit in den Köpfen fest.
Daß man für die Verleihung dieses Preises nicht ihn, Moynier, in Betracht gezogen hatte, erfüllte

ihn mit Bitterkeit. Warum übersah man seine Verdienste? Behängte immer nur Dunant, diesen fragwürdigen Weltverbesserer, mit Auszeichnungen und Orden? In seiner Erinnerungsschrift *Mes heures de travail* verrät Moynier 1907, wen er in Wirklichkeit für den Gründer des Roten Kreuzes hält:

Als ich mich beim Schriftsteller, M. Henry Dunant, versichert hatte, daß er nicht daran dachte, diese tiefe Lücke auszufüllen, auf die er zu Recht hingewiesen hatte, habe ich mich entschlossen, die Initiative dieses Liebeswerks zu übernehmen und somit die Rolle des Gründers einzunehmen, die noch niemand gehörte: (Après m'être assuré auprès de l'écrivain, M. Henry Dunant, qu'il ne songeait nullement à faire combler la grave lacune sur laquelle il avait mis l'accent avec raison, je résolus de prendre moi-même l'initiative de cette campagne charitable et le rôle de fondateur qui n'appartenait encore à personne.)

8

Der Sommer 1891 war regnerisch gewesen.
Auf den Appenzeller Hügeln rund um die Pension *Lindenbühl* lag das Heu auf Holzgestellen zum Trocknen ausgebreitet, als neue Regengüsse einsetzten, wurde es bräunlich und faulte. Trotzdem hatte sich das *Lindenbühl* zur Ferienzeit gefüllt, zum Teil mit lärmigen Familien, auf der Suche nach einem ruhigen Zimmer hatte Dunant nach einigem Wechsel eine lichtlose Abstellkammer bezogen.
Während der Regentage saß er am Schreibtisch. Der Rückblick auf die dunkelsten Jahre in seinem Leben setzte ihm zu; doch er wollte in der Neuausgabe diesen Abschnitt nicht unerwähnt lassen.
Er dachte an sein Treffen mit der Kaiserin Eugénie und ärgerte sich, daß Moynier auf keinen seiner Vorschläge eingegangen war. (Erst 1907, unter dem Druck engagierter Rotkreuz-Leute, konnte die Ausweitung der Genfer Konvention auf die Seeleute ratifiziert werden.)
Moynier, ein Neinsager und Bremser.
Eine Zeitlang, noch vor der Genfer Konvention,

hatte sich Dunant eingeredet, Moynier und er könnten zusammenarbeiten zugunsten des Werks. Dunants Visionen, geerdet von Moyniers Paragraphen, Weitausgreifendes und Kleinräumiges, Vages und Exaktes, wäre das nicht eine ideale Verbindung gewesen?

Doch Moynier – schon in der Diskussion über die Neutralität hatte es Dunant spüren müssen – war der Herausforderung einer solchen Zusammenarbeit nicht gewachsen.

In seiner Lebensangst hatte sich Moynier im Kopf ein System erschaffen, die Welt mußte darin Platz finden, bequemte sie sich nicht in diesen Raster, fühlte Moynier sich bedroht. Ohne böse Absicht führte Dunant dieses System ständig ad absurdum. In Moyniers Augen wurde er zum Querschläger, zum Verweigerer. Das Gerichtsurteil hatte Moynier bestätigt; was er längst geahnt hatte, war jetzt schwarz auf weiß bewiesen: Dunant, ein Gaukler, ein Betrüger. Es galt, ihn mit allen Mitteln vom Roten Kreuz fernzuhalten.

Dunant spürte die Bedrohung.

Daß er sie überlebte, verdankte er seiner Vision. Während sein Körper hungerte und fror, suchte sein Geist den Horizont ab nach einem Streifen Hoffnung.

Wie sonst hätte er seinen Sturz überlebt? Könnte er jetzt, ein Vierteljahrhundert später, in diesem

engen Zimmer sitzen, das die Form eines Schleppkahns hatte, beladen mit über hundert großformatigen Heften, die seine Gedanken zu neuen Ufern hinüberretten sollten. Sein Körper, alt, zerbrechlich, ein Wrack, mußte noch durchhalten, bis die Ernte eingebracht war: Auch im kommenden Jahrhundert, wenn es ihn, Henry, längst nicht mehr gab, sollten die Menschen seine Erinnerungen und Visionen noch lesen können.
Er sah ihn jetzt deutlich vor sich, seinen geliebten Park des Bastions in Genf: *La plus belle promenade que l'on pu voir, ombrée, tranquille,* hatte er einmal in sein Heft notiert. Im Schatten der Sommerbäume die Universitätsbibliothek. Studierende über Pulte gebeugt, um seine Texte zu entziffern. Oft, in Gedanken an diese fernen Leser, bemühte er sich um klare Syntax und Schönschrift, malte in Heiden seine Buchstaben mit schwungvollen Ober- und Unterlängen. Er dachte an Leser aus Japan oder Skandinavien, deren Schulfranzösisch einer Stütze bedurfte in Form von klar gefaßten Aussagen. Dieses innere Bild gab ihm Auftrieb: Die *Salle des Manuscripts,* Leser über Zettelkästen gebeugt auf der Suche nach seinen Sätzen, aufgebaut zu einem Schutzwall gegen Menschen wie Moynier, die den Fortschritt erstickten.
Er sah auch das: drüben, unter den Parkbäumen, Moyniers Denkmal.

Dreimal des Tags kreist ein Vogel über die düstere, aus Erz gegossene Büste.
Schreit der Vogel, so fährt aus dem Kopf eine Gehirnschublade klingelnd heraus. Zeigt die Nähkästchen-Ordnung, die Moynier für die Welt hielt.
Manchmal setzt sich eine wilde Taube auf Moyniers Kopf.
Schau, Moynier, sagt dann der Vogel. Du und Dunant, in eurer Gegensätzlichkeit, was für ein prächtiges Flügelpaar wärt ihr gewesen! Welche Spannweite! Welche Stärke!
Das junge Rote Kreuz hättet ihr zusammen getragen, immer neuen Bedürfnissen angepaßt, über Raum und Zeit.

Wildtauben hatten Henry in seiner schlimmsten Pariser Zeit auf seinem Fensterbrett besucht, weiße, scheue Zeichen der Verheißung. Henry hatte mit ihnen seine letzten Krumen geteilt, wie Noah hatte er auf ein Zeichen gewartet, daß sich seine Lage bessern würde.
Nachts, in seiner Dachkammer im Faubourg Saint-Antoine, lag er wach, das ziehende Gefühl des Hungers in seinen Eingeweiden ließ ihn nicht schlafen. Im Halbdunkel suchte er das Muster der schäbigen Tapete, Wiesenblumen, locker gestreut,

Farne in geometrischer Anordnung. Seine Augen glitten über sie hinweg, begannen, auf Halmen zu spazieren, führten ihn zurück in seine Kindheit nach La Monnaie.

Er sah Maman wieder im Halbschlaf am Waldrand, und wie damals als Kind war ihm, sie schwebe in Gefahr.

Gealtert sah er sie, kränklich. Und wußte: Er selbst war die Ursache ihres Kummers. Anders als sein Vater und seine beiden Brüder, in deren Mitleid sich Zorn mischte, weil sie sich seinetwegen einzuschränken hatten, war sie in Gedanken bei ihm.

Sie litt, weil ihr Ältester unter dem Familienfluch des Geldes litt.

Sein Unglück hatte sich zu einem nie mehr abzutragenden Schuldenberg materialisiert, Verwandte und Freunde mitgerissen.

Henrys Bankrott hatte das Gespenst des verschuldeten Großvaters zu neuem Leben erweckt, sein Schatten erschien wieder abends in den goldgerahmten Spiegeln von La Monnaie.

Gestern, beim letzten Licht des Tages, hatte er in heiterem Ton an Maman geschrieben mit der Bitte, sich nicht zu grämen. Am Morgen erwachte er mit dem Gedanken, den Brief zur Post zu bringen. Noch nüchtern trat er vors Haus, die Luft war frisch, seine Mäntel verpfändet. Als hätte sie auch dies geahnt, hatte sie ihm eine alte Pelzpellerine zukommen lassen. Erriet sie, daß er Hunger litt? Um solche Ängste zu zerstreuen, beschrieb er ausufernd ein Festmahl, zu dem er eingeladen gewesen sei, hielt sich überhaupt in seinen Berichten nach Genf an Heiteres. Gut, daß ihn seine Familie nicht sehen konnte, wie er sich hastig an den geöffneten Türen der Bäckereien vorbeiduckte, weil ihm das Wasser im Mund zusammenlief beim Geruch des frischen Gebäcks. Viele Jahre später schrieb er in Erinnerung daran in eines seiner Hefte: *Viele Leute wissen nicht, wie man sich im Elend fühlt mit abgerissener Kleidung und, wie man einer Ohnmacht nahe, hungrig an diesen verlockenden Bäckereien vorbeigehen muß mit den aufgehäuften schönen Pariser Broten, die man sonst nirgendwo findet.*

Abends aß er jeweils in einer Eckkneipe des Arbeiterviertels die einzige warme Mahlzeit des Tages, manchmal begleitete ihn ein Student, der in der Dachkammer nebenan wohnte. Auch seine Zimmervermieterin tauchte zuweilen dort auf, während er seine Suppe löffelte, genehmigte sie sich einen Viertel Roten. Dunant fürchtete ihre laute Stimme und die ungenierte Art, in der sie ihm vom Tresen aus zurief: Ah, Monsieur! Seit einer Woche sind Sie die Miete schuldig, noch drei Tage, dann verriegle ich Ihre Kammer!

Henry, stumm vor Schreck, gab ein Zeichen, daß er verstanden hatte, seit Tagen wartete er vergeblich auf eine Geldsendung. Der Student, ein kleiner beweglicher Südfranzose, ärgerte sich über diese Bloßstellung, von seinem Stuhl aufschnellend rief er laut: Madame! Herr Dunant ist ein vornehmer Mensch. Er hat nur Pech gehabt!

Ich pfeife auf vornehme Menschen, wenn sie nicht zahlen können, gab die Zimmerwirtin zur Antwort, die Gäste am Tresen lachten.

Dunant ging am nächsten und übernächsten Tag zum Postamt, vergeblich, sein Geld traf nicht ein. Am Abend des dritten Tages getraute er sich nicht zurück in sein Zimmer. Gegen Mitternacht begab er sich zu einem der großen Pariser Bahnhöfe, er hatte erfahren, daß die Wartehalle offen blieb, der letzte Zug fuhr kurz vor zwölf, der erste um halb zwei in der Früh. Auf der einen Seite der Halle befanden sich die Obdachlosen, auf der anderen, aneinandergerückt, ein paar wenige Reisende, während einige dösten, behielten andere für sie das Gepäck im Auge. Henry zögerte erst, zu welcher Gruppe er sich setzen sollte, der Ehrlichkeit halber entschloß er sich für die Obdachlosen. Er ließ sich in der Nähe eines Bettlers nieder, der schlafend in der Ecke lehnte, scheu blickte ihn Henry von der Seite an, glaubte sich selbst zu erkennen in dem verwitterten Gesicht mit dem struppigen weißen Bart, der Unterkiefer war dem Schläfer auf die Brust gesunken, in der Mundöffnung ein einziger geschwärzter Zahn. Noch bin ich nicht so weit, dachte Henry erschrocken, aber es nimmt seinen Anfang: Ein Knopf fehlt an meiner Jacke, die Kanten der Ärmel sind zerschlissen, mein Hemd starrt vor Schmutz. Wie gelähmt saß er da, in Vorahnung einer alptraumhaften Existenz, in Furcht auch, von einem der Reisenden erkannt zu werden. Noch gehörte er, der bis zu seinem Konkurs in einem teuren Hotel am Boulevard des Italiens gewohnt hatte, nicht zu den Außenseitern, er war nicht abgehärtet genug, ekelte sich vor dem nach Fusel stinkenden Atem des Nachbarn, mit Widerwillen wich er den leeren Flaschen am Boden aus.

Der Bettler in der Ecke zuckte zusammen, im Halbschlaf versuchte er, sich auf der Bank auszustrecken, aber Henry war ihm im Wege. Mit einemmal wach, fuhr er auf, maß seinen Nebenmann aus verquollenen Augen: Du Scheißkerl, was kommst du mir ins Gehege? Hau ab, das ist mein Platz!

Bitte verzeihen Sie, stammelte Henry erschrocken. Er war aufgesprungen. Ein paar Flaschen fielen klirrend zu Boden. Vom Lärm aufgeschreckt, regte sich auf der vorderen Bank eine apathische Gestalt, eine dürre alte Frau starrte ihn böse an, hob

mit einer Drohgebärde den Stock.
Henry, der bis anhin solche Szenen nur aus Büchern kannte, zog sich zurück, er durchquerte die Halle und sah sich bei den Reisenden nach einem Platz um. Ein Mann im hellen Regenmantel rückte für ihn zur Seite. Wann fährt Ihr Zug? erkundigte er sich.
Er verreise nicht, antwortete Henry.
Der Mann wurde still und ließ seinen Nachbarn nicht mehr aus den Augen. Plötzlich sagte er: Sie erinnern mich an jemanden, mein Herr. Sie sehen einer bekannten Persönlichkeit ähnlich... Wer ist es nur? Können Sie mir weiterhelfen?
Henry zuckte die Schultern. Der Mann sagte nichts mehr, versank in Nachdenken. Drüben, bei den Obdachlosen, ging eine Polizeistreife vorbei.
Nach einer Weile übermannte Henry die Müdigkeit, aber seine Angst, die nie einschlief, ging mit ihm durch ein Labyrinth dunkler Korridore.
Im Hintergrund, zwischen Efeuranken, lauerte der Blick seines Feindes Monsieur M. Da bist du, wo du hingehörst, sagte sein Widersacher, unter dem Abschaum der Menschen. Aber eine Stimme, tief in ihm drin, sprach ihm zu: Nur Mut. Du wirst arbeiten und deine Schulden zurückzahlen. Andere Menschen werden dir beistehen.
Er war nun wieder völlig bei sich und dachte: Das war eben die Stimme meiner Mutter. Der Reisende

im Regenmantel hatte nicht aufgehört, ihn zu betrachten, jetzt räusperte er sich: Ich bin auf der Spur. Mir scheint, ich habe in der Weltausstellung letzte Woche die Büste Ihres Doppelgängers gesehen… Der gleiche Backenbart. Die gleichen Augen, die gleiche Stirn. Es war im Pavillon der Hilfsgesellschaften für die Kriegsverwundeten. Hat man Ihnen noch nie gesagt, daß Sie dem Gründer des Roten Kreuzes gleichen?
Wem gleiche ich? fragte Henry verwirrt.
Diesem … wie heißt er schon? Dunant? Heißt er nicht Dunant?
Dunant, das ist möglich, sagte Dunant.

Als hätte ihn die Nacht in der Bahnhofshalle abgehärtet, fand Dunant am nächsten Tag endlich den Mut: Auf dem Gelände der Weltausstellung auf dem Champs de Mars suchte er den Pavillon der Hilfsgesellschaften auf. Es war Mittagszeit, die Halle beinahe leer. Langsam ging er auf seine Büste zu.
Er sah sie umkränzt. Die Stirn überhoch, die metallene Fläche glänzte; mit jedem Schritt, der ihn näherbrachte, erschien sein eigenes Gesicht deutlicher darin gespiegelt.
Da stand er, spaltete sich in zwei.
Was wagst du es, lebendig vor mir zu erscheinen, sagte die Büste.

Es darf nur einen von uns geben. Warum bringst du dich nicht um? Das würde uns manches erleichtern.

Bei einer Aufsicht erfragte er sich den Weg zum Büro der Organisation.
Bitte, entfernen Sie die Büste von Henry Dunant, sagte er zu dem Mann hinter dem Pult.
Ohne Rücksprache mit den Mitgliedern des Internationalen Komitees in Genf ist mir das nicht erlaubt.
Die werden bestimmt nichts dagegen haben.
Und wer stellt diesen Antrag?
Henry Dunant.

Auch ich habe, nachdem das Unglück über mich hereingebrochen war, das allerbescheidenste Leben geführt und alle Arten von Entbehrungen gekostet, schreibt Henry Dunant in den *Denkwürdigkeiten; auch ich habe zu denen gehört, die auf der Straße in kleinen Bissen ein Kreuzerbrot verzehren, das in der Tasche verborgen ist, die ihre Kleider mit etwas Tinte aufschwärzen und ihrem Hemdkragen mit Kreide nachhelfen, die einen abgetragenen, schäbigen, zu weit gewordenen Hut mit Papier füttern, und deren Schuhe das Wasser durchlassen: die in der Garküche, wo sie speisen, nichts mehr auf Borg bekommen, und denen man abends bei der Heimkehr den Zimmerschlüssel verweigert, weil sie ihre Miete nicht bezahlen können...*

Seine Hoffnung, dieser vibrierende Insektenflügel. Er zuckte, setzte nochmals an zu einem flattrigen, kurzen Flug.
Henry, krank in seiner Dachkammer, seine Augen sahen im Tapetenmuster Gesichter, die ihm Hilfe versprachen: Zar Alexander II., im Ruf der Großzügigkeit (eben hat Rußland die Genfer Konvention unterzeichnet), auch Bourcart war da, die preußische Königin Augusta, Kaiserin Eugénie und drüben, in der Ecke, wo die Tapete etwas verblaßt war, Napoleon III., auf dessen machtvolles Eingreifen er hartnäckig hoffte. Ein Wind strich durch das Grün, die Halme neigten sich in seine Richtung, er hörte ein Raunen: Es geht aufwärts, Henry, sie haben dich vorgesehen für die Goldmedaille der *Science Morales* an der Schlußzeremonie der Weltausstellung.
Er sah das viele Geld vor sich, die Möglichkeit, einen Teil der Schulden zurückzuzahlen; die mit dem Preis verbundene Anerkennung würde ihn herausholen aus dem moralischen Tief. Das letzte Licht des Tages wich aus dem Dachfenster, die Bilder erloschen, er fiel in unruhigen Schlaf.

Träumte, er habe sich vor Krokodilen auf eine Insel geflüchtet. Versteckte Wasserläufe saugten, unterspülten das Erdreich, auf dem er stand. Er glitt ins Wasser, sank durch Wassermassen, Fische sahen hinter Schnüren von Luftbläschen seinem Sturz zu, er rang nach Luft, erwachte an seinem eigenen Schrei.
Sein Nachbar, der Südfranzose, erschien besorgt unter der Tür.
Nichts, nichts. Ich habe nur geträumt, wehrte Dunant ab.
Dann trösten Sie sich, daß Sie wach sind, Monsieur.
Sie sehen fiebrig aus. Morgen dürfen Sie nicht an Ihr Fest auf dem Champs de Mars…

Dunant, eingeladen zum Gala-Essen zum Abschluß der Internationalen Konferenz der Rotkreuz-Gesellschaften. In einer Sonderkommission hatte er mitgearbeitet zugunsten seines Status für die Kriegsgefangenen.
Die Abgeordneten hatten an der langen Tafel Platz genommen, Baron von Mundy, Delegierter des österreichischen Kriegsministeriums, richtete eine erste Dankadresse an Kaiser Napoleon III. und Kaiserin Eugénie, die die Anliegen der Hilfsgesellschaften tatkräftig unterstützten. Nach einer Weile erhob er sich erneut, diesmal, um einen Toast auf

den Gründer des Roten Kreuzes auszubringen; Mundy wußte, daß Dunant demnächst in Paris durch die Verleihung der Goldmedaille gefeiert werden sollte.
Im Schoße dieser Internationalen Versammlung der Hilfsgesellschaften gilt es auch dem Gründer zu danken ..., fing er an und erhob sein Glas.
Dunant ist nicht anwesend, unterbrach ihn ein Zuruf.
Aus guten Gründen, rief jemand von hinten. Geflüster. Kichern.
Mundy stutzte, sagte dann halb scherzend, halb beunruhigt: Erst verschwindet Dunants Büste, dann verschwindet er selbst! Als Delegierter an der Genfer Konvention hatte er Dunant, diesen stillen Arbeiter im Hintergrund, schätzengelernt.
Der österreichische Vertreter setzte sich, ohne seine Rede gehalten zu haben. Dunant, auf diese Weise erneut aus dem offiziellen Programm gestrichen, gewann mehr an Präsenz, als seine leibliche Gegenwart es vermocht hätte. Einige Delegierte verlangten schließlich von Moynier Auskunft. Zur Rede gestellt, erging sich der Präsident des Genfer Komitees in Andeutungen, das Ausgesparte ließ um so Schlimmeres ahnen. Am Schluß erwähnte er das Rundschreiben mit dem Urteilsspruch des Genfer Gerichtshofs. Aus Rücksicht auf das Internationale Komitee habe man sich in Genf ent-

schieden, sich von Dunant zu trennen; die anderen Sektionen, autonom, könnten diese Frage nach Gutdünken regeln. Um den Ruf der Hilfsgesellschaften nicht zu gefährden, habe er Dunant untersagt, Briefpapier mit dem Roten Kreuz zu gebrauchen. Diese Worte entfesselten unter den Anwesenden einen Sturm von Anklagen und Verteidigungen, nicht wenige machten Moynier den Vorwurf der Kleinlichkeit, man müsse die Verdienste dieses Mannes sehen, zudem sei er immerhin noch in Amt und Ehren als Vizepräsident des Französischen Roten Kreuzes. Da Dunant in Not geraten sei, verschuldet oder unverschuldet, gelte es, ihm zu helfen, sagte der Elsässer Jean-Jacques Bourcart und ließ die Blätter mit der Petition zugunsten Dunants zirkulieren, aber der eben entfesselte Sturm hatte verheerende Folgen gehabt. Konnte man auch nicht alle Vorwürfe ernst nehmen, so hatten sie doch Mißtrauen gesät, enttäuscht schaute Bourcart am Ende des Abends auf die wenigen Unterschriften auf seinen Listen.

Die erkaltete Hilfsbereitschaft seiner Anhänger sollte für Dunant böse Folgen haben, war doch Napoleons III. persönliche Hilfe an die Hilfe der Freunde gebunden. Doch davon erfuhr Dunant, da Bourcarts Briefe beseitigt worden waren, erst fünfundzwanzig Jahre später im *Lindenbühl*.

Die erste Enttäuschung traf unmittelbar nach dem

Diner ein: Dunant erhielt nicht, wie vorgesehen, die Goldmedaille; der Preis ging zu gleichen Teilen an das Trio Moynier, Dufour, Dunant. Das Geld wurde an das Internationale Komitee in Genf überwiesen, Dunant hat seinen Anteil nie gesehen. In einem Brief von 1896 an Bertha von Suttner, der die Episode mit Mundys Tischrede enthält, erwähnt Dunant die Folgen: *...meine Feinde ließen scheitern, was schon beschlossen war zu meinen Gunsten. Wenn dieser große Preis verliehen worden wäre, wären die Gutmeinenden, von denen der Brief von Monsieur Bourcart spricht, nicht erkaltet, und mit der Hilfe von Napoleon III. hätte sich alles noch regeln lassen können...*

Es regnete weiter in diesem Lindenbühl-Jahr 1891, die Pension stand trist zwischen Hügeln, schaukelte auf einem Wellenkamm im Grau.
Dunant, immer noch gut zu Fuß, war im Herbst nur zweimal mit preußischen Gästen über den Kaien gegangen. Meist saß er in seinem schmalen Zimmer, hielt sich wortwörtlich mit seiner Schreibarbeit über Wasser. Es kam ihm vor, sein Schleppdampfer, gefüllt mit den braunen und blauen Heften, sei auf Grund gelaufen, mit Hilfe seiner Schreibfeder versuchte er sich vom Fleck zu

bringen, stocherte in seiner Vergangenheit, wühlte Schlamm auf. Er arbeitete gleichzeitig an den *Denkwürdigkeiten* und an *L'Avenir sanglant*. Gegen den Winter hin schrieb er fast täglich an Sonderegger, er brauchte ihn als greifbaren Punkt in der Außenwelt, klammerte sich an ihn mit Aufträgen, Hinweisen, lehrerhaften Rügen. Sonderegger, unter der Last der Aufgaben, wuchs dieser Austausch über den Kopf. Als er einmal zu klagen wagte, schrieb Dunant geharnischt, er solle doch seine verschiedenen Boutiques und das Unterrichten aufgeben; wovon sich die sechsköpfige Familie dann hätte ernähren sollen, wußte er allerdings auch nicht.

Mißverständnisse nisteten sich zwischen den Freunden ein.

Im Mai hatte Sonderegger geschrieben, er werde Dunant demnächst holen: *Ich hoffe, Sie in meiner Familie aufzunehmen, während des Sommers und für immer.* Tatsächlich, so stellte Dunant in seinem Brief am 11. Dezember fest, hatte Sonderegger sein Versprechen nie eingelöst. *Ich weiß, daß Sie sehr beschäftigt sind, aber dann: warum Versprechungen machen?*

Auf Sondereggers Vorwurf, Dunant habe auf sein Angebot gar nicht reagiert: *Wie sollte ich, ohne klärendes Gespräch, ohne diesen Besuch, auf den ich so lange gewartet habe?... Und, haben Sie überlegt, daß mir nur zwölfhundert Franken im Jahr zur Verfügung stehen?* Dunant beeilte sich, hinzuzufügen: *...ich schätze Sie sehr. Sie sind zu intelligent und haben ein zu gutes Urteil, um nicht zu verstehen. Wenn man unglücklich ist, sieht man alles schwarz... Am ersten schönen Tag werde ich Ihnen in Heiden einen Besuch machen, und dann werden wir in Ruhe zusammen über Ihr liebenswürdiges Angebot sprechen.*

Mitte Dezember hellte sich das Wetter auf. Dunant, der sich seiner rheumatischen Beschwerden wegen von Dr. Altherr untersuchen lassen wollte, fuhr nach Heiden. Vor seinem Arztbesuch läutete er beim *Rütli,* eine junge Frau, die Schwester der Lehrersfrau, öffnete die Tür: Wilhelm Sonderegger ist nach Trogen gefahren, sagte sie, und meine Schwester – wissen Sie es schon?

Hat sie geboren? fragte Dunant, der sich an eine Bemerkung Sondereggers erinnerte, seine Frau sei wieder guter Hoffnung.

Ein Schwesterchen! rief die kleine Emma, die vom Fenster aus den Gast gesehen hatte. Sie kam die Treppe heruntergeeilt, faßte ihren alten Freund bei der Hand und wollte ihn ins Haus ziehen.

Die Mutter schläft oben in der Kammer, sagte die junge Frau, aber das Kind liegt in der Stube, möchten Sie es einen Moment anschauen?

Scheu stand Dunant vor der Wiege. So klein ist al-

so ein Neugeborenes, dachte er, in meinen Handflächen hätte es Platz.
Wer schützt dieses Kind vor seiner Zukunft? Geboren 1891, im Jahre 1941 wird es fünfzig sein. Bis dahin haben sich seine Augen mit Bildern gefüllt, nicht viel Gutes wird das neue Jahrhundert bringen, statt dessen Kriege, grausamer als die bisherigen, weitgreifender, die halbe Welt wird im Brandschein stehen: L'Avenir sanglant.
Ganze Hefte hatte der Gaussen-Schüler gefüllt, er wolle, schrieb er an Rudolf Müller, *L'Avenir sanglant* in einem Schweizer Verlag publizieren. Im Sog der Neuausgabe der *Erinnerung an Solferino* war das Projekt wohl eine neue Weile in den Hintergrund gerückt, aber dieses Kind mahnte ihn. Eine Ahnung überkam ihn, daß *L'Avenir sanglant* in vollem Wortlaut nie gedruckt werden würde, in diesem Jahrhundert nicht und nicht im nächsten. Frieden, wer will ihn wirklich, solange die Aufrüstung kurzfristig Geld bringt und Kompensationsgeschäfte? Frieden setzt ein Umdenken voraus: *Der Feind, euer wirklicher Feind, ist nicht die Nachbarnation, es ist der Hunger, die Kälte, das Elend, die Unwissenheit, die stumpfe Routine, der Aberglaube, das Vorurteil…*
Aber die Wahrheit macht Angst. Unser ganzes Leben, ist es nicht eine fortwährende Flucht vor uns selbst, vor der Wahrheit? Wären wir bereit, sie anzuneh-

men, gäbe es zu viele Dinge zu ändern... Man müßte zu einem Teil unsere Erziehung umkrempeln. Doch das Gewicht der übernommenen Ideen ist so schwer, daß wir nicht wagen, es abzuwerfen...

Dr. Altherr hatte die Untersuchung im Arztzimmer des Bezirksspitals vorgenommen, anschließend lud er Dunant zum Mittagessen in den *Freihof* ein.
Der Speisesaal, mit Wintergästen nur schwach besetzt, erschien Dunant nach der Einöde des *Lindenbühls* elegant und kosmopolitisch, er lehnte sich zurück, genoß das Sprachengeschwirr.
Frau Altherr-Simond setzte sich zu ihm. Sie habe für ihren lieben Monsieur Dunant etwas aufgehoben, sagte sie verheißungsvoll und reichte ihm einen Artikel des «St. Galler Tagblatts» vom 5. November 1891, einen Bericht über die Generalversammlung des Roten Kreuzes in Zürich, Dunant darin als Gründer erwähnt! Sehen Sie, sagte sie, wenn auch nur wenige wissen, daß Sie noch leben – im Moment wohl ganz gut, denn gleich kommt Ihre Bodenseeforelle! – so erinnern sich doch einzelne, daß Sie der Gründer sind!
Dunants Augen füllten sich mit Glanz. Auch ich habe den Zeitungsausschnitt aufbewahrt, gestand er. Er ist kostbar für mich, wie auch die neulich erschienenen Zeugnisse, in denen ich als Gründer

erwähnt bin: eine Schrift des Dr. Colleville in Reims und die Broschüre des Zürcher Pfarrers Hirzel.

Die Zeit arbeitet für Sie, sagte Frau Altherr-Simond. Sie erhob sich und erkundigte sich bei den Gästen am Nebentisch, ob das Essen geschmeckt habe.

Dr. Altherr setzte sich Dunant gegenüber, zufrieden sah er, wie der Gast sich mit Appetit hinter das Fischgericht machte.

Wie ist Ihre Kost im *Lindenbühl,* fragte er.

Dunant antwortete verlegen: Ich habe mich an frugale Mahlzeiten gewöhnt.

Früchte, Gemüse also?

Davon kommt leider zu dieser Jahreszeit kaum etwas auf den Tisch, sagte Dunant bedauernd, ich lebe von Suppe, Milch und Brot. Die Suppe ist gut, das muß man zugeben.

Zu einseitig, tadelte der Arzt. Ihr schlechter Gesundheitszustand hängt auch mit dieser mangelhaften Ernährung zusammen.

Wilhelm Sonderegger hat mir angeboten, in seiner Familie zu leben, gestand Dunant. Davon möchte ich abraten. Keine fünfzehn Tage, und Sie würden ausziehen wollen. Sie und Sonderegger sind zu unterschiedliche Charaktere, zuviel Nähe ist nicht gut. Aber wie wäre es mit einer kleinen Pension in Heiden?

Mit meinen drei Franken? Dunant zuckte die Achseln. Nach einer Pause neigte er sich vor und sagte in vertraulichem Ton: Meine Lage könnte sich jedoch ändern. Die Gräfin Itzenplitz, die im Mai bei Ihnen im *Freihof* wohnte, hat sich für mich bei der jungen Kaiserin, Auguste-Viktoria eingesetzt.
Dr. Altherr betrachtete ihn mit seinen überanstrengten Augen, die Brillengläser funkelten. Lieber Dunant, sagte er dann, die Gräfin Itzenplitz hat mir in dieser Angelegenheit geschrieben. Ich soll es Ihnen schonend beibringen: Aus dieser Hilfe wird leider nichts.
Dunant war blaß geworden. Die Nachforschungen in Genf?
Dr. Altherr nickte. Die Kaiserin hat in Erfahrung gebracht, daß Ihre Gönnerin, die Königin Augusta, Ihnen schon vor einigen Jahren helfen wollte. Da sie Ihre Adresse nicht kannte, hat sie vierzigtausend Franken nach Genf geschickt, doch Moynier hat damals zurückgeschrieben: Monsieur Dunant braucht das Geld nicht. Er hat eine reiche Maîtresse, die es ihm an nichts mangeln läßt.
Dunant fragte atemlos: Und die vierzigtausend Franken?
Moynier hat sie behalten, zum Nutzen des Roten Kreuzes.

Als Dunant wieder in der Kutsche nach Trogen saß, begann es zu schneien. Hinter ihm versank der Flecken im Schneetreiben; die Hügel schoben sich zusammen und verschluckten seine Freunde: Dr. Altherr, die Sondereggers.
Im Dunkeln ging er vom Kirchplatz Trogen im Gestöber die Waldschlaufe hinauf zur Pension *Lindenbühl.* Als er in seinem Eisenbett lag, fröstelnd, unglücklich, kam ihm vor, Moynier habe ihn ausgesetzt auf eine Eisscholle am Rande der Welt.

Schreibend kämpft er gegen das Packeis an, gegen die innere Verhärtung. Briefe an Sonderegger, zwischen Anhänglichkeit und Verärgerung schwankend, teilen Lob und Tadel aus.
Am 16. Dezember gratuliert er zum Kind *la charmante, petite créature, die ich in Ihrer Abwesenheit sehen konnte.* Gleichzeitig hält er Sonderegger vor, im gestrigen Brief habe er ihn nur mit Monsieur angeredet, er, Dunant, habe schnell mit Bleistift das Wort *cher* eingesetzt. *Ich bin sicher, daß Sie es selber mit der Feder nachschreiben werden, wenn ich Ihnen den Brief bringe, denn ich werde demnächst vorbeikommen, um mich noch mehr zu bedanken...*
Am nächsten Tag versucht Dunant in einem neuen Brief, Sonderegger seine Verletzlichkeit zu erklären: *Wenn mich etwas schmerzt, ist es, als raube*

man mir einen Teil der Lebenskraft, es geschieht, ohne daß ich es bemerke, ohne daß mein Wille dies steuern könnte, und läßt mich in einem Zustand schmerzlicher Erschöpfung zurück. Einige Stunden später, oder am nächsten Tag, spüre ich mein Herz und den Schmerz in allen Gliedern… Wenn man während eines Vierteljahrhunderts erlitten hat, was ich erleiden mußte, wird man empfindlich; ich wundere mich nur über etwas: daß ich noch lebe.

Am 20. Dezember geht es Dunant besser: Es hat geschneit, das macht auch die häßliche Umgebung stiller.

Er lobt Sonderegger, erwähnt seinen politischen Unterricht mit der These: *Es wird eine Zeit kommen, da die europäischen Nationen wie die Kantone der Schweiz zusammengehören werden.* Auch habe der Lehrer rasch und *con amore* die Anliegen des Roten Kreuzes begriffen. *Aber Sie haben noch viele Trümmer alter Ruinen von Ihrem geistigen Weg wegzufegen! Es braucht Sozialaristokraten, und Sie müssen einer von ihnen sein, ein wahrer Aristokrat der Intelligenz.*

Gegen Ende 1891 wurden die Wintertage klar und durchsichtig, manchmal ging Dunant hinaus und schaute durch den Ausschnitt der Hügel zum Bodensee.

Zurück am Schreibtisch, wetteiferten seine Briefe mit der verrinnenden Zeit. Er war ein Magier. Holte aus dem Nichts seine Geistesblitze, ließ sie wie Lichtgarben versprühen. Sonderegger, seinem Secrétaire général, blieb auszuführen, was Dunants Gedanken angezettelt hatten: ein Ostschweizer Komitee des Roten Kreuzes. Heiden als Mittelpunkt. Besteht dieses Komitee, denkt er schon weiter: *Kann man nicht die vielen jungen Leute, die man jedes Jahr vom Militärdienst befreit, zu Rotkreuz-Kursen verpflichten?* Sonderegger, ein bißchen weltfremd, ließ sich belehren, mit welcher Taktik eine Persönlichkeit für die Idee zu gewinnen sei. Der Mentor drängte auf Genauigkeit und rasche Erledigung: *Das Genie ist Geduld und Aufmerksamkeit für kleine Dinge, wenn man ein großes und gutes Ziel hat.*

Im Februar 1892 dann seine neue, mit Temperament vorgetragene Idee: Sonderegger müsse die fünfte Internationale Konferenz der Rotkreuz-Gesellschaften in Rom besuchen. Die Rotkreuz-Frauen von Heiden sollten ihn delegieren. Die Finanzierung der Reise? Gewiß ließen sich vornehme Damen zu Spenden animieren, schließlich habe der Lehrer ihre Kinder erzogen. Wie allen schreibenden Menschen rate er Sonderegger, *seine Ideen zu erweitern, wichtig vor allem, wenn man Schweizer ist, einem der geistig unbeweglichsten Länder*

Europas angehört. Daß Dunant hoffte, Sonderegger werde sich in Rom für den Gründer des Roten Kreuzes einsetzen, erwähnte das Schreiben nicht. Doch im Februar schrieb Dunant an Rudolf Müller: *Trotz Herrn Moynier wird man dort für mich Zeugnis ablegen.*

In den nächsten Briefen an Sonderegger zog Dunant alle Register seiner altbewährten Überzeugungskunst. Sonderegger tat begriffsstutzig, unterließ notwendige Schritte, Dunant trieb ihn an wie einen plumpen, allzu langsamen Ackergaul, man hörte das Lasttier keuchen unter dem Gewicht der vielen Dinge, die es zu tragen hatte.

Aus finanziellen Gründen mußte Sonderegger schließlich auf die Reise verzichten. Zeugnis wollte er trotzdem ablegen. Ohne Rücksprache mit Dunant teilte er in einem Schreiben den Organisatoren des Kongresses mit, der Gründer des Roten Kreuzes lebe noch, er halte sich bei Trogen, im Kanton Appenzell auf, befinde sich in bedrängten finanziellen Verhältnissen.

9

Gegen Ende des Winters 1891/92 erreichte Dunant im *Lindenbühl* ein Brief, der ihn vollends aus dem Gleichgewicht brachte.
Jean-Jacques Bourcart, jetzt in Zürich, deckte ihm nach einem Vierteljahrhundert auf, was sich im Unglücksjahr 1867 in Paris abgespielt hatte:
Napoleon III. hatte Bourcart zugesichert, er zahle die Hälfte von Dunants Schulden, unter der Bedingung, daß Dunants Freunde die andere Hälfte übernähmen.
Diese Enthüllung wirbelte den bitteren Bodensatz der letzten fünfundzwanzig Jahre auf, in denen er nur einen Wunsch gehabt hatte: diese schreckliche, überdimensionale Schuld von einer Million Franken abzuzahlen.
Das unerträgliche Gewicht der Schulden. – Der letzte Hoffnungsstrahl verschwindet, verdunkelt durch diesen unglücklichen kleinen Satz, der mir die Brust zuschnürt, das Blut versengt, mich tötet. (Mémoires)
Ohne den mit der Verleihung der Goldmedaille verbundenen Preis, ohne die Hilfsbereitschaft der

Gutmeinenden, war die Hilfe des Kaisers ausgeblieben. Noch hätte damals sein Leben eine neue Wendung nehmen können, *aber Moynier wollte mich zermalmen,* schrieb er an Rudolf Müller. Mit der Eisenkugel der Schuld am Bein, gedemütigt, verfolgt, durch ganz Europa gejagt. Bevor er seinen Fuß in eine andere Stadt, in ein anderes Land gesetzt hatte, waren ihm seine Feinde durch Gerüchte und Verleumdungen zuvorgekommen.
Ein Sklave seiner Schuld.
So wollte Moynier ihn sehen in seiner eiskalten Gerechtigkeit.

In der Neuausgabe seiner *Erinnerung an Solferino* sah er jetzt den einzigen Lebenszweck. Behauptungen, Dunant habe dieses Werk gar nicht selbst geschrieben, wollten ihm noch diesen letzten Anteil rauben. Es schmerzte ihn, daß einst wohlmeinende Leute wie die Witwe des holländischen Freundes Basting diese abstruse Meinung teilten.
Dunant hatte sich die Mühe gemacht, das Werk im *Lindenbühl* abzuschreiben, seit anderthalb Jahren war Sonderegger im Besitz der sechs großformatigen Hefte mit der Reinschrift, der Lehrer hatte den Text gekürzt, aber mit der Übersetzung ging es nur schleppend voran. In einem seiner Briefe bestellte Dunant Sonderegger ins *Lindenbühl.* Er bat, einiges für ihn einzukaufen und alle Unterlagen für

die Übersetzung mitzubringen, letztes Mal hatte der Vielbeschäftigte einige Blätter vergessen, *machen Sie daraus nicht eine Reliquie in einem Ihrer Schränke oder in einer Ihrer Schubladen.*
Und im Postscriptum: *Falls Sie zu Fuß kommen, belasten Sie sich nicht mit der Sirupflasche.*

Sonderegger, vom Fußmarsch erschöpft, trotz des Postscriptums hat er in seinem Rucksack die Sirupflasche mitgeschleppt, er weiß doch, wie sehr sich der alte Mann darüber freut.
Dunant macht in seinem Zimmer für Sonderegger den Stuhl neben dem Fenster frei. Zwischen den Tannen ist ein Stück blasser Märzhimmel zu sehen.
Dunant, über seine Blätter gebeugt, richtet sich plötzlich auf:
Wo sind die Manuskriptseiten, die Ihnen das letzte Mal fehlten?
Ich habe sie leider nicht finden können.
Der Lehrer runzelt bekümmert die Stirn, seine Dackelaugen bitten um Nachsicht. Er klagt sich an, unordentlich zu sein: Zu viel Papier überall, zu viele Kinder im Haus, er habe in allen Schubladen gesucht.
Dunant ist blaß geworden, seine Hand, die einen Wust Blätter hält, zittert.
Ich werde leider den Verdacht nicht los, sagt er

mit schneidender Stimme, daß Sie meine Blätter nach Genf schicken, mit meinen Feinden konspirieren!

Sonderegger glaubt, er scherze, aber dafür ist der alte Mann zu erregt. Irgend etwas muß vorgefallen sein, er hat es schon unter der Tür gespürt, rastlos ist ihm der Freund erschienen, in seinen Augen ein Flackern.

Sie sitzen sich gegenüber. Ein Tannenzweig schabt am Fenster, Tropfen ziehen ihre schräge Spur über die Scheibe.

Schimmel dringt von der Schindelwand über die Fensterrahmen in den Raum. Ein Ort des Zerfalls.

Auf dem Heimweg versuchte sich der Lehrer zu trösten: Gewiß nimmt es mir Dunant übel, daß ich nicht nach Rom gehen kann, beim nächsten Treffen ist der Ärger vergessen, ähnliche Stimmungsschwankungen habe ich schon früher erlebt.

Aber der Bruch dieser merkwürdigen Freundschaft hatte sich endgültig vollzogen.

Als hätte Dunant einen Bogen überspannt, sich zuviel an Vertrauen, an herzlicher Zuwendung erlaubt. Gedemütigt durch die letzten Enthüllungen, zurückgeworfen auf seine Verzweiflung, straft er sich selbst. Entzieht sich, ohne Erklärung, abrupt und still, der Nähe dieses ihm aufrichtig zugetanen Menschen.

Kälte breitete sich in seinem Körper aus.
Die Haut, zusammengezogen unter Frostschauern, bedeckte all die durchlebten Geschichten nicht mehr.
Muskelkrämpfe, ein Zucken und Reißen in den Gliedern, panische Angst, für immer gelähmt zu werden. Für Dr. Altherr notiert er auf einem Zettel die Namen möglicher Krankheiten: chronische Nervenreizung, Entzündung der Venen, Muskellähmung, Hepatitis, Ataxisches Fieber, Meningitis.
Am Tag lenkte ihn die Arbeit ab, aber in der Nacht erwachte er mit Erstickungsanfällen.
Alpträume, ein Nachtmahr kniet auf seiner Brust, vogelschnäblig.
Er schnürt ihm den Atem ab. Sein Gesicht ist jetzt nahe, Dunant blickt in die runden Augen von Monsieur M.. Er fährt aus den Kissen, schreit.
Die Tür öffnet sich: Herr Dunant, ist etwas?
Nein, nichts.
Die Türe schließt sich.
Er ist noch da. Liegt wie im Fieber. Sie haben es nicht fertiggebracht, ihn umzubringen. Diese Nacht wenigstens nicht.
Am Morgen am Frühstückstisch zittert seine Hand, die Kaffeetasse fällt zu Boden. Jetzt weiß er es: Seine Feinde haben ihn im *Lindenbühl* entdeckt, hier kann er nicht mehr bleiben.

Am 21. April bat Dunant Dr. Altherr in einem Geheimbrief *(à brûler après la lecture – nach dem Lesen zu verbrennen),* er möge ihn am Tag der Landsgemeinde abholen und in sein Krankenhaus aufnehmen. Gewisse Ereignisse hätten ihn krank gemacht. Seit zwei Monaten wisse er aus sicherer Quelle, daß Napoleon III. die Hälfte seiner Schulden hatte übernehmen wollen, doch *die Neidischen, die Bigotten, die Verleumder* verhinderten diese Hilfe. Er erwähnt auch die nie eingetroffene Geldsendung der Königin Augusta.
Man wollte mich töten, der ich seit fünfundzwanzig Jahren alles versuchte, um meine Schulden zurückzuzahlen, ich arbeitete ehrlich und schloß meinen immerwährenden Kummer in mich ein, nun tötet er mich. Die Bosheit, die mir ein Vierteljahrhundert lang Todesängste bereitet hat, bringt mich jetzt ins Krankenhaus.

Im Lauf des Lebens dies und das von uns zurücklassen, bis wir, ein bißchen atemlos und vom Wind der Jahre zerzaust, ankommen an der letzten Station.
Im Spiegel des Zimmers, in dem wir sterben werden, uns wiederfinden: Strandgut des Lebens. Angekommen sein und warten – im Falle Dunants achtzehn Jahre und zwei Monate – auf die Formalitäten für eine Grenzüberschreitung ins Jenseits.

Seit dem 30. April 1892 wohnte Dunant im Bezirkskrankenhaus Heiden, er sollte hier bleiben bis zu seinem Tod am 30. Oktober 1910.

Er lag in seinem letzten Réduit.
Ängstlich horchte er nach innen auf den hämmernden Schlag des Herzens; in den Nächten, zusammengekrümmt, lauerte er auf den Ton von zerspringendem Glas.
Am Morgen erschien die Oberschwester Elise, sie wünschte ihm mit ihrer festen, immer etwas belegten Stimme guten Tag, riß einen Fensterflügel auf. Er sah den Bewegungen der Diakonisse zu, ihre Anordnungen waren ruhig und weckten sein Vertrauen. Im Wohlwollen dieser Frau spürte er nichts von Herablassung, auch Dr. Altherr, der auf seiner Arztvisite ein paar Worte mit ihm wechselte, strahlte diesen Sinn für menschliche Würde aus. Dunant, in seinem geschundenen Zustand, nahm diese Wertschätzung dankbar wahr. Im Krankenhaus hatte man ihm eines der besten Zimmer gegeben, in seiner Rastlosigkeit tauschte er es im Lauf der Monate gegen andere aus, die ihm ruhiger, für seine Zwecke geeigneter erschienen, bis er sich endgültig in Nummer 12, einem Eckzimmer, niederließ.
Nach dem Frühstück und der täglichen Arztvisite war er sich selbst überlassen.

Als schnappte eine Falle zu, besetzten ihn augenblicklich seine inneren Bilder. Auf seinem Ruhebett, schutzlos, als liege er mit nacktem Rücken in der Talmulde, projizierte er seine Visionen auf das kleine Stück Himmel, das ihm geblieben war.
In einem der letzten Briefe an Sonderegger hatte er geschrieben: *Je vois à distance les choses comme si j'étais présent, et je lis les pensées comme dans un parchemin. – Ich sehe auf Entfernung die Dinge, als wäre ich dabei, und ich lese die Gedanken wie auf einem Pergament.*
Immer deutlicher die Bilder von einem neuen, weltweiten Krieg.
Der Horizont gerötet, ein glosender Schein. Es wird finster, die Bäume werfen unscharfe Schatten. Hügelwellen wie Schafrücken, drängen zum Abgrund, ein Blitz zuckt... Er sieht Luftgondeln. Leuchtschiffe. Auf der Ebene des Himmels wird gekämpft. Es schneit blutende Körper.
Die Menschen haben im Kriegsrausch den Verstand verloren.
Dunant setzt sich an den Schreibtisch und notiert unter dem Stichwort *L'Avenir sanglant: Der Militarismus tötet den Individualismus.*
Wozu Mikrophon, Lautsprecher, Phonograph und Phonostenograph, elektrischer Pflug, Thermoskop, Hydrometer, Velograph, wozu? Und wozu die Theorien von Darwin oder Herbert Spencer und all die

glänzenden Werke der Baukunst und der Literatur? Sicher, das Telephon wird die Häscher der Guillotine untereinander in Verbindung halten, damit kein einziges Opfer dem Messer der tausend kleinen allmächtigen Tyrannen entgeht; der Lautsprecher wird die Stimmen der Generäle, die Armeen von mehreren tausend Mann befehligen, so verstärken, daß sie auf einige Kilometer Distanz zu hören sind und an mehreren Orten zugleich…

In der zweiten Spitalwoche, am 8. Mai, im Korridor ein Getrappel von leichten Füßen, die Sondereggerkinder wollten ihm zum Geburtstag gratulieren. Der Spitalgeruch schüchterte sie ein, eines schupste das andere vor, um an der Tür, hinter der sie Dunant vermuteten, anzuklopfen.
Da kam die Oberschwester den Flur entlang und bemerkte die Kinder in ihren Sonntagskleidern. Sie sollten einen Moment warten, sagte sie, bevor sie bei Dunant eintrat.
Erneut standen die Kinder vor der geschlossenen Tür, Oswalds schwitzende Finger hielten einen Strauß von Wiesenblumen.
Endlich kam die Schwester heraus, das Gesicht unter der Flügelhaube von feierlicher Blässe. Kinder, sagte sie, Herr Dunant kann euch nicht empfangen. Er ist heute zu traurig.
Zu traurig an seinem Geburtstag? wagte die kleine

Emma zu fragen. Ihre großen blauen Augen füllten sich mit Mitleid.
Aber der Strauß wird ihm Freude machen, sagte die Diakonisse und nahm Oswald die Blumen ab.
Vor dem Krankenhaus glaubte Emma, Herrn Dunant hinter dem Vorhang am Fenster zu sehen. Obwohl sie der blinkenden Scheibe wegen nicht sicher war, winkte sie hinauf.
Dunant, der sich von seinem Lager erhoben hatte, öffnete den Fensterflügel einen Spaltbreit, seine rechte Hand schob sich heraus, sie hielt eine Orange.
Wie eine kleine Sonne fiel die Frucht durch die Luft, Oswald konnte sie auffangen.
Das Fenster war jetzt wieder zu, die Kinder standen noch eine Weile da und starrten in die blinkende Scheibe, allmählich wurden die Winkelbewegungen ihrer Arme fahrig, das Lächeln auf ihren Gesichtern erstarb.

Zwei Monate später, in einem Brief vom 22. Juli, dankte Dunant für einen erneuten Besuch der Kinder: *Lieber Herr Sonderegger, ich danke Ihnen und Frau Sonderegger, daß sie mir ihre drei reizenden Kinder zu Besuch geschickt haben... Die kleine Emma wird eine Schönheit mit ihren wunderbaren Augen und ihrem liebenswürdigen Charakter ... ihre beiden Brüder erschienen mir magerer als sonst, der*

sanfte und gute Oswald hustet ein bißchen, passen Sie auf, daß er sich im erhitzten Zustand keinem Durchzug aussetzt! Ich hoffe, daß Sie mich nicht vergessen werden. Wenn Sie einen Moment zur Verfügung haben, würde mir das die größte Freude machen.
Ich bitte Sie, Frau Sonderegger, die in meinem besten Andenken steht, meine Grüße zu bestellen.
Freundliche Zeilen, die über den Bruch zwischen alten Freunden hinwegtäuschen? Offensichtlich war es nicht nur Dunant, der sich der verlorenen Manuskriptseiten wegen zurückzog. Auch Sonderegger war bitter enttäuscht. Anstatt Dankbarkeit zu ernten für seinen Brief an die Organisatoren des Kongresses in Rom, hatte er eine Rüge von Dr. Altherr einstecken müssen, daß alles hinter Dunants Rücken geschehen war. Daß auch Dunant diese Meinung teilte – *Sonderegger, dieser ungeschickte Mensch,* habe eine Dummheit gemacht, schrieb er an seinen Bruder Pierre – mußte dem Lehrer wohl als der Gipfel der Undankbarkeit erscheinen.

Eine quälende Unrast trieb Dunant in den ersten Monaten seiner Krankenhauszeit um. Wieder schrieb er seine Geheimbriefe, am 3. Juni 1892

wandte er sich an Rudolf Müller: Personel, à brûler après la lecture –, berichtete in gehetzten Sätzen über die Umstände seines Konkurses, überzog zwanzig Seiten mit seiner großen, vorwärtsjagenden Schrift.
Ich habe 1867 alles an die Gläubiger verloren, und ich war in Paris während mehrerer Monate dem Tode nahe.
In seiner Erinnerung sah er sich in seine schlimmste Pariser Zeit zurückversetzt: 1867, geprellt um den Preis der Weltausstellung, kämpfte er um sein Überleben. Seine Mutter, die sich seinetwegen grämte, lag krank in Genf. *Meine geliebte gute Mutter,* schrieb er ihr, *ich grüße Dich mit Herz und Seele, sorge Dich nicht, es geht schon...*
Im Winter 67/68 war es bitterkalt, hungrig und frierend ging er über ausgestorbene Plätze, die Seine zugefroren, die vereisten Brunnenröhren glichen Fabelwesen, wurden lebendig in seinem Brief, ein Wintermärchen, das die Mutter zum Schmunzeln bringen sollte. Er hätte sie gerne an ihrem Krankenbett besucht, doch seine Familie, aus Furcht vor den Genfer Gläubigern, verbot es, so blieb er fern und wartete in jedem Sinn auf Tauwetter; als es 1868 einsetzte, war die Mutter schon tot.

Noch blieben ihm, dem Gedemütigten und Hungernden, neben dem Einsatz für die Kriegsgefangenen Visionen, für die es sich lohnte, die verbliebenen Kräfte einzusetzen: die Gründung einer Universalbibliothek und die Rückführung der Juden nach Israel.

Die Internationale Weltbibliothek: was für ein packender Gedanke, die Kulturgüter der Menschheit, über alle Grenzen hinweg, zu erhalten.

Programmatisch schrieb Dunant 1867: *Unsere Epoche hat die Geburt einer neuen Welt erlebt, die von Tag zu Tag größer wird, die Welt internationaler Ideen. Diese Ideen haben bereits die Weltausstellung zustande gebracht, die Durchstechung der Landenge von Suez, die Hilfsgesellschaft für verwundete Soldaten, die internationalen Kongresse und die Stätten internationaler Bildung.*

Die Internationale Bibliothek sah er als *Museum des Geistes.* Sie sollte die Zivilisationsarbeit eines jeden Volkes aufzeigen, Vorurteile zerstören, zum Verständnis zwischen den Völkern beitragen.

Das Projekt, das Dunant zusammen mit dem Italiener Max Gracia entwickelte, war zum Scheitern verurteilt. Noch sah jedes Land die eigene Kultur als überlegen und allein schützenswert an: Hatte der Zeitreisende diese Idee aus dem nächsten, zwar immer noch kriegslüsternen Jahrhundert an Land gezogen? Hundert Jahre später nahm die UNESCO die Idee wenigstens im Ansatz auf.

Auch die Vision des neuen Staates Israel war verfrüht.

Dunant, der Bibelkenner, empfand die Zerstörung Jerusalems durch den späteren römischen Kaiser Titus und die Vertreibung der Juden Jahrzehnte später unter Hadrian als Schande. *Die Christenheit muß dieses große Unrecht wieder gutmachen,* forderte er 1866 in einer Denkschrift. Napoleon III. sollte nach Dunants Vorstellungen als Schutzherr der Neuansiedlung der Juden in Palästina amten, den Juden sollten *wahre Christen* der Tempelgesellschaft beistehen. Die Leiter der Tempelgesellschaft stammten aus Schwaben: Christoph Hoffmann, Theologe und früheres Mitglied der Frankfurter Nationalversammlung, der Bergrat Christoph Paulus, der Theologe und Lederkaufmann Georg David Hardegg. In seiner schwärzesten Zeit halfen sie Dunant zu überleben, *wackere Württemberger der Tempelgesellschaft sind mir zwischen 1867 und 1870 zu Hilfe gekommen, ohne sie wäre ich vor Hunger gestorben,* notierte Dunant in seinem Geheimbrief an Rudolf Müller. Zwei großzügige Honorare entschädigten seine Vermittlertätigkeit zwischen der französischen Sektion der Tempelgesellschaft und Kaiserin Eugénie. Dunant sieht sich als *Werkzeug Gottes, dazu bestimmt, beizutragen zur Rückkehr Israels nach Palästina.*

Napoleons Sturz ließ das Projekt scheitern, Jahrzehnte später nahm es der Begründer des modernen Zionismus, Theodor Herzl, wieder auf. Utopien von heute sind die Realität von morgen, schrieb Dunant in eines seiner blauen Hefte.

10

Herbst 1869, in der Luft schon der Brandgeruch eines neuen Krieges, die Blätter verfärben sich flammender als sonst.
Clara Barton trifft aus Washington in Genf ein, um die Schrecken des Sezessionskriegs zu vergessen. Drei Jahre Schweiz, hatte ihr der Arzt in Washington verordnet, die Bergluft werde ihren Nerven guttun. Nach der Aktion *Missing Men* hatte die Barton die Ruhe dringend nötig. Nach den Bürostunden hatte Clara auf improvisierten Bühnen über die Hölle des Krieges berichtet, eines Tages, mitten in einem Vortrag, war sie verstummt.
Es hatte ihr wortwörtlich die Sprache verschlagen. So, als hätten sie erst jetzt die Schrecken des Krieges eingeholt.
Warum hatte sie ausgerechnet Genf gewählt?
In der Schlacht bei Richmond hatte sie einem jungen Genfer, der aus Idealismus am Krieg zur Sklavenbefreiung teilgenommen hatte, das Leben gerettet.
Die Eltern dieses Jules Golay hatten nun Clara nach Genf eingeladen.

Auch das Ehepaar Upton, Bekannte aus Washington, bewogen sie zu dieser Reise: Charles Upton lebte als amerikanischer Konsul in Genf.
Isaac und Eliza Golay nahmen Clara wie eine Tochter auf. In ihrem Haus an der Rue du Cendrier 16 erschien an einem kalten Oktobertag ein ungewöhnlicher Besuch: Dr. Appia, ein Bekannter der Golays, besuchte Clara Barton mit einigen Rotkreuzleuten.
Wir haben großen Respekt vor Ihrem Einsatz im Krieg, sagte Dr. Appia. Er blickte erstaunt auf die kräftige Frau mit dem schönen dunklen Haar, den hohen Wangenknochen und dem ernsthaften Mund. Sie war älter, als er angenommen hatte, er schätzte sie Ende Vierzig. Clara blickte den hochgewachsenen Mann im feierlichen Anzug erwartungsvoll an.
Wir sind gekommen, um von Ihnen zu erfahren, warum Ihr großes Land sich geweigert hat, der Konvention von Genf beizutreten.
Genfer Konvention? Verzeihen Sie, aber davon habe ich noch nie gehört, sagte Clara.
Dr. Appia erklärte ihr, zweiundzwanzig Nationen und der Vatikan hätten bis jetzt das Abkommen zugunsten der Kriegsverwundeten unterschrieben. Und Sie haben wirklich noch nie von den Rot-Kreuz-Gesellschaften gehört? fragte er mit sichtbarem Erstaunen. Er erklärte, wie es zur Konvention

gekommen war und überreichte ihr die Punkte der Vereinbarung in englischer Sprache.
Clara Barton setzte ihre Brille auf und überflog das Blatt. Die Neutralisierung des Pflegepersonals und der Verwundeten … murmelte sie. Genau das hat uns bei unserer Arbeit in der Sanitary Commission gefehlt. Unglaublich… Und davon weiß man in Amerika nichts!
Das offizielle Amerika ist längst im Bild, korrigierte sie Dr. Appia. Er erwähnte den amerikanischen Staatssekretär William Henry Seward, der es Bellows und Fogg, den amerikanischen Delegierten an der Genfer Konferenz, untersagt habe, die Konvention zu unterschreiben. Auch weiteren Vorstößen des Internationalen Komitees habe Seward mit Hinweis auf die Monroe-Doktrin, stets wie ein Fels widerstanden.
Die Monroe-Doktrin mißbraucht, um die Menschlichkeit abzuwehren, bemerkte Clara Barton stirnrunzelnd.
Sie bat Dr. Appia, nochmals zu erklären, was denn die Bewegung der Verwundetenhilfe ausgelöst habe.
Louis Appia erwähnte Henry Dunants Kriegserlebnis und den Impuls, der von seinem Buch *Eine Erinnerung an Solferino* ausgegangen war. Clara hörte mit angehaltenem Atem zu. Vor ihrem inneren Auge sah sie den Mann in Weiß, wie er sich

über die Verwundeten im Lazarett von Castiglione beugte, sie spürte die innere Verwandtschaft.
Kann ich Henry Dunant sehen? Ist er in Genf? In ihrer Stimme schwang Ungeduld mit.
Dr. Appias feingeschnittenes Gesicht überzog sich mit Röte. Wir wissen nicht, wo sich Dunant aufhält, sagte er ausweichend, nach Genf zurück kann er nicht mehr, gewisse Dinge sind vorgefallen... Das offizielle Rote Kreuz hat sich von ihm getrennt.
Trotzdem möchte ich sein Buch lesen, sagte Clara.
Das lassen wir Ihnen gerne schicken, zusammen mit anderen Schriften über die Konvention von Genf, in der Hoffnung, daß Sie in Amerika unser Werk fördern werden.
Clara überflog nochmals das Blatt mit den Punkten der Konvention. Hier steht nichts von Friedensaufgaben, sagte sie überrascht. Krieg ist ein Ausnahmezustand. In Friedenszeiten ließe sich das Rote Kreuz in der Katastrophenhilfe einsetzen – ist da nichts vorgesehen?
Noch einmal mußte Dr. Appia gegen seinen Willen den Namen Dunant erwähnen. In der dritten Auflage der *Erinnerung an Solferino,* sagte er, hat Dunant einen solchen Einsatz vorgeschlagen, das Internationale Komitee hingegen will sich strikt auf die Hilfe für die Kriegsverwundeten beschränken. Die Barton runzelte ihre Stirn. Ihr Werk ver-

paßt den Einsatz in Friedenszeiten, das sollte geändert werden, sagte sie streng.

Im Winter reiste Clara nach Korsika. Statt sich an der Sonne zu erholen, erlitt sie einen neuen Schub von Malaria, eine Krankheit, die sie im Sezessionskrieg in den Wäldern Virginias aufgelesen hatte. Nach ihrer Rückkehr in die Schweiz ließ sie sich an der Peripherie der Stadt Bern nieder und nahm zur Stärkung ihrer Gesundheit Mineralbäder.
Doch der Krieg sollte sie auch in der scheinbar so friedlichen Schweiz einholen.
Am 19. Juli 1870 war der Deutsch-französische Krieg ausgebrochen.
Einige Tage später läutete Dr. Appia an der Türe ihres Chalets, er war mit seinen Leuten auf der Durchreise an die Front. Nun dachte Clara nicht mehr an besinnliche Ruhe, sie versprach, eine Woche später nachzureisen.
In Basel war Clara Barton beeindruckt von den großen Warenlagern des Roten Kreuzes. Sie mußte einige Zeit in der Stadt auf Moyniers Erlaubnis warten, unter dem Patronat des Roten Kreuzes auf dem Schlachtfeld tätig zu sein. Moynier zögerte, schließlich lenkte er ein. Eine junge Schweizerin, Antoinette Margot, deren Eltern in Lyon eine Seidenfabrikation betrieben, sollte Clara Barton begleiten. Die beiden Frauen reisten unter großen

Schwierigkeiten nach dem kriegsgeschädigten Straßburg. In der Stadt fehlte es an allem, die Barton errichtete ein riesiges Nähatelier, in dem sie Frauen mit der Herstellung von Kleidern beschäftigte. Ihr Wirken für die Bevölkerung wurde bald von der Großherzogin Luise von Baden unterstützt, einer Tochter der preußischen Königin Augusta, die sich seit jeher für das Rote Kreuz eingesetzt hatte. 1871 reisten die Frauen unter Mühen nach Paris, es gab weder Züge nach Postkutschen, da die Pferde geschlachtet worden waren. In der Stadt herrschte Chaos. Die Barton erwähnt in ihrem Tagebuch die dem Sturz der Pariser Kommune vorausgegangenen blutigen Straßenkämpfe und die Erschwerung ihrer Arbeit: Das französische Rote Kreuz, ein Club alter Aristokraten, sei zuwenig populär und die Konvention werde kaum respektiert.

Henry Dunant lebte zur gleichen Zeit in Paris, aber die Unruhen jener Frühlingswochen 1871 verhinderten, daß sich die beiden Helfer begegneten.

Verarmt, seiner Schulden wegen in Mißkredit, arbeitete Dunant während der Kriegswirren vermehrt für das französische Rote Kreuz. Der Krieg als Ausnahmesituation mobilisierte seine Kräfte, der schnell gegründete *Fürsorgeverein* und Dunants persönlicher, in fieberhaftem Eifer geleisteter

Einsatz für das gefährdete Paris rückten ihn noch einmal in den Blick der Öffentlichkeit.
Nachdem sich Paris bereits Ende Januar den deutschen Truppen ergeben hatte, brach in der Stadt der Aufstand aus.
Am 18. März hatten revolutionäre Intellektuelle und Arbeiter die Kommune konstituiert, einige Wochen später griff sie Mac-Mahon mit den Regierungstruppen der Nationalversammlung in Versailles an. Bürger gegen Bürger. Die Kommunarden hinter Barrikaden verschanzt, ganze Straßenzüge aufgesprengt und gefüllt *mit Pikrinsäure und Dynamit, mit Bomben und Minen. Ein Feuer muß das andere entzünden,* schrieb die Zeitung «Moniteur Universel» verzweifelt und fügte bei: *Der Plan des Herrn Dunant muß nun ernsthaft erwogen werden.*
Am 8. Mai schrieb der «Daily Telegraph» aus Paris: *Henry Dunant, der Schöpfer der Genfer Konvention und der Hilfsgesellschaft, ist hier, um Frauen und Kinder in Paris vor den Schrecken einer kommenden Feuersbrunst zu retten...*
Am 24. Mai hatten die Kommunarden den Erzbischof von Paris und andere Persönlichkeiten als Geiseln ermordet, eine Repressalie gegen die Nationalversammlung in Versailles.
Dunant, Doppelbürger und Vertreter eines humanitären Werks, versuchte in dieser Zeit durch Ge-

spräche mit verschiedenen Lagern Menschenleben zu retten.
Im Pariser Rathaus, auf ein Mitglied der Kommune wartend, sah Dunant die Brokatstühle in den vergoldeten Sälen vom Mob der Stadt besetzt. Als er nach dem Gespräch das Stadthaus verließ, hielt ihn ein bezechter und übereifriger Gardist an, sogleich umringten ihn aufgebrachte Bürger und beschimpften ihn als Spion.
Er hat eben einen der Erzkommunarden, den Schriftsteller Vermorel, getroffen, rief ein junger Mann.
Dunant versuchte sich zu wehren: Er habe dies getan, um Unbekannte und Freunde, den Pfarrer der Madeleine-Kirche zum Beispiel, vor einer Verurteilung durch die Kommunarden zu retten.
Er lügt! rief der junge Mann, Vermorel hätte ihm gesagt, daß man den Abbé gestern abend an eine Mauer gestellt und mit Gewehrsalven durchlöchert hat!
Entsetzt hörte Dunant von diesem Verbrechen. Dann zeigte er die Mitgliedskarte des Roten Kreuzes.
Voilà, ein Roter Internationaler, rief eine Frau triumphierend, diese Verbrecher werden der Polizei übergeben!
Das Wort «international», das sowohl für das Rote Kreuz wie für die marxistische Bewegung stand,

war unter der Regierung Thiers zum Schimpfwort geworden.
Schon machte man Anstalten, ihn festzunehmen, da fuhr in seiner Kalesche einer seiner Freunde vom «Fürsorgeverein» über den Platz und erkannte Dunants gefährliche Situation. Er ließ anhalten, klärte den Irrtum auf.
Als Henry neben ihm im Wagen saß, rügte er: Sie setzen mit ihrer Menschenliebe zu viel aufs Spiel, wie schnell können Sie zum Märtyrer werden: mancher, den man los sein will, wird jetzt «aus Versehen» erschossen.
Am 24. Mai, während der *«Semaine infernale»*, brannten das Rathaus und die Tuilerien, Henry erinnerte sich an die Prophezeiung, im Jahre 1871 werde Paris von den Franzosen selbst in Brand gesteckt. Mit dem Sturz der Kommune hörte das Blutvergießen endlich auf.
Der Krieg hatte die Menschen wie eine Geisteskrankheit befallen, Hunderttausende waren im Deutsch-französischen Krieg und in den Tagen des Umsturzes hingeschlachtet worden oder an Seuchen gestorben. Was hatten die Opfer mit dem auslösenden Moment, der Erbfolge auf dem spanischen Thron, zu tun gehabt? Hatte der Krieg, den die Herrschenden damals für notwendig hielten, Not gewendet? Hatte er nicht nur Elend, Hunger und Zerstörung gebracht und schuf, bevor er zu

Ende war, neues Ärgernis: Elsaß-Lothringen annektiert, Wilhelm I. von Preußen im Januar 1871 im Spiegelsaal zu Versailles zum Deutschen Kaiser gekrönt – Demütigung, Haß: Zündstoff für den nächsten Krieg.
Konsequenter noch als nach der Niederschrift seines Solferino-Buches begann Henry den Krieg, *den Lieferanten des Todes, den Agenten der Unmoral, die nie versiegende Quelle des Hasses, des Leidens, des Elends und der Barbarei* zu verabscheuen. Er verurteilte Aufrüstung und Militarismus.

Frauen verbinden, was Männer verletzen.
Clara Barton, ebenfalls durch die Kriegsereignisse aufgewühlt, schrieb 1870 nach Amerika:
Weil die Frau am Krieg nicht teilnimmt, darf sie kein Stimmrecht haben. Und weil sie nicht abstimmen kann, hat sie keine Vertretung in ihrer Regierung. Und weil sie keine Stimme in der Regierung hat, ist sie kein Bürger. Weil sie kein Bürger ist, hat sie keine Rechte. Weil sie keine Rechte hat, muß sie sich dem Unrecht fügen. Und weil sie sich dem Unrecht fügt, ist sie ein Nichts.

Unter dem Schock des Krieges gründete Henry Dunant eine Vereinigung, die der Menschheit in Zukunft solche Erfahrungen ersparen sollte: *die allgemeine Allianz für Ordnung und Zivilisation.*

Eines ihrer Ziele: Durch Einrichtung eines internationalen Schiedsgerichts sollten Konflikte zwischen den Nationen auf friedliche Art gelöst werden. Denn für das Hauptübel der Zivilisation hielt Dunant den Krieg.

Doch Henry Dunant ging noch weiter: In der sozialen Ungerechtigkeit in den Industrieländern erkannte er die eigentliche Quelle des Unfriedens, nach den Schreckenstagen der Kommune sah er aber im Marxismus kein Angebot zu einer Lösung. Als einer der raren bürgerlichen Impulse suchte seine Allianz bei den Unternehmern das Gefühl sozialer Verantwortung zu wecken, sie prangerte Mißstände an, sah Stellenvermittlungen für Arbeitslose vor. Der Vereinigung gehörten angesehene Persönlichkeiten an wie Ferdinand de Lesseps, der Erbauer des Suezkanals, der Bischof von Orléans, der alte General de Beaufort, der Ökonom und Pazifist Frédéric Passy.

Die Nachkriegszeit in Frankreich war Dunant nicht günstig, als ein Opfer von Verwechslungen erschien er auf den Fahndungslisten, das Projekt der Universalbibliothek scheiterte, und sein Protektor, Napoleon III., lebte in Großbritannien im Exil. Als Dunant im Sommer 1872 eine Einladung der Gesellschaft für Sozialwissenschaft erhielt, in London über die Sache der Kriegsgefangenen zu sprechen, entschloß er sich zu einem Neubeginn in England.

Plymouth, September 1872.
Dunant am Rednerpult, im Rahmen des Kongresses für Soziale Wissenschaften spricht er über ein *internationales Schiedsgericht als Mittel zur Kriegsverhinderung.*
Der Saal bis auf den letzten Platz gefüllt, die Londoner Vorträge im Hochsommer haben Dunant in wenigen Wochen in England populär gemacht, in den großen Zeitungen, einschließlich der «Times», ein unerwartetes Echo. Selbst Florence Nightingale, sein großes Vorbild, hat einen Glückwunsch geschickt: *Gestatten Sie mir, Sie zum Erfolge Ihres edlen Werkes zu beglückwünschen – ein Werk, das wahrhaftig im Geiste Gottes und der göttlichen Zivilisation getan ist.*
Die «Morning Post» wird Dunant als den größten noch lebenden Wohltäter der Menschheit bezeichnen.
Dunant ringt sich die Wörter ab, stoßweise kommen sie über seine Lippen, rennen wie Wellen an gegen den dunklen Widerstand des Krieges.
Sah er nach Solferino vor allem die Verwundeten und Toten, so erscheinen ihm nun die moralischen Folgen der kriegerischen Auseinandersetzungen schwerwiegender: *Der Krieg tötet nicht nur den Körper, er tötet nur allzuoft auch die Seele. Er erniedrigt, korrumpiert, brandmarkt, entwürdigt... Vor dem Krieg und seinen Forderungen kann es we-*

der Freiheit noch Brüderlichkeit geben, nicht Familie, Freund, Nachbar, ja, nicht einmal ein Gewissen... Der fahle Himmel vor dem Fenster löst sich in Fetzen auf, im Sommer flockt es über den Köpfen, vor seinen Augen versinkt sein Publikum im Schneetreiben.
Der Vortragende bricht mitten im Satz ab, sein Oberkörper sinkt aufs Pult.
Ein Arzt eilt aus dem Publikum herbei, fühlt ihm den Puls.
Es geht schon wieder, flüstert Dunant.

Niemand ahnt im Vortragssaal von Plymouth, daß der Menschheitsbeglücker an Hunger leidet, sein Amt als Sekretär der Peace Society ist ehrenamtlich, die Vorträge bringen nichts ein: Menschenfreunde, nimmt man an, machen alles umsonst.
Er ist zu stolz. Verheimlicht, daß er über keine Mittel verfügt, die Leibrente, die ihm seit diesem Frühling aus dem Erbe von Onkel Daniel zusteht, hat er für den Druck einer Kriegsgefangenen-Broschüre ausgegeben. Morgens bleibt er in seiner Dachkammer lange liegen, um Kräfte zu sparen und mit einer einzigen Mahlzeit im Tag auszukommen. Neulich, während eines Besuchs der Großherzogin Luise, mußte er seine Hungergefühle mit Wassertrinken dämpfen.

Gegen den Winter hin verschlechterte sich Dunants Gesundheitszustand. Durch die unregelmäßige Nahrungsaufnahme hatte sich sein Magen entzündet, Ekzeme an den Händen machten die Schreibarbeiten zur Qual.
Vom Englischen Roten Kreuz waren weder Aufträge noch eine Unterstützung zu erwarten. Kaum hatte Dunant einen Fuß auf die britischen Inseln gesetzt, las man im Rotkreuz-Büro in London auch schon das Gerichtsurteil aus Genf, Moynier hatte es mit dem Hinweis geschickt, Dunant sei aus seiner Vaterstadt geflohen und dürfe sich dort nie wieder zeigen.
Selbst in der Dachkammer des schäbigen Londoner Hotels St. James fühlte sich Henry verfolgt. Er fürchtete sich, über Plätze und Straßen zu gehen, seine Feinde wurden zu Alleebäumen, engten sein Leben von beiden Seiten ein und verstellten ihm jegliche Perspektive.
Seine Befürchtungen waren nicht aus der Luft gegriffen. In Genf hatten seine Gläubiger einen Gerichtsdiener beauftragt, in ihrem Namen alle Guthaben zu pfänden, die bei Dunant eingehen sollten; Spitzel schnüffelten in Frankreich und England in seinen Verhältnissen. Dunant hatte es daher vorgezogen, auf eine Zuwendung des Französischen Roten Kreuzes von 200 000 Francs zu verzichten, Comte de Flavigny wollte damit für

seinen Einsatz während der Kommune danken. So lastete, wohin er sich auch wandte, das ungeheure Gewicht seiner Schulden auf ihm und hemmte jeden neuen Schritt.

Was für ein geheimes Muster webt das Leben: Auch Clara Barton verbrachte den Winter 1872 in London. Nach dem Einsatz im Deutsch-französischen Krieg, zu Tode erschöpft, brach sie an Weihnachten, ihrem 51. Geburtstag, zusammen.
Nach dem Krieg war sie mit Freunden kurz in Italien gewesen, hatte auf einen Abstecher nach Solferino beharrt, über Feldwege, ohne ihre Freunde, erreichte sie das Schlachtfeld. Die untergehende Sonne färbte die Hügel unterhalb der Spia d'Italia rötlich, sie stand allein und dachte an Henry Dunant und ihren Wunsch, eine amerikanische Rotkreuz-Sektion zu gründen.
Daß Dunant ihr in diesem Winter in London nahe war, erschöpft wie sie vom Krieg und den Widerwärtigkeiten des Lebens, ahnte sie nicht.
Wie Henry wird sie im Leben allein bleiben, umarmt sie deshalb wie er in ihren Aktionen die ganze Welt?
Aber da ist in London noch Florence Nightingale. Mit ihr, dem Vorbild, wird sie wenigstens Briefe austauschen. Auch diese Helferin liegt krank im Thomas Hospital, Florence lädt Clara ein, sich

dort in ihrer Nähe pflegen zu lassen, aber Clara bleibt, wo sie ist, Bacon Hill 13, unfähig, in ihrem Zustand umzuziehen.
Wer sie so sieht – vorübergehend erblindet, die Augen unter einer Bandage verborgen, beinahe bewegungsunfähig wegen chronischen Rücken- und Kopfschmerzen, in tiefer Depression, wird ihr kaum mehr als ein halbes Jahr zu leben geben.
Aber das ist eine Täuschung.
Mit achtundsechzig Jahren wird Clara Barton in Carolina die Hilfsaktionen für die Opfer des Hurrikans leiten, mit siebenundsiebzig Jahren steht sie auf den Schlachtfeldern im Spanisch-amerikanischen Krieg, zwei Jahre später, mit neunundsiebzig, beteiligt sie sich in Texas an Aufräumungsarbeiten nach den großen Überschwemmungen, mit neunundachtzig lernt sie Schreibmaschine schreiben.

Dunant wird in seiner Heidener Zeit mehr von den Lebensstationen der Clara Barton erfahren: Im Herbst 1873 zurückgekehrt in die USA, wird sie noch einige Zeit um ihre Genesung kämpfen, doch mit der ersten neuerwachten Kraft setzt sie sich für die Unterzeichnung der Genfer Konventionen ein. Jahrelang stößt sie auf Widerstand. Unter Berufung auf die Monroe-Doktrin sperren sich Regierung und Kongreß fast zwei Jahrzehnte lang gegen eine Ratifizierung.

Mit Moyniers Empfehlungsschreiben aus Genf dringt die Barton zu drei amerikanischen Präsidenten vor. Nach acht Jahren, 1881, gründet sie die erste Sektion des amerikanischen Roten Kreuzes in Dansville, und im März 1882 kann sie mit purpurroter Tinte in ihr Tagebuch schreiben: *Treaty ratified!* Konvention unterschrieben!
Dunant wird ihr Werk bewundern: Von Anfang an ist es auch zu Friedenszeiten aktiv als Katastrophenhilfe. Ihr erster Einsatz hilft den durch Überschwemmung Geschädigten am Mississippi und macht das Rote Kreuz bei den Amerikanern unersetzlich.

1892 in Heiden, in seinem ersten Krankenhaus-Jahr, wird Dunant aus der Zeitung ein Bild von Clara Barton ausschneiden: Am Hafen von New York steht sie vor einem Schiff, das den hungernden Russen Weizen aus Iowa bringen soll. Sie steht da in einem langen theatralischen Mantel mit purpurnem Saum, der Wind löst Strähnen aus ihrem hochgesteckten dunklen Haar, Helligkeit liegt auf den Wangenknochen. Das Kinn entschlossen vorgereckt, als müsse sie dem Sturm standhalten. Was machen Russen mit amerikanischem Weizen, war da und dort zu hören gewesen. Sie kümmert sich nicht darum. Macht, was das Herz ihr eingibt: Menschen sind Brüder, sind

Schwestern, Hilfe setzt sich über alle Grenzen hinweg. Die Russen, heimgesucht von der Dürre, backen aus amerikanischem Weizen ihr Brot, Tolstoi wird ihr einen Dankesgruß schicken...
Dunant betrachtet diese Frau: Sie hat das Rote Kreuz errichtet, das er sich erträumt hat.

Ein paar Rotkreuz-Frauen aus Heiden hatte er das Bild mit Clara Barton und dem Weizenschiff gezeigt. Die Frauen hatten sofort begriffen. Und nun, an diesem Junitag, kommt die Kassiererin, eine ledig gebliebene, nicht mehr ganz junge Frau, eine Sonderegger, der Einfachheit halber nennt sie Dunant Mademoiselle Klara. Sie erzählt von der Heidener Sammlung für die hungernden Russen. Fünfzig Franken sind zusammengekommen, das ist nicht viel, Rußland ist schließlich weit weg, und auf der Schattenseite der Appenzeller Hügel müssen die Kinder manchmal auch hungrig zu Bett. Aber man hat von Herzen gegeben, meint sie und wagt den Vorschlag: Wäre es nicht eine Aufwertung der Gabe, wenn der Gründer des Werkes ein paar begleitende Zeilen schreiben würde?
Sie hält seinem Blick stand und lächelt verschmitzt: Das Briefpapier mit dem Roten Kreuz und dem Aufdruck Heiden habe ich gleich mitgebracht...
Ein Schatten streift Dunant. Während seiner Pari-

ser Zeit hat Moynier ein Zirkular an alle europäischen Sektionen geschickt mit der Anklage, Dunant benutze widerrechtlich das Briefpapier und den Stempel des Roten Kreuzes. Aber das ist nun eine Weile her. Zudem handelt es sich hier nur um die Sektion Heiden und nicht um das Französische Rote Kreuz.

Als er zustimmend nickt, packt sie aus ihrem Korb die ersten Rosen aus und ein Schüsselchen mit Walderdbeeren.

Seine kindlich strahlende Art, sich zu freuen. Beim Erdbeerpflücken hat sie sich schon sein Gesicht vorgestellt: dunkle Kinderaugen in einem alten Gesicht. Eine freudige Bewegung läßt sie aufleuchten, die karstige Landschaft der Wangen gewinnt an Helligkeit.

Dunant winkt ihr zum Abschied vom Fenster aus nach.

Wenn er auch keinen Einfluß mehr nehmen kann auf den stark gewordenen Baum seines Werkes, die Rotkreuz-Sektion Heiden ist sein Herzstück. Hier, auf diesem kleinen Fleck der Welt, realisiert er seinen Traum von der Katastrophenhilfe.

Dr. Altherr traf seinen Patienten am Abend in aufgeräumter Laune, Sommergerüche erfüllten den Raum. Damenbesuch? Der Arzt blickte auf die Rosen.

Als Dunant nickte, blinzelte er ein bißchen hinter seinen dicken Brillengläsern: Ich glaube, Frauen mögen Sie, Herr Dunant.
Der alte Mann lächelte. Er sprach nicht aus, was er dachte: Die Entdeckung meines reifen Mannesalters ist die Frau. Der Arzt wartete noch eine Weile in der Hoffnung auf ein Geständnis, nur aus Andeutungen wußte er von der geheimnisvollen Geschichte mit Madame Kastner, schon längst hätte er gerne Genaueres erfahren. Als Dunant jedoch schwieg, schloß er sacht die Türe hinter sich und überließ Dunant seinen Gedanken.

11

Seltsam: mit Napoleon III. hatte alles begonnen. In die Düsternis des Londoner Winters 1872 war ein Hoffnungsschimmer gefallen: der in Chislehurst exilierte Kaiser zeigte ihm sein Wohlwollen. Dunant hatte ihm das Manuskript seines Vortrags über die Kriegsgefangenen zukommen lassen, zum ersten Mal im Leben erhielt er von Napoleon eine eigenhändig geschriebene Antwort, die er noch in Heiden in Ehren halten wird.
Als wollte der Herrscher ein Versäumnis nachholen, wurde Dunant Ende 1872 zu einem Empfang nach Brighton eingeladen. Napoleon, durch seine Krankheit abgemagert, die Hand auf eine Stuhllehne gestützt, hielt sich mit Mühe aufrecht. Er wird sterben, dachte Henry verzweifelt, und ist doch, im Sinne Gaussens, ausersehen als Retter des Abendlandes und Wiedererrichter des Kaiserreichs Karl des Großen! Die Opposition im eigenen Land und die Preußen haben ihm übel mitgespielt, und nun verbietet ihm auch seine Krankheit, von einem neuen Staatsstreich nur zu träumen. Aug in Aug standen sie sich noch einmal gegenüber.

Beide vom Leben verletzt.
Der ehemalige Herrscher von Frankreich und Nordafrika, nun selbst auf der Schattenseite, spürte Mitgefühl mit dem unglücklichen Menschheitsbeglücker.
Nun, da Henry von ihm zum ersten Mal kein Wunder mehr erwartete, sollte sich eines ereignen: Napoleon stellte ihn an diesem Dezembernachmittag einer klugen und reichen Frau vor, in der Hoffnung, sie werde ihm neues Selbstvertrauen geben und seinen Projekten unter die Arme greifen: Léonie Kastner-Boursault.

Abends, im Heidener Krankenhaus, schaute Dunant zur Zimmerdecke empor, Szenen liefen über die weiße Fläche, projiziert von einer inneren Laterna magica: Bilder aus jenem bitterkalten Winter 1872 in London, in dem er Léonie Kastner begegnet war. In Brighton hatte sie ihn im Beisein Napoleons aufgefordert, über die geplante Allianz für Fortschritt und Zivilisation zu berichten. Er sprach von seinen Anliegen ohne jeden fanatischen Eifer, eher beiläufig und träumerisch. Während er redete, forschte Frau Kastner sein Gesicht aus, als erzähle es die Geschichte besser, jedenfalls in einer deutlicheren Sprache. Bei dieser Begegnung hatte sie, ohne daß etwas ausgesprochen wurde, schnell erfaßt, daß seine Allianz aus

Geldmangel in der Krise steckte, sein Aussehen hatte ihr etwas über seine persönlichen Nöte verraten, sie ahnte die Scheu, die stolze Verhaltenheit dieses Mannes und war gewarnt. Im Januar 1873, einige Tage nach Napoleons Tod, suchte sie Dunant vergeblich im Büro der Allianz. Als sie erfuhr, er liege krank in einer Dachkammer, klopfte sie noch am selben Tag an seine Tür. Dunant mit fiebrigen Wangen im Schlafrock am Schreibtisch, der Ofen halb erloschen, seit Tagen hatte er nichts Vernünftiges gegessen.

Auf ihre Frage, wie es ihm gehe, klagte er über ein Zittern in seinen Händen, das ihn am Schreiben hindere. Sie saß ihm schweigend gegenüber, blickte ihn mit ihren sprechenden Augen an. Langsam schien er Vertrauen zu fassen, gab dies und das aus seinem Leben preis; er sprach mit Pausen, holte die Worte wie aus einem Ziehbrunnen herauf. Léonie blickte in einen Abgrund von Enttäuschung.

Durch den Tod des Kaisers war das auf Hoffnungen errichtete Gebäude endgültig über ihm eingestürzt, alles erschien sinnlos, er saß im Schutt seines Lebens.

In den nächsten Monaten versuchte sie, ohne seinen Stolz zu verletzen, sich über sein Werk ihm zu nähern. Großzügig unterstützte sie die Allianz, deren engagiertes Mitglied sie wurde. Um etwas für seine Gesundheit zu tun, besorgte sie ihm ein Zimmer außerhalb der Stadt zwischen Gärten und lockerem Baumbestand, die Zimmerwirtin, Mrs. Coombes, hatte Anweisung, frisches Obst und Gemüse auf den Tisch zu bringen. *Hier ist es wie in La Monnaie vor dreißig Jahren,* schrieb Dunant an seine Schwester Marie und berichtete in euphorischem Ton, sein Projekt zum Schutz der Kriegsgefangenen sei auf gutem Weg, bald werde eine internationale Konvention abgeschlossen, wie damals zur Pflege der Verwundeten. Dunant, als Präsident des Komitees, plante für das Frühjahr 1874 eine Konferenz in Brüssel. Ein paar Wochen vor der Ankunft der Delegierten rissen russische Politiker die Organisation der Tagung an sich, Dunant und seine philanthropischen Helfer, die das Ereignis über Monate mühevoll vorbereitet hatten, wurden ausgeschaltet; man wolle, sagten die Russen, den Schutz der Kriegsgefangenen in einer Landkriegsordnung festlegen. Dunant verfolgte schließlich seinen eigenen Kongreß als Delegierter der Anti-Slavery-Society ohne Stimme, quasi als Außenstehender mit, seine Idee war gestohlen, die Konferenz, über Jahre von ihm ersehnt, brachte für die Kriegsgefangenen keine wesentlichen Verbesserungen.

Die unaufdringliche Gegenwart und Hilfe seiner Gönnerin rettete ihn über diesen neuen Tiefpunkt hinweg. Er wandte sich jetzt, teils in England, teils in Frankreich, den anderen Zielen der Allgemeinen Allianz zu. Am Hauptsitz der Allianz, in Paris, hatte Frau Kastner Büros in einem ihrer Häuser an der Rue de Clichy 43 zur Verfügung gestellt. Henry bewohnte ein Appartement an der selben Straße *(in einem ihrer Häuser, in dem sie nicht wohnte, schreibt er mit Nachdruck 1876 an seinen Bruder Pierre),* denn das seltsame Paar wurde, nicht zuletzt in Genf, bald Zielscheibe von Gerüchten.
Erst in Paris ging Henry auf, wie unglaublich reich seine Mäzenin war, und er erschrak darüber: *...drei Gebäude im Elsaß, zwei schöne Häuser in Paris, ein Grundstück in der Provence, ein altes Schloß in der Pfalz, ein superbes kleines Hotel in Straßburg ...* zählt er im Juli 1893 in einem Brief an Rudolf Müller auf.
Ihr Millionen-Vermögen hielt seiner gigantischen Schuld die Waage, schon rieben sich die Gläubiger in Genf, die überall und jederzeit schnüffelten, die Hände. Die Sympathie zwischen dem Mitvierziger und der etwas älteren, noch attraktiven Witwe entging auch den zwei erwachsenen Kastner-Söhnen nicht, zusammen mit ihrem Anhang fürchteten sie um ihr Erbe.

Sollte das Geld Henry noch einmal zum Fluch werden?

Dunant erfuhr bald mehr von den Familienverhältnissen der Kastners. Léonies Ehemann Jean Georges, 1867 verstorben, Sohn eines Bäckermeisters in Straßburg, hatte sich in Paris als Musikschriftsteller und Komponist einen Namen gemacht, Léonie, seine Schülerin, brachte ihm als Mitgift finanzielle Unabhängigkeit. Das Paar hatte es sich dann auch zur Aufgabe gemacht, bedürftige Musiker zu betreuen.
Der zweite Sohn, Frédéric (Eugen Friedrich), hatte vom Vater die musikalische Ader und von der Mutter die naturwissenschaftliche Begabung geerbt. 1852 geboren, hatte er als junger Physiker schon mit siebzehn Jahren ein Patent erlangt für eine «Theorie der Schwingungen», eine neue Anwendung der Elektrizität. Nun arbeitete er an einer praktischen Anwendung dieser Theorien.
Als Léonie Kastner Dunant zum ersten Mal in sein Appartement in der Rue de Clichy führte, zeigte sie auf das größte der Zimmer: Das könne er nicht benutzen, der Raum berge ein Geheimnis... Sic klopfte an die Tür und bat ihn lächelnd, einen Augenblick zu warten. Nach kurzer Zeit war eine sphärische Musik zu hören, Dunant vermutete erst, sie stamme von menschlichen Stimmen.

Nun gestattete ihm Léonie einzutreten. Die Mitte des Raumes nahm ein seltsames Instrument ein, kleine Flammen in Glasröhren von abgestufter Länge erzeugten Klänge, Frédéric saß hinter einer Klaviatur. Der junge Physiker freute sich über Dunants erstauntes Gesicht und erklärte ihm bereitwillig die von ihm erfundene «Feuerorgel», das Pyrophon. Die Flammen werden mittels elektrischer Leitung direkt durch das Herabdrücken der Tasten entzündet und reguliert, sagte er. Er müsse das Instrument noch verbessern, zum Glück habe er Hilfe: Meine Mutter, selbst eine begabte Physikerin, steht in Verbindung mit dem deutschen Naturwissenschaftler Helmholtz.

Léonie nickte: Unser Pyrophon muß so verfeinert werden, daß gute Musiker den Wunsch haben, dafür zu komponieren.

Während Frédéric bei seinem Instrument blieb, stieß Léonie in den anderen Räumen für Dunant die Fenster auf: erfreut blickte er auf der einen Seite in einen kleinen Innenhof, auf der anderen in einen Vorgarten.

In diesem Garten ließ Léonie Kastner Tee servieren, Dunant genoß den ruhigen Moment zu zweit. Sie haben einen Sohn von außergewöhnlichem Charme und großer Begabung, sagte er. In London haben Sie angedeutet, daß er Ihnen Kummer macht…

Léonie seufzte. Er hat einen labilen Charakter. Nachts besucht er zweifelhafte Etablissements, er liebt den Alkohol und läßt sich von dubiosen Frauen das Geld aus der Tasche ziehen, am Tag ist er müde und launisch. Aus diesem Grund wollte ich Sie fragen: Könnten Sie Frédéric in den Büros der Allianz beschäftigen? So hätte er neben seinem Pyrophon eine geregelte Arbeit und ein geregeltes Essen, für Ihre Mittagsmahlzeit wird das *Chevet* besorgt sein... Dunant erhielt, wohl aus Furcht vor den Ansprüchen der Gläubiger, für seine Arbeit im Büro der Allianz kein Geld, Frau Kastner ließ ihm täglich aus dem besten Restaurant des Viertels, dem *Chevet,* die Mittagsmahlzeit bringen, die ihm für den ganzen Tag genügte.
Als Dunant sich einverstanden erklärte, hellte sich ihr Gesicht auf. Schauen Sie, sagte sie, Frédéric scheint die Leichtlebigkeit seines Großvaters geerbt zu haben, mein Vater war in ganz Paris berüchtigt für seine Abenteuer und tollen Einfälle...
Ihr Vater, Jean François Boursault, nach dem die Straße benannt ist?
Léonie lächelte. Er kam aus bescheidenen Verhältnissen, hat dann als Komödiant, Theaterpächter, Häusermakler und Bankier ein Vermögen verdient, als Kind hat er mich glauben lassen, er zaubere die Banknoten aus seinem Ärmel. Gartenbau

war seine Leidenschaft. An der Rue Blanche hat er einen der berühmtesten Gärten Europas anlegen lassen.
Und weshalb ist er verschwunden?
Der alte Gaukler, damals schon fast neunzig, hat die Pariser mit seinem letzten Coup überrascht: Spitzhacken mußten alles zerstören, er ließ zwei parallele Häuserzüge erbauen, so entstand die Rue Boursault, mit ihr wird sich Paris, so lange es steht, an meinen Vater erinnern!
Ihr Sohn hat noch viel Zeit, nicht nur so phantasievoll, sondern auch so tüchtig wie sein Großvater zu werden, versuchte Dunant sie zu trösten. Sie nickte, aber ihre Augen schauten nachdenklich von ihm weg.
Später, als sich Dunant an diese Teestunde erinnerte, dachte er: Eine Ahnung muß sie damals gestreift haben: Ihr Sohn, kaum dreißig, würde in Bonn einer Krankheit zum Opfer fallen.

Auf Léonie Kastners Wunsch widmete sich Dunant dem Pyrophon, um das Instrument und seinen Erfinder weltweit bekannt zu machen. *In den vier, fünf Jahren nach unserer ersten Begegnung in London setzte ich mich mit großer Hingabe und mit Erfolg dafür ein,* schreibt er in seinen Memoiren. Das Pyrophon wurde verbessert, es umfaßte nun drei Oktaven; Musiker wie César Franck, Gou-

nod, Berlioz, Liszt interessierten sich für das ungewöhnliche Instrument.
Nun sollte die gelehrte Welt Londons auf die Flammenorgel aufmerksam werden.
Am 13. Januar 1875, im Anschluß an eine Vorlesung des berühmten Naturwissenschaftlers Tyndall über die Wirkung der Wärme, präsentierte Dunant das Pyrophon, Tyndall stellte Dunant mit den Worten vor: *ein Name, der allen Menschenfreunden teuer ist.*
Andere Vorführungen folgten im Amphitheater und im Kristallpalast von Sydenham. Der Abend im Kristallpalast war mit besonderer Hingabe vorbereitet worden. Frédéric hatte nach dem Prinzip der Flammenorgel einen singenden Kristalleuchter entwickelt, die Klaviatur befand sich im Nebenraum. Im Saal wurden die Lichter gelöscht, wie von Geisterhand begannen sich die Röhren der Lampe zu entzünden, die Flammen tauchten die Zuhörer in ein buntes Spektrum von Farben und begannen ihren Sphärengesang. Für die Zuschauer unsichtbar, spielte Frédéric auf seiner Tastatur *God save the Queen.*
Das feierlich gekleidete Publikum erhob sich.
Da wurde die andächtige Stimmung von einem Knall zerrissen. Die Flammen erlöschten, der Gesang erstarb mit einem langgezogenen, gequälten Ton, als ginge dem singenden Wunder die Luft aus.

Gelächter im Zuschauerraum. Dunant ließ im Saal das Licht anzünden.
Weder Frédéric noch einer der anwesenden Physiker von der Londoner Akademie der Wissenschaft vermochten das kapriziöse Instrument wieder zum Tönen zu bringen. Der Defekt war irreparabel, Vorführungen wurden wegen Explosionsgefahr abgesagt, die Zeitungen mokierten sich.
Ich wäre für sie (Léonie Kastner) durchs Feuer gegangen, und ich trage noch die Wundmale, schrieb Dunant im Krankenhaus in Heiden in eines seiner Hefte.

Dr. Altherr spürte 1892 in Heiden als erster, daß zwischen der Außenwelt und Dunant Tauwetter einsetzte, da und dort regten sich Mitgefühl und Helferwille. Der Vielbeschäftigte beklagte sich nicht, daß die Beantwortung der Anfragen Zeit raubte; Dunant erlebte die Zuwendung des Arztes als gleichmäßig, zurückhaltend vornehm, leicht unterkühlt. So wurde seine Nähe für den empfindlichen Patienten nie zur Bedrohung, auch in dunklen Zeiten blieb er *ein Freund, ein Gentleman.* Auf dem Schreibtisch des Arztes lag ein Brief der Rotkreuz-Sektion Winterthur, man hatte von der Heidener Gruppe erfahren, der Gründer des Wer-

kes liege krank und verarmt im Spital. In einer Antwort bestätigte Dr. Altherr die finanzielle Notlage. Sein Patient, gezeichnet von schwierigen Lebensumständen und Vereinsamung, leide an Rheumatismus und depressiven Schüben.
Daraufhin hatte sich in Winterthur eine kleine Dunant-Kommission gebildet, Seele und Aktuar dieser Gruppe war der 1847 geborene Johann Pfister, Lehrer an der Mädchensekundarschule. Pfister spürte, daß der Eremit von Heiden erst einmal moralische Hilfe brauchte, zum Jahrestag von Solferino, am 24. Juni, überraschte er ihn mit dem Buch, das seit drei Jahren in vielen Ländern erschütterte: dem Roman *Die Waffen nieder* von Bertha von Suttner.

Der Sommer '92 begann zwischen den Appenzeller Hügeln heiter und frisch, zum Bedauern von Oberschwester Elise sah man Dunant selten im Park, heute aber bemerkte sie ihn zwischen den Zweigen der Rotbuche auf einer Bank. Er vertiefte sich in ein Buch. Selten hatte er sich so über ein Geschenk gefreut wie über die Gabe der Sektion Winterthur: Der Begleitbrief des unbekannten Aktuars hatte ihn gerührt, und im Roman der Suttner fand er eigene Gedanken und Empfindungen widergespiegelt; es ehrte ihn auch, daß er in dem Buch erwähnt und mit der Gründung des

Roten Kreuzes in Verbindung gebracht wurde.
Die Autorin, 1843 als Tochter des Feldmarschalls Kinsky geboren, schilderte am Beispiel einer Wiener Familie die verheerenden Folgen der letzten Kriege, der Leser als Zeitgenosse erkannte Namen, Ereignisse, fühlte mit, wie unsinnig und leidvoll diese Kämpfe in das Leben der einzelnen eingriffen. Dunant fühlte sich an seine eigene Aktion *Nie wieder Krieg* vor zwanzig Jahren erinnert: Die Ziele seiner Allianz und das geplante Schiedsgericht, in dem alle Völker durch Delegierte vertreten sein sollten. Die österreichische Autorin entwickelte ähnliche Gedanken. Da und dort erschien sie ihm zu fortschrittsgläubig im Sinne Herbert Spencers, der die geistige Entwicklung vorwärtsschreiten sah wie Darwin die animalische – aber die Autorin unternahm etwas gegen die Lethargie, mit der man einem neuen Krieg wie einer Naturkatastrophe entgegenblickte.
Schmerzlich berührt dachte er: Es sind jetzt dreiunddreißig Jahre her seit Solferino, weder mein Buch noch mein Hilfswerk haben seither Kriege verhindern können. Moynier hält stur an seinem alten Konzept fest: Kein Rotes Kreuz des Friedens, ja, nicht einmal ein Statut zugunsten der Kriegsgefangenen, im Deutsch-französischen Krieg hatte er sich geweigert, in Basel Internierten zu helfen, die nicht verwundet worden waren.

Dunant wünschte im Sinne der Broschüre des Zürcher Pfarrers Hirzel, das Rote Kreuz würde vermehrt aktiv werden zur Verhütung des Krieges; in seiner Vision war es immer mehr gewesen als eine freiwillige Ordnungstruppe im Dienste der Militärs zur Säuberung der Schlachtfelder.
Dunant schloß das Buch und dachte über das Gelesene nach, einen Augenblick mußte er wohl eingenickt sein, als er die Augen öffnete, stand eine Frau vor ihm, die sich auf Krücken stützte. Er erkannte das heitere Gesicht der Catharina Sturzenegger. Die Freude über die Begegnung war gegenseitig. Von Dunant aufgefordert, setzte sie sich neben ihn und erzählte von der Operation. Die Sache scheint nicht ganz gelungen, stellte sie fest, ich muß wohl noch lange Zeit hierbleiben, aber im Krankenhaus habe ich wenigstens mehr Zeit zum Schreiben als hinter dem Postschalter.
Sie schreiben an Ihrer Schweizer Geschichte?
Ach, lachte die Sturzenegger, die steckt immer noch bei den Pfahlbauern!
Ich beteilige mich mit einer Schrift am Friedenswettbewerb, der in Stockholm ausgeschrieben worden ist – aber ich sehe, Sie lesen gerade das Buch, das mich vor drei Jahren auf meine Friedensfährte geschickt hat! Ist es das erste Buch dieser Autorin, das Sie kennenlernen? Dunant nickte, fügte aber sofort bei: Als ehemaliger Sekretär der

englischen Peace Society und aufmerksamer Zeitungsleser ist mir Bertha von Suttner natürlich keine Unbekannte, ich erinnere mich an eine Notiz vom vorigen Jahr über die Gründung einer österreichischen Friedensgesellschaft, Tolstoi hat ihr dazu gratuliert. Während des Friedenskongresses in Rom ist ja dann die Gründung eines Zentralbüros in Bern beschlossen worden, ich nehme an, der Genfer Elie Ducommun hat als Schweizer Präsident anfangs 1892 seine Tätigkeit aufgenommen…
So ist es, sagte Catharina und ergänzte: Das Internationale Friedensbüro befindet sich in Bern an der Kanonengasse, sehen Sie, so nahe liegen Krieg und Frieden beisammen!
Dunant amüsierte sich über dieses Detail.
Ich bin gespannt auf die Ergebnisse des Friedenskongresses, der in diesem August in Bern stattfinden wird, sagte Catharina, ein vereinigtes Europa, das heißt, ein europäischer Staatenbund nach dem Muster der USA mit gemeinsamem Schiedsgericht steht zur Debatte. Die Suttner spielt als Vizepräsidentin des Zentralvereins eine Rolle, vielleicht ist wie in Rom auch Alfred Nobel dabei…
Der Erfinder des Dynamits? wunderte sich Dunant. Der hat wohl ebenso viel mit dem Frieden zu tun wie Ihre Kanonengasse mit dem Friedensbüro?
Ach, Sie kennen die Zusammenhänge nicht? Eine

fast romantische Geschichte, mögen Sie so etwas hören, Monsieur Dunant? Ich mag gerne romantische Geschichten, bekomme leider wenige zu hören, sagte Dunant lächelnd. Er dachte an all die Reminiszenzen des Pariser Stadtklatsches, die ihm Léonie, in dem ihr eigenen ironischen Unterton, bei Tisch oft zu seiner Erheiterung erzählt hatte.
Bertha von Suttner, sagte Catharina, ist eine geborene Gräfin Kinsky, der Vater starb vor ihrer Geburt, die Mutter versuchte in den Spielkasinos der Kurorte ihre Finanzen aufzubessern. Bertha, über dreißig und trotz ihrer Schönheit noch nicht unter der Haube, wurde Erzieherin auf Schloß Harmannsdorf bei der Familie von Suttner. Neben den vier Mädchen gab es da einen erwachsenen Sohn, den Arthur Gundaccar, sieben Jahre jünger als die Gräfin Kinsky – nun, Sie ahnen schon?
Also, Mutter Suttner, die Baronin, kam hinter die geheime Liebe und drückte der Erzieherin eine Zeitungsannonce in die Hand mit der Aufforderung, die Stelle zu wechseln. In der Annonce hieß es: *Ein sehr reicher, hochgebildeter älterer Herr, der in Paris lebt, sucht eine sprachenkundige Dame, gleichfalls gesetzten Alters, als Sekretärin und Oberaufsicht des Haushalts.* Bertha bewarb sich, und der «ältere» Herr, damals 44 Jahre alt, entpuppte sich als der schwedische Dynamitfabrikant Alfred Nobel.

Doch kaum hat sie die Stelle angetreten, erreicht sie der Hilferuf ihres Arthur Gundaccar, er könne nicht ohne sie leben. Bertha hinterläßt Nobel eine Erklärung und das Geld, das er für ihren Unterhalt ausgelegt hat. Die Liebenden heiraten heimlich in Wien und leben danach sieben Jahre im Kaukasus von ihrer schriftstellerischen Arbeit, Bertha wird bald zu einer vielgelesenen Autorin. Und Nobel?
Als ein Mann von philosophischer Weitsicht, so schreibt die Suttner später, hat er ihr die überstürzte Abreise nie übelgenommen, im Lauf der Jahre hat sich die Freundschaft zwischen beiden gefestigt. Der schwermütige Skeptiker hat mit Interesse *Das Maschinenzeitalter* und *Die Waffen nieder* gelesen, seither sympathisiert er, wenn auch aus kritischer Distanz, mit der Friedensbewegung.
Und das Dynamit? fragte Dunant stirnrunzelnd.
Er behauptet, seine Erfindung sei so tödlich, daß kein zivilisiertes Volk mehr einen Krieg wagen werde. *Meine Fabriken werden vielleicht dem Krieg früher ein Ende gemacht haben als Ihre Kongresse,* soll er an die Suttner geschrieben haben.
Eine merkwürdige Logik, meinte Dunant. Ich habe es erlebt: Um ein Haar hätten die Kommunarden mit Nobels Erfindung Paris in die Luft gesprengt!

Am Abend in seinem Zimmer dachte Dunant: So überspannen die schlimmsten Dinge stets den Bogen, verkehren sich in Widerspruch: Nobel sieht in seinem Sprengstoff schließlich eine friedensstiftende Erfindung. (Noch sah er, o Gipfel des Widerspruchs, nicht voraus, daß in einigen Jahren der Dynamitfabrikant mit einem Friedenspreis seine Rehabilitierung finanzieren würde!) Nun dachte er: Die Menschen werden sich immer wirksamere Waffen ausdenken und sich davon Abschreckung versprechen. Statt dessen wächst die Kriegsgefahr mit jedem Jahr, Deutschland mit seinem Kruppstahl bis zu den Zähnen bewaffnet, Frankreich, aufgewiegelt durch Boulanger und Konsorten, schreit nach Rache für die Ungerechtigkeiten des letzten Friedensvertrages. Nun, in der sogenannten Friedenszeit, wird der nächste Krieg geplant, man tüftelt, mit kühlem Blut, immer schrecklichere Mordmaschinen aus. Die Staaten rüsten für Milliarden auf, man entzieht dieses Geld der Wirtschaft, der sozialen Fürsorge, der Wissenschaft, der Kultur, schaukelt sich auf im Sinne des Zweiergesangs, den die Suttner in ihrem Buch zitiert:

«Meine Rüstung ist die defensive,
deine Rüstung ist die offensive.
Ich muß rüsten, weil du rüstest,
weil du rüstest, rüste ich…»

In *L'Avenir sanglant* hatte Dunant eingetragen: *Warum begreifen die heutigen Menschen, die sich Christen nennen, nicht, daß sie schuldiger sind als Kain, dessen Name sie mit Abscheu aussprechen, daß sie den Mord organisiert haben, kalt, vorsätzlich, wissentlich, beinahe religiös.*

Im Bett liegend, zwischen Wachen und Schlaf, ging er durch ein Haus, jedes Zimmer ein Schreckensort der Zukunft.
Eine der Kammern gefüllt mit einem süßlich riechenden Gas, das die Wissenschaft eben entwickelt hatte, Menschen, zusammengepfercht wie Schlachttiere, auf ihrer Stirn das Geheimzeichen, mit dem man sie gebrandmarkt und zur Vernichtung aussortiert hatte.
Im nächsten Zimmer hatte eben eine Bombe ihre unsichtbare Tötungskraft entfaltet, sie tat es auf leise, blumenhafte Art, die Menschen welkten, wurden langsam, starben gleichsam von innen heraus ab.
Dann ein Zimmer wie ein riesiges Gefängnis, die Wände, als Bewachungsapparate, versetzten bei jeder Berührung elektrische Schläge. Die Gefangenen, gezwungen, sich in der Mitte des Raums aufzuhalten, verkrallten sich ineinander. Bewegliche Kameraaugen, die jeder Bewegung folgten, registrierten Daten auf einem Bildschirm.

Dunant stöhnte, wünschte das Ende dieser Zeitreise herbei.

Am nächsten Tag, als die Oberschwester ihre Morgenrunde machte, gestand Catharina Sturzenegger der Diakonisse, im Nebenzimmer habe sie fast die ganze Nacht ein Stöhnen und Wimmern gehört, wer denn in Nr. 12 so leiden müsse?
Gestern nachmittag sind Sie mit Ihrem Zimmernachbarn draußen auf einer Bank gesessen, sagte die Schwester. Ja, er sollte mehr unter Menschen sein, zuviel staut sich in ihm an.

Catharina Sturzenegger, Dunants erste Biographin, wird 1908 in Tokio ihre Erinnerungen aufschreiben: *Ich lebte zwei Jahre mit ihm unter dem Dache des Krankenhauses, wegen Sturz und nachheriger Operation schwer invalide (...) Nur eine Wand trennte uns – ich hörte ihn, wenn er glücklich war – ich hörte ihn, wenn die alte Traurigkeit ihn übermannte, ich hörte jeden Seufzer und jeden Schmerzensausbruch...*

12

Regenwolken über den Dächern, Dunants Fenster beschlagen.
Verschwommen nimmt er die Szene wahr: Vier schwankende Schatten tragen einen Sarg aus dem Krankenhaus, Trauernde formieren sich zu einem Zug.
An der Spitze geht der Pfarrer, der damals Frau Sonderegger vor ihm gewarnt hat. Henrys kalte, einsame Seele wird zu Grabe getragen.
Angeführt von Moynier, die Gebete murmelnden Frommen mit ihrer *eiskalten Gerechtigkeit.* Nach sechsundzwanzig Jahren Agonie haben sie ihn in der Nacht beinah umgebracht.
Aber noch ist in ihm ein Rest von Leben.
Sein Zorn schwillt an, gibt ihm die Kraft, den Sargdeckel zu heben. Er hört sich schreien: Verscharrt mich ohne Eure Zeremonien! Haltet Euch an meine letztwillige Verfügung!

Die Kopie des Briefes an Sonderegger, vor einem Jahr abgefaßt, liegt bereit für den Sterbetag, auch Dr. Altherr ist unterrichtet: *Ich wünsche daher, zu*

Grabe getragen zu werden wie ein Hund, ohne eine einzige von euren Zeremonien. Ich verabscheue die Christenheit und sehe nicht ein, weshalb sie mich für sich beanspruchen will und sich in Dinge mischen soll, die sie nichts angehen.
Ich zähle auf Ihre Freundschaft, damit es so geschehe.
Ich bin ein Jünger Christi wie ein Jünger des ersten Jahrhunderts und nichts anderes mehr.
Amen.
Sonderegger hatte sich über die Anordnung entsetzt: Sie sind ein frommer Mann, Monsieur Dunant, woher dieser Abscheu vor der Kirche?
Wie können Sie das noch fragen, hatte Dunant gereizt geantwortet. Diese *Bigots sans charité* quälen mich seit einem Vierteljahrhundert. Es folgte eine seiner Schimpftiraden, er nannte die Calvinisten *Jésuites protestants, intoleranter als die echten Jesuiten.*

Mit den Jesuiten und ihren Anhängern war er in Paris zusammengestoßen, aber davon sagte er Sonderegger nichts.
Die Kastner-Söhne, von «Wohlmeinenden» über Dunants Schulden ins Bild gesetzt, forderten ihre Mutter auf, den Kontakt mit ihrem Protégé abzubrechen.
Am vehementesten bestand eine der Schwiegertöchter, Ehefrau des ältesten Sohnes, darauf, eine

strenge Katholikin und Anhängerin der Jesuiten. Léonie Kastner, *eine Dame von seltenem Format, gelehrt, bewandert in mehreren alten und modernen Sprachen* stand bei den Kirchentreuen ohnehin in Mißkredit. Einen der Gründe erklärt Dunant im Juli 1893 in einem Brief an Rudolf Müller: *Als ihr Vater starb, verweigerte sie – als Anhängerin Voltaires – dem Pfarrer ihrer Gemeinde ein Grundstück, La Trinité, das an der Chaussée d'Antin gelegen war. Diese Leute haben sich an ihr gerächt und sie während ihres ganzen Lebens schikaniert. Ich war einbezogen in die Rache.*

Erfahrungen, die Dunant bitter aufstießen, ihn Jahre später an Sonderegger schreiben ließen:

Vernichten wir die beiden Ehrlosen! Die beiden großen Feinde der Menschheit, nämlich: Staat und Kirche! Sie sind die intellektuelle und moralische Quelle jeglicher Sklaverei. Der erstere, brutal und machiavellistisch, ist von heuchlerischer Herrschsucht, die letztere, voll verstockter Heuchelei, ist vor Dünkel aufgeblähtes Pharisäertum und von tyrannischem Fanatismus.

1878, nach dem Mißerfolg des Pyrophons, reisten Léonie Kastner und Dunant zur Erholung nach Rom.

Milde Winterwochen im Süden.

Langsam hörten ihre Gespräche auf, um die Widrigkeiten in Paris zu kreisen.

Sie genießen auf einer Bank auf dem Pincio die Sonnenuntergänge. Dunant nimmt ihr rötlich durchpulstes Gesicht wahr, ihren entspannten Blick, Hoffnung erwacht, daß diese Beziehung lebbar wird.

Der Aufenthalt nimmt jedoch ein jähes Ende: Im Hotel *Bellevue* auf dem Pincio fühlen beide sich überwacht. Jesuiten aus Frankreich wohnen in den Nebenzimmern, der Verdacht verdichtet sich, es handle sich um Spitzel im Dienste der Schwiegertochter, die ihr zukünftiges Erbe von einer Million schon zur Hälfte der Kirche versprochen hat...

Auf der Rückreise verfaßt Dunant in Lugano ein Pamphlet über die französischen Jesuiten. Im Stil der Zeit vergleicht er sie mit dem Antichrist, unterstellt ihnen Methoden der Geheimpolizei. Später wird er dieses im Affekt geschriebene Pamphlet bedauern: *Sie hatte zwei Millionen, deshalb sah ich mich großer Bosheit ausgesetzt. Ich war so entrüstet, daß ich diese unglücklich formulierte Broschüre schrieb...*

Im Krankenzimmer in Heiden liegen die wenigen Dinge, die ihm geblieben sind, an ihrem Platz, die Zeit verstreicht geregelt, die überreizten Nerven kommen langsam zur Ruhe.

Im August 1892 hatte Dunant, oft gemeinsam mit Catharina Sturzenegger, in Zeitungsberichten die Internationale Friedenstagung in Bern verfolgt.
Wie erwartet, wurde der Vorschlag eines Vereinten Europas rasch verworfen, diese Idee, schon anfangs des 18. Jahrhunderts bei Abbé de Saint-Pierre aufgetaucht, war immer noch zu neu und weckte auch in der Schweiz Bedrohungsängste.
In *L'Avenir sanglant* wird Dunant in diesem Zusammenhang den französischen Geographen Reclus zitieren: *Die Idee der Heimat ist eine Abstraktion, ein Anachronismus, ein Irrtum. Überall, wo der Mensch sich aufhält, ist seine Heimat, da sind keine anderen Grenzen gesetzt als die ganze Welt. Die Welt ist in Wirklichkeit eine große Heimat…*
Dunant fügt sofort warnend hinzu: *Jedoch dürfen wir nie, unter dem Vorwand, es werde uns die Welt als Heimat gegeben, die kleinen Völker den großen opfern…*

Auch das Problem Elsaß-Lothringen wurde während der Berner Friedenstagung zum Störfaktor: Die Deutschen hatten gar keine Vertreter nach Bern geschickt, und die Franzosen ließen den Zankapfel unter die Friedenssucher rollen.
In der Presse die kurze Notiz: Alfred Nobel sei inkognito für einen kurzen Besuch an der Tagung erschienen.

Aus den Memoiren der Suttner war später mehr zu erfahren: Nobel hatte die Suttner nach dem Kongreß nach Zürich ins Hotel *Baur au Lac* eingeladen und führte sie in seinem kleinen Motorboot aus Aluminium auf dem See spazieren. Während das silberglänzende Fahrzeug über die Wellen pfeilte, planten Bertha und Alfred Nobel, zusammen ein Buch zu schreiben: *ein Kampfbuch gegen alles, was die Welt in Elend und Dummheit hält.*

In seinen Anschauungen, berichtete Bertha von Suttner in ihren Memoiren, *neigte Nobel zum Sozialismus. So sagte er, es sei für reiche Leute unstatthaft, ihr Vermögen den Verwandten zu überlassen. Angesammelte große Habe müsse an die Allgemeinheit und für allgemeine Zwecke zurückgehen.*

Einige Monate später eröffnete Nobel in einem Brief, er beabsichtige, einen Preis zu stiften: *Dieser Preis soll demjenigen oder derjenigen zuerkannt werden, der oder die Europa am weitesten vorangebracht hat auf dem Weg zur Befriedung der Welt. Ich spreche Ihnen gegenüber nicht von Abrüstung, die sich nur sehr langsam wird durchsetzen können – ich spreche nicht einmal von einem für alle Nationen verbindlichen Schiedsgericht. Aber man sollte bald dahin gelangen (und man kann das erreichen), daß alle Staaten sich verpflichten, sich gemeinsam gegen den ersten Angreifer zu wenden. Dann würden Kriege unmöglich werden…*

Dunant fiel der herablassende Ton auf, mit dem sich die Presse über den Kongreß äußerte. Gehörte es in England für die gebildete Schicht zum guten Ton, einer Friedensgesellschaft beizutreten, so herrschte auf dem Kontinent, und besonders in den Zeitungen der deutschsprachigen Länder, die Meinung vor, Friedenssucher seien Einfaltspinsel. Bertha von Suttner wurde nur Friedensbertha genannt, auch Belva Lockwood, Richterin am obersten Gerichtshof der USA und brillante Rednerin, wurde durch die Berichterstattung ignoranter Schreiber zur lächerlichen Figur. Die «Wiener Allgemeine Zeitung» nannte die Anhänger der Friedensbewegung «Anbeter der Phrase und der konventionellen Lüge» und die «Deutsche Allgemeine Zeitung» schrieb: «Wenn das Friedensgesäusel weitergeht, werden, nach Darwinscher Lehre, den Männern die Schnauzbärte (und andere männliche Attribute) abfallen, aber damit werden die Frauen vom Verein wohl nicht alle einverstanden sein.»

Friede, überlegte Dunant, hält man für ein weibliches Prinzip, während die Männer, wohl aus Bequemlichkeit und Furcht, in alten Denksystemen verharren. *Dieser Teil der Menschheit anerkennt und betet nur noch «die Macht» an, (...), das Prinzip des Dynamits, das auf griechisch Kraft heißt,* wird er an Sara Bourcart schreiben.

Dunants Einstellung zu Frauen hat eine Entwicklung durchgemacht; sie sind jetzt nicht mehr demütige Helferinnen in einem patriarchalischen System, die zu verbinden haben, was Männer verletzen. Er erkennt ihre Unverbrauchtheit, ihren Eigenwert. Sie sind es, die künftig in schweren Zeiten die Fahne der Menschlichkeit hochhalten werden. Daher soll ihre Bedeutung innerhalb der Gesellschaft zunehmen, muß ihr Selbstbewußtsein wachsen, ihre Individualität.
Schon lange trägt sich Dunant mit dem Gedanken, noch einmal eine große Vision zu verwirklichen: das Grüne Kreuz, eine feministische Allianz. Da begegnete ihm, gerade zur rechten Zeit, Sara Bourcart.

Auch an der Familie des Jean-Jacques Bourcart war die Zeit nicht spurlos vorbeigegangen: Durch die Kriegswirren und die deutsche Annexion hatte er im Elsaß sein Vermögen verloren, jetzt wohnte er mit seinen acht Kindern in Zürich-Enge, versuchte sich als Ingenieur und Schriftsteller.
Dunant schrieb am 19. September an seinen Bruder Pierre, Bourcart habe zwei Bücher über die soziale Frage verfaßt, im Elsaß sei er vor dreißig Jahren der erste Fabrikant gewesen, der seine Arbeiter

an seinen Webereien in Guebwiller beteiligt habe. Nun habe er Dunant gebeten, ein Vorwort zu verfassen.

Anfangs 1893 kam Jean-Jacques Bourcart, begleitet von seiner Tochter Sara, nach Heiden zu Besuch. Dunant hatte Sara zuletzt als Baby an jenem Abend 1866 in Guebwiller gesehen, nun war sie eine schöne junge Frau geworden, ein bißchen ernst für ihr Alter.
Bourcart, Bibelleser und Philosoph, betrachtete Dunants Diagramme, die den Ablauf der Menschheitsgeschichte darstellen. Sara stand erst etwas verwirrt vor den seltsamen Zeichnungen.
Als Dunant sie zu erläutern begann, vermochte sie sich in seine Gedanken einzufühlen. Als Kind durch Kriegserlebnisse traumatisiert, als Elsässerin sensibel für ein Klima der Aggression, wurde Dunants Vorstellung für sie nachvollziehbar: *Apokalyptische Ereignisse kommen auf die Menschheit zu, weil die männlichen Prinzipien die Welt beherrschen: Eigennutz, Militarismus, brutale Kraft.*
Sie stimmte seiner Forderung zu, daß Frauen sich im Männerstaat mehr Gehör verschaffen müßten. Würden die Frauen und ihre Gedanken aufgewertet, so erhielten Einfühlung, Nächstenliebe und friedliche Konfliktlösung in der Gesellschaft ein größeres Gewicht, denn einsichtige Männer, *les*

hommes de cœur, könnten sich diesen weiblichen Prinzipien ebenso öffnen.
Dunant sieht Zürich als Mittelpunkt der feministischen Allianz. Die Bewegung soll, wie damals der Christliche Verein junger Männer, sich rasch ausbreiten auf andere Städte, andere Länder. Sara hört mit wachsendem Interesse zu, denn Dunant, Beobachter am Rande der Welt, weiß als versierter Zeitungsleser und aufmerksamer Zeitgenosse Bescheid über die Unterdrückung der Frauen. Noch haben sie (bis 1906) in keinem europäischen Staat politische Rechte.
Ehe- und Arbeitsrecht bedürfen dringender Reform. Innerhalb der feministischen Allianz sollen *Spezial-Kommissionen Reformen der Gesetzgebung herbeiführen, um die Ungerechtigkeit abzuschaffen.*
Noch werden Frauen abhängig gehalten von den Männern: das Gesetz wird von ihnen entworfen, von ihnen angewandt; Veränderungen sind kaum möglich *wegen der männlichen Gleichgültigkeit und Apathie.*
Die Gerechtigkeit fordert die juristische Gleichstellung der beiden Geschlechter. Dunant, selbst ein Benachteiligter, weiß, daß viele Frauen ihr Brot hart verdienen müssen. In seinem Manuskript *L'Avenir sanglant* – 1892 sind noch wichtige Passagen hinzugekommen – hat er sich darüber geäußert: *Auf Grund eines Vorurteils wird ungerechterweise die Arbeit einer Frau*

weniger hoch bewertet als die eines Mannes. In den Fabriken wird eine Arbeit nicht nach der Qualität entlöhnt, sondern nach der Hand, die sie verrichtet hat. Die Frau (...) erhält ein Drittel weniger Lohn als ein Mann. Da sie mehr Schutz braucht und weniger begünstigt ist, wäre das Umgekehrte logisch.
Sara, durch ihre Familiensituation auf Erwerb angewiesen, kennt seit kurzem die harten Bedingungen des Arbeitsmarktes in Zürich.
Ihr Ausdruck ist angespannt, die Lampe wirft helle Kreise auf ihre Wangen.
Vor den Fenstern beginnt es zu schneien, Heiden entrückt hinter weißen Schleiern.
Auf Dunants Frage, ob sie die Sekretärin der künftigen Allianz werden wolle, verlangt die junge Frau Bedenkzeit. Sie beherrsche das Deutsche noch zu wenig, wendet sie ein, zudem baue sie in Zürich erst einen Bekanntenkreis auf.
Um Sara Mut zu machen, gibt ihr Dunant einen Satz mit, den er später auch in seine Korrespondenz einfließen läßt:
Der Weg entrümpelt sich im Gehen. Aber man muß ihn gehen. (Le chemin se déblaiera en marchant: mais il faut marcher!)

Als die Besucher gegangen waren, löschte Dunant die Lampe, mit offenen Augen lag er in der Schneehelle des Zimmers.

Die Wände, nur unterbrochen von einem Spiegel und der Hausordnung, umschlossen ihn in mönchischer Nüchternheit.
Diese weißen Tage, die leeren Zimmerwände, dachte er, sind wie geschaffen als Projektionsfläche für meine Weltentwürfe.

Nach Saras Besuch bedrängten ihn, hartnäckiger als sonst, Erinnerungen an Léonie Kastner.
Seine Traurigkeit versetzte ihn in einen Schwebezustand, der tagelang andauerte, während draußen der Nordwind über die Hügel strich.
Vor Jahren, als das Maß des Leidens für beide voll war, hatte er den Kontakt zu ihr jäh abgebrochen. Durch Dritte hatte er später in Heiden erfahren, Léonie Kastner sei 1888 gestorben.
Innerlich hatten sie nicht aufgehört, einander zu begleiten.
Nach der gemeinsamen Zeit in Rom, als die Anfechtungen in Paris zunahmen, fand Léonie es für gut, sich räumlich zu trennen: Sie zog nach Straßburg, und Dunant wohnte, auf ihren Rat hin, während Monaten wieder in Stuttgart im Hause Wagner; ein Jahr zuvor, 1877, hatte er auf dem Hasenberg Rudolf Müller kennengelernt.
Mit Dunants Unrast nahmen seine Gesundheits-

störungen zu, seine Mäzenin machte sich seinetwegen Sorgen und schickte Geld für Badekuren.
Doch auch Léonie Kastner stand immer mehr im Schatten: 1882 starb Frédéric, und 1885 stürzte sich die Frau ihres ältesten Sohnes in London aus dem Fenster.
Diesem Skandal folgten unsinnige Gerüchte: Dunant, zu jener Zeit in England, wurde beschuldigt, er habe die Schwiegertochter seiner Mäzenin verführt. In Wirklichkeit hatte sich die Frau das Leben genommen, weil ihr Mann ein Verhältnis mit einer Hausangestellten unterhielt.
Dunant wollte Léonie Kastner durch seine Gegenwart nicht länger belasten.
Sich an seinen Stern annähernd und wieder entfernend, verbrachte er rastlose Jahre, in seinem Tagebuch wechseln die Reiseziele alle paar Wochen: Paris, London, Seewis, Bern, Stuttgart, London…
Irgendwann hatte er dann den Kontakt zu Léonie Kastner vollständig abgebrochen. Entzog er sich selbst diesen letzten Halt? Litt er so sehr an der Aussichtslosigkeit dieser Beziehung? Jedenfalls hatte sich sein Schuldenberg noch einmal zwischen ihn und einen Neubeginn gestellt.
Die Zeugnisse über diese seltsame Beziehung sind vernichtet, nur da und dort findet sich in Dunants Heften eine schlecht verwischte Spur.
Der Gedanke, ich schuldete der Frau, die ich liebe,

ein Vermögen, stößt mich ab. Es sei denn, ich hätte ihr dafür eine Position bieten können, die ihren Reichtum aufwiegt...
Sie hat mich wiedergeliebt. Aber ich – ruiniert, verschuldet, – wie konnte ich mich ihr nähern, die sie zwei Millionen Franken besaß.
Das sind die Leute, die mich daran gehindert haben, diese gute, großzügige, tugendhafte Madame Kastner zu heiraten (ich spreche von den Calvinisten).

Im März 1893 sagte Sara Bourcart provisorisch als Sekretärin der feministischen Allianz zu. Sie kam zu Dunant nach Heiden, gemeinsam steckten sie die Ziele ab, besprachen das Vorgehen. Als erstes sollte eine Kassiererin aus bester Zürcher Familie gefunden werden. Sara erhielt den Auftrag, in jedem Zürcher Stadtkreis mindestens drei Mitglieder zu gewinnen. Flugzettel sollten für die Allianz werben, später war eine Zeitschrift über Frauenaktivitäten in Kunst und Wissenschaft, über sozialen Fortschritt, Industrie, Arbeit geplant; als zweite Etappe war für 1896 ein feministischer Kongreß in Zürich vorgesehen, in einer dritten Phase sollte die weltweite Ausbreitung der Bewegung erfolgen. Sara Bourcart, von eher verschlossenem Charakter, tat sich schwer mit der Werbung. Auch die Ziele der Allianz eckten in Zürich an. Das Postulat der Gleichberechtigung der Geschlechter war verfrüht, die meisten Frauen scheuten vor dieser Forderung zurück, aus Furcht, aggressiv oder lächerlich zu wirken.

Dunant riet, in den Gesprächen andere Ziele in den Vordergrund zu schieben: den mit der sozialen Besserstellung der Ehefrau verbundenen Schutz der Familie, beispielsweise eine minimale Hochzeitsgabe, eine jährliche Subvention zur Erziehung der Kinder, eine Kranken- und Altersversicherung. Auch mit dem Einsatz für den Frieden (gegen die Militärmacht der großen Staaten) erreiche man wohl Konsens. Sara stieß jedoch auch hier auf Argwohn, und Dunant riet: Man muß betonen, daß sich die Allianz nicht gegen den Patriotismus richtet.

Die Anfangsschwierigkeiten zeigten Dunant, daß es zu früh war, die eigentlichen Ziele der Allianz zu enthüllen. Seit der Niederschrift der *Erinnerung an Solferino* beherrscht er die Kunst, sich einem Ziel in kleinen Schritten zu nähern.

Er habe seine *Erinnerung an Solferino* aus *Abscheu vor dem Krieg* geschrieben, aber damals, in den sechziger Jahren, waren die Adressaten seines Buches kriegsbegeisterte Fürsten. Eine Anti-Kriegskampagne hätte keine Chance gehabt, so versuchte er, dem unvermeidlichen Krieg durch die Hilfsgesellschaften wenigstens ein menschlicheres Gesicht zu geben.

Auch seine Frauenliga strebt ein Ziel an, daß zu diesem Zeitpunkt nur wenige verstehen. Dunant hält es für Sara Bourcart in zwei streng vertraulichen Papieren fest: Dem ersten gibt er den Titel: *Der weibliche Individualismus.*
Die Frau soll im Sinne der fünf Schlüsselwörter in ihrer künftigen Aufgabe bestärkt werden: *Stärke, Willenskraft, Weisheit, Stille, Mut,* diese Wörter umrahmen ein von Dunant gezeichnetes Signet.

Dunants Feminismus ist nicht Selbstzweck, er dient dem Wohl der ganzen Menschheit. Dies belegt das zweite Papier mit dem Titel: *Die Zukunft der Frau.* Dunant sieht blutige Auseinandersetzungen von ungeahntem Ausmaß bevorstehen: *Im Blut der Anarchie und der Massaker erweist sich der männliche Bankrott.*
Nach einer Zeit der Gewalt wird eine neue Epoche beginnen, die nach mehr Gerechtigkeit und Frieden trachtet. Das weibliche Prinzip ersetzt das männliche der rohen Kraft. Für diese Umpolung bedarf es fähiger Frauen, *die soziale Gerechtigkeit*

fordern zwischen Mann und Frau zum Wohl der Familie.
Das Papier nimmt schließlich eine für Dunant typische Wendung:
Nicht die Pfarrer werden die Welt retten – von jetzt an müssen die Frauen über die Alltagsdinge hinausdenken. Er ruft Frauen aller Nationen auf: *Sie werden die Welt durch den Glauben, durch die Liebe retten, Dinge, von denen die Männer nichts mehr hören wollen. Doch dazu werden die Frauen sich mit Energie wappnen müssen. Das ist der Hauptpunkt.*
Der letzte Satz wird auf Sara Bourcarts Bitte hin gestrichen: *Es gelte, sich nicht mehr an der Nase herumführen lassen durch die Pfarrer und andere Kuttenträger.*

Im April wird die erste Flugschrift für die Werbung zusammengestellt, Dunant empfiehlt folgende Schlüsselsätze:
Aber männliche Nachlässigkeit und Apathie verzögern oft die dringend notwendigen Reformen.
Je stärker sich der weibliche Einfluß in einem Volk bemerkbar macht, um so mehr entwickelt sich die Friedensliebe.
Das moralische Niveau eines Volkes mißt sich am Rang, den die Frau in der Gesellschaft einnimmt.
Es ist der Militarismus und alles, was mit ihm zu-

sammenhängt, der darauf Wert legt, daß die Frau unterjocht bleibt.

Aus dem Briefkontakt mit der Sektion Winterthur schöpfte Dunant Kraft und neue Hoffnung. Dieser junge, blühende Zweig seines Werks.

Winterthur strahlt einen unternehmungslustigen, Nordamerika verwandten Geist aus, stellte er in einem seiner Schreiben fest und äußerte euphorisch den Wunsch, dort begraben zu werden. Schon früher hatte er dem einfühlsamen Sekretär Johann Pfister anvertraut, er arbeite täglich an einer Neuausgabe von *Eine Erinnerung an Solferino* und an den *Denkwürdigkeiten,* einem geschichtlichen Abriß über die Entstehung des Roten Kreuzes: *Mir ist diese Veröffentlichung wichtiger als alles in der Welt, in den letzten drei Jahren habe ich einzig für sie gelebt.*

Noch fehlen ein Verlag, das Geld für die Druckkosten.

Die Winterthurer antworteten mit einer Geldsammlung. Jean-Jacques Bourcart, der in Zürich davon hörte, warnte, in Genf nichts von diesem Unternehmen verlauten zu lassen, sonst passiere das gleiche wie damals bei der gescheiterten Unterstützung durch Napoleon III.

Dr. Altherr riet Dunant, sich für eine Bearbeitung der von Sonderegger gekürzten Ausgabe an Rudolf Müller in Stuttgart zu wenden. Der Freund sagte zu, allerdings müsse Dunant sich gedulden, die Arbeit müsse in der Freizeit des Gymnasiallehrers erledigt werden. Im Herbst 1893 schrieb Dunant an seinen Bruder Pierre: *Damit fällt mir ein Stein vom Herzen, Sonderegger ist nur Schullehrer, Müller hingegen Philologe.*
Das Ergebnis der Winterthurer Geldsammlung fiel mager aus, noch immer waren Dunant gegenüber Widerstände und Vorurteile zu spüren. In Deutschland wandte sich die Gräfin Itzenplitz für ihren alten Freund Dunant an den Präsidenten des Deutschen Roten Kreuzes. Graf Stolberg-Wernigerode, in Kontakt mit Dr. Roth, dem Schweizer Gesandten in Berlin, gewährte für die Neuausgabe von *Erinnerung an Solferino* eine Unterstützung von zweitausend Mark.
Dunant fühlt sich angespornt: Das geplante Buch wird für ihn Zeugnis ablegen. Mit neuem Arbeitseifer ergänzt er seine *Denkwürdigkeiten,* zögert die Drucklegung des Werkes hinaus, das erst 1897 in Stuttgart erscheinen wird.

Anfangs Oktober 1893. Sara Bourcart hat eine Freundin nach Heiden mitgenommen, die der Allianz in Utrecht zum Durchbruch verhelfen will.

Dunant im angeregten Gespräch mit den zwei jungen Frauen, sein Teint rosig, die Augen strahlend: *Obwohl ich durch die Leiden des letzten Vierteljahrhunderts das Doppelte meines Alters habe, so ist mein Herz immer jung und voll Begeisterung,* wird er zwei Jahre später an Bertha von Suttner schreiben. Schwester Elise hat ihre Nichte, die Hilfsköchin, mit Tee und Gebäck vorbeigeschickt, das junge Mädchen blickt erstaunt auf die ungewohnte Szene: Monsieur Dunant im Lehnstuhl, seine Jüngerinnen gegenüber, dann und wann trägt eine in das geöffnete Notizbuch einen von Dunant geäußerten Gedanken ein.
Paulette Gendre hat sich vorgenommen, sich in Holland mit ganzer Kraft für die Allianz einzusetzen. In Holland erschien die erste Übersetzung der *Erinnerung an Solferino,* stellt Dunant fest, vielleicht bringt dieses Land auch der Frauenbewegung Glück. Dunant sieht schon Zweigstellen sich eröffnen: in La Haye, Utrecht, Basel…
Zu dritt stellen sie eine Liste mit möglichen Ehrenmitgliedern zusammen, die an der *Zukunft der Frau* interessiert sind:
Baronin Bertha von Suttner, Wien, Fanny Lewald, Dresden, Auguste Schmidt, Leipzig, Frau Hudry-Menos, Genf, Frau Rotter-Palmer, Wallis, Anna Swanwick, London, Duchesse de Pomar, Frankreich, Frau Simon, Dresden.

Für die Schweiz werden noch Charles Secrétan und Louis Bridel vorgeschlagen.
Da fehlt ein wichtiger Name, sagt Dunant.
Die Frauen blicken ihn fragend an.
Clara Barton, sagt er, die Gründerin des amerikanischen Roten Kreuzes.

Beim Abschiednehmen ist man sich einig: Die Allianz soll einen zugkräftigen Namen bekommen. Im Dezember schlägt Dunant zum ersten Mal den Namen *Croix Verte, das Grüne Kreuz* vor und entwirft eine Vignette: grünes Kreuz in gelbem oder weißem Feld, umgeben von einem purpurnen Rahmen.

Die Sturzenegger kam auf ihren Krücken angehüpft, strahlend, voll Eifer, zeigte sie ihm das Vorwort für die Preisaufgabe in Stockholm: *Praktische Vorschläge für Frieden und Abrüstung.* Dunant, den Ellbogen auf den Tisch gestützt, schmunzelte dann und wann über eine ihrer bildhaften Formulierungen: *Militärlast, ein Vampir, welcher den Nationen das Blut aussaugt... Die Verwendung dieser unnütz fortgeworfenen Millionen für Volkswohlfahrt, zur Hebung sozialen Elends, für naturgemäßere Erziehung und Erleichterung von Handel und Verkehr.* Spuren ihrer gemeinsamen Gespräche, Catharina als Werberin für den Frieden

und er Werber für das Rote Kreuz. Ihr Vorwort endete denn auch mit einem Aufruf an die *Schwestersektion,* das Rote Kreuz, *die Friedensliga der Zukunft zu werden.*
Wie werden Sie Ihre Arbeit unterschreiben? fragte Dunant.
Mit einem Pseudonym. Ossmund.
Das klingt ausgefallen. Dunant schüttelte mißbilligend den Kopf. Warum denn nicht einfach mit Catharina Sturzenegger?
Frauen traut man nichts zu. Was sie auch machen, es wirkt lächerlich.
Bertha von Suttner ist doch ein Gegenbeweis?
O nein. Die Sturzenegger lachte. Das Buch *Maschinenzeitalter* hat die Suttner unter dem Pseudonym «Jemand» herausgebracht, deshalb wurde es auch ernst genommen. Erst seit dem Roman *Die Waffen nieder* kann sie es sich leisten, unter ihrem eigenen Namen zu veröffentlichen.
Sie werden es auch noch so weit bringen, daß Sie unter Ihrem Namen schreiben, prophezeite er. In der Schweiz wird man nicht viel von Ihren Schriften halten, gemäß dem Spruch, der Prophet gilt nichts im eigenen Land. Aber in Japan oder Kalifornien wird man sie noch am Ende des nächsten Jahrhunderts in den Bibliotheken finden...
Sie blickte ihn mit einem erstaunten Ausdruck an.
Ja, ja, wiederholte er, Sie haben erst richtig zu le-

ben begonnen. Warten Sie ab, bis Sie fünfzig sind, dann kommen Sie in Fahrt. Fahren sehr weit weg… Sehr weit!
Ihre Augen verengten sich, als blicke auch sie in die Zukunft.
Wenn es wieder Krieg gibt, dann will ich als Rotkreuz-Pflegerin an die Front, gestand sie. Glauben Sie, Herr Dunant, der Krieg wird noch zuwarten, bis ich wieder ohne Krücken gehen kann?
Ein Weilchen wird er schon noch zuwarten, meinte Dunant.
Und werden Sie mir dann ein Empfehlungsschreiben für die Lazarette mitgeben?
Mit Vergnügen. Falls ich dann noch lebe, fügte er schnell hinzu.
Raten Sie, wer mir geschrieben hat? Catharina zog eine Postkarte aus der Tasche. Eines meiner Friedensblätter – vom Postamt Wolfhalden aus habe ich sie zu Tausenden versandt – ist bis nach Wien geflogen. Von dort ist die Antwort: *Tausend Dank für Ihre Sendung. Das Blättchen ist sehr gut stilisiert, und wir werden in unserer Gesellschaft dem Beispiele folgen. Massenverteilung solch kleiner Flugschriften ist ein vorzügliches Propagandamittel. Harren Sie aus! Sie gewinnen sich dadurch unser aller Anerkennung und Dank. Aber das ist's nicht, was wir wollen, Dank gewinnen. Wir wollen der Idee dienen; wer die einmal ins Herz gefaßt, der denkt gar nicht mehr an*

sich. Mit innigem Händedruck! Bertha von Suttner.
Ein gutes Omen für Ihre Arbeit! rief Dunant. Wenn Sie zurückschreiben, bestellen Sie bitte der Baronin von Suttner meine besten Grüße und Wünsche. Ich bin stolz, in ihrem Werk *Die Waffen nieder* erwähnt zu sein.

13

Er ist alle Tage außer Bett und arbeitet stets für das Rote Kreuz, sei es durch mannigfache Korrespondenzen oder durch neue Entwürfe. Manchmal ist er etwas aufgeregt oder empfindlich, besonders, wenn man auf seine bitteren Schicksale und Enttäuschungen zu reden kommt. Zum Ausgehen ist er nicht zu bewegen. So lebt er als Einsiedler in seinem Zimmer im Krankenhaus. (Dr. Altherr an die Sektion Winterthur)

Täglich schrieb Dunant gegen die Verdrehtheit der Welt an, in klaren Sätzen, vorwärtsdrängenden, reinen Schriftzügen.
Mit dem Rücken gegen die Welt saß er am Schreibtisch.
Es kam ihm vor, die vorbeistreichende Zeit beschleunige sich gegen ein unsichtbares Ende zu, auf manchem der täglichen Briefe nach Winterthur oder an Rudolf Müller stand oben in der linken Ecke: *à la hâte,* in Eile. In einem Wettlauf gegen die Zeit galt es, seine Ideen hinüberzuretten in die Zukunft, nein, spazierengehen wolle er

nicht mehr, neue Bekanntschaften suche er nicht.

An seiner Türe der Zettel: Kein Besuch.
Aber sie wußte, für sie galt das nicht.
Sie klopfte, und auf sein barsches: Ja? öffnete sie einen Spalt breit und huschte hinein. Ach, Mademoiselle Klara, sagte er und lächelte ein bißchen.
Die Sekretärin der Rotkreuz-Sektion Heiden setzte sich.
Er spürte: Sie war nicht wie sonst, etwas in ihr war geknickt.
Was ist passiert? fragte er.
Gepreßt gab sie Auskunft: Das Genfer Büro hat der Sektion Heiden einen Warnbrief geschickt. Man schreibt, Sie dürften unser Briefpapier mit dem Roten Kreuz nicht mehr benutzen... Sein Blick wich dem ihren aus, eine Weile lang blieb er an einer Wolke im Ausschnitt des Fensters hängen.
Bitter stieß der Gedanke auf: Das darf nicht wahr sein! Sechsundzwanzig Jahre nach meinem Sturz. Moynier und ich alt geworden. Unser Haß, ein Gespenst...
Als sein Blick zurückkehrte, waren die Augen in ihrem schmalen Gesicht voll Tränen.
Regen Sie sich nicht auf, Mademoiselle Klara, sagte er. Beschwichtigend ruhte seine Hand einen Moment auf ihrem Arm, dann öffnete er neben

den Schreibutensilien eine kleine Holzkiste. Mögen Sie eine Birne? Mein Neffe hat mir welche aus Südfrankreich geschickt.

Mehr und mehr schloß sich Dunant gegen die Außenwelt ab.
Bitte nehmen Sie sich Zeit für Georg Baumberger, bat Dr. Altherr, er möchte in einer deutschen Zeitschrift über den Gründer des Roten Kreuzes schreiben. Der Arzt lobte den feinfühligen, großzügigen Charakter des Redaktors der «Ostschweiz», seinen Einsatz für soziale Belange.
Im Gespräch mit Baumberger faßte Dunant Vertrauen, er las aus den Memoiren vor und versorgte ihn mit Unterlagen für seine Arbeit.
In einer der Septembernummern von 1895 der Zeitschrift «Über Land und Meer» konnten erstaunte Leser vernehmen, der totgeglaubte Gründer des Roten Kreuzes, Henry Dunant, lebe: vergessen, in bescheidensten Verhältnissen.
...Ein reinliches, lichthelles Zimmerchen mit zwei Fenstern. Aber mein Gott! Ärmlich, über alle Maßen ärmlich sieht es darin aus. Ein Bett, ein Stehpult, zwischen beide eigentlich eingekeilt ein Sofa mit verblaßtem Überzuge und ein Schrank, zwei Stühle, ein Tisch und ein Nachttischchen bilden das ganze Mobiliar. Die Wände mit dem kalten Gipsanstrich muten eisig an. Kein Bild schmückt sie und kein lieben-

des Zeichen. Vorn ob dem Tische hängt eines jener Spiegelchen, wie man sie in Dienstbotenkammern findet...

Dunant, vorgebeut zur Wand, im kleinen Spiegel erschien sein Gesicht.
So also sieht man mich, dachte er, ein Mann mit einem Greisenkäppchen, das die aufmüpfigen Gedanken verdeckt, getarnt mit einem St.-Nikolaus-Bart, Camouflage der weichen Lippen und des Kinns.
Vexierrätsel: Wo ist der wirkliche Dunant?
In Paris wurde ich nacheinander mit sieben zweifelhaften Individuen verwechselt, der eine ein Vagabund gleichen Namens, der andere ein Anarchist, der dritte als Kirchenschänder auf der Fahndungsliste, der vierte ein preußischer Spion und so fort. Von meinen Feinden verbreitet, hat sich allmählich ein anderes Bild von mir aufgebaut, es hat sich wie eine Folie über mein eigenes Bild geschoben; das ursprüngliche Ich verzerrt sich, eine Wasserspiegelung, die in den Farben des Regenbogens verblaßt.

Im Bett, zwischen Wachen und Schlaf, die Vorstellung: Seine Feinde haben einen neuen Dunant aufgebaut, Fleisch von seinem Fleisch, Haar von seinem Haar, ein lebensgroßes Ebenbild seiner selbst.

Noch fehlt ihm das Wichtigste, der lebendige Atem.
Seit Jahren deshalb ihr Versuch, ihm, dem wirklichen Dunant, die Luft abzuschneiden. Gegen Morgen hin ein jähes Erwachen, Finger krallen sich um seinen Hals, das Herz pocht hämmernd an gegen das Gewicht eines Körpers.
Dunant gelingt es, sich freizustrampeln, der Druck läßt nach.
Der Vorhang vor dem Fensterspalt bauscht sich.
Monsieur M., in Gestalt einer Eule, wird eins mit dem Grau des neuen Tags.

Henry, ein Revenant aus dem Schattenreich?
Nach Baumbergers Artikel in «Über Land und Meer» ging eine Erschütterung durch Europa: Dunant, der Totgeglaubte, verarmt in einem Winkel der Schweiz.
Die russische Zarenwitwe versprach Dunant eine jährliche Pension. In Stuttgart gründeten seine alten Freunde, Rudolf Müller und der Kaufmann Adolf Graeter, Mitglied der Tempelgesellschaft, einen Dunant-Fonds, in einer Geldsammlung kam eine ansehnliche Summe zusammen, die eine Drucklegung der Neuausgabe von *Eine Erinnerung an Solferino* sicherte.

Der Einsame in Nummer 12 blieb am Puls der Zeit.

Zeitungen türmten sich in seinem Zimmer, die gelesenen Blätter stapelten sich zum Ärger der Pflegerinnen im Flur.
Die Oberschwester kam gerade dazu, wie eine vornehm gekleidete Dame den Rock raffte, um über einen Zeitungsstapel zu steigen.
Wollen Sie zu Monsieur Dunant? fragte sie scharf. Er empfängt heute keine Besucher. Die Dame, eine stattliche, beinahe üppige Person, blickte ungläubig.
Schwester Elise doppelte nach: Und wenn es die Kaiserin von China ist, hat er gesagt.
Die Besucherin hielt dem strengen Blick der Oberschwester mit ebenso viel Autorität stand und sagte bestimmt: Ich bin aber nicht die Kaiserin von China, ich bin Bertha von Suttner. Bitte melden Sie mich an.
Auf das Klopfen kam von drinnen ein gereiztes: Wer ist's?
Monsieur, sagte die Diakonisse, hier draußen steht Frau von Suttner.
Im Nu flog die Türe auf, und die erstaunte Oberschwester hörte Dunant mit verwandelter Stimme sagen: Was für eine Ehre, bitte kommen Sie, Baronin.
Dunant räumte einen Stapel Zeitungen weg, um eine Sitzfläche anzubieten.
Sie blickte sich um und lächelte. Nun war das Rät-

sel gelöst, warum der Eremit von Heiden so gut über alles Bescheid wußte, seit 1895 stand sie mit ihm in regem Briefwechsel. Auf ihre Bitte hin hatte er ihr einen Beitrag für ihre Zeitung «Die Waffen nieder» geschickt, einen Auszug aus einem früheren Manuskript: *Kleines Arsenal gegen den Militarismus.*
Sie sprachen über die Weltlage, die sie mit jedem Jahr als bedrohlicher empfanden. Die Suttner stellte fest: Sie beide seien eine Art von Seismograph, empfindlich für jede unmerkliche Erschütterung in der politischen Landschaft, die den gefürchteten Krieg näher bringe.
Nach dem gemeinsamen Entschluß, einen Aufruf an die Völker Ostasiens zu richten, stellte Bertha von Suttner mit Genugtuung fest, Zar Nikolaus II. denke an die Einberufung einer Friedenskonferenz im Haag. Mehr Menschen für die friedliche Lösung von Konflikten gewinnen, das Anliegen der Schiedsgerichte verbreiten ... murmelte Dunant in Gedanken und fügte, mit einem Blick über seine Zeitungsberge hinzu: Wenn uns nur die Presse darin unterstützte... Täglich erscheinen auf der Welt fünfzehn Millionen Tagesblätter!
Das ist eine wunderbare Idee, rief die Suttner. Schreiben Sie einen Aufruf an die Presse!

Dunant versprach es.

Angeregt von ihrem Besuch, schrieb er noch am selben Tag den ersten Entwurf: *An die Presse. Ein Feuerwort!*

...Die öffentliche Meinung ist der mächtigste aller Herrscher. Es ist daher natürlich, an jene eine Bitte zu richten, welche die öffentliche Meinung machen.

Warum aber sollte die Presse nicht einmal auch über internationale Schiedsgerichte und gegen den Nationalitätenhaß predigen? Warum sollte sie nicht die Idee des Weltfriedens mit dem ganzen Herzen aufnehmen?

Das ist eine Utopie! sagen die einen; das ist eine Narrenidee, sagen die anderen. Ja, hätte aber Christoph Columbus dermaßen geklügelt, dann hätte er wohl niemals den Anker gelichtet. War es doch eine Narretei, sich in den Ozean zu stürzen, den niemand noch durchkreuzt hatte, und auf ein Land zuzusteuern, dessen Existenz fraglich war. Und doch hat er durch diese Narrheit die neue Welt entdeckt!

Wollte die Presse sich vereinigen und sich entschlossen ans Werk machen, den Krieg streng zu tadeln – ohne Übertreibung, aber auch ohne falsche Scham –, müßte sie ein wahrer Wohltäter werden und nicht wenig zur Abschaffung dieser Plage beitragen. Das, was heute das Äußerste der Torheit scheinen mag, kann in wenigen Jahren die höchste Wahrheit sein...

Der Krieg ist nicht tot. Ist denn nicht alles, was den Ruhm eines Volkes ausmacht, in seinen Dienst ge-

stellt? Elektrische Bahnen, lenkbare Luftschiffe, unterseeische Boote, fliegende Brücken, Augenblicks-Photographien, Telegraphen, Telephone, Photophone...
Alles, um schneller und sicherer zum Morden zu gelangen! Richtet eure edlen Rennpferde für die Schlacht ab, erzieht eure unschuldigen Tauben zu Boten der Vernichtung; zähmt die niedlichen Schwalben zu Kriegsvögeln, nehmt für eure Militärtransporte die Pferde, die Maultiere, die Rinder, die Elephanten, die Kamele, die Dromedare, nehmt auch noch zum Kriegsdienst die armen Hunde und benutzt ihre Intelligenz...
Dann werdet ihr die Meisterwerke zusammenstürzen sehen, den Stolz der Zivilisation: Paläste, Schlösser, Häfen, Aquädukte, Viadukte, Bauten und Denkmäler...

Dunants geplante Frauenallianz, in ersten Briefen an Bertha von Suttner noch erwähnt, entwickelte sich nicht wie vorgesehen.
Sara Bourcart hatte in Zürich das gesteckte Ziel nicht erreicht, zu introvertiert, konnte sie die Frauen nicht begeistern. Ende 1893 gestand sie Dunant, das geplante Manifest sei noch nicht gedruckt.
Anfangs 1896 meldete Pauline Gendre Dunant ihren Besuch an: *diesmal allein, denn Sara Bourcart*

ist nicht mehr frei. Dunant konnte aus Saras schriftlichen Andeutungen den Grund für diesen ‹Freiheitsentzug› erahnen, die Dreißigjährige heiratete, hieß von nun an Frauger und lebte mit ihrem Mann in Badenweiler. Im Herbst 1897 schrieb sie Dunant von Colmar aus: *Sie haben mir von der Croix Verte geschrieben, ich mache sicher mein Möglichstes, um diese Idee zu propagieren, ich werde, wie Sie mich gebeten haben, den Artikel einrücken lassen in die «Straßburger Zeitung», aber für die direkte Arbeit im Einsatz dieses Werkes bin ich ganz ungeeignet, ich habe keinerlei Begabung dafür.*
Am Scheitern der Allianz in Zürich war nicht nur Sara Bourcart schuld, die wirklichen Ziele waren verfrüht, die vorgeschobenen Nahziele zu verschwommen. Dem mit Rudolf Müller geplanten Abriß der Geschichte des Roten Kreuzes versuchte Dunant, einige Gedanken über das Grüne Kreuz anzufügen, wie schon oft schwächte er die ursprüngliche Vision zu greifbareren Nahzielen ab, das Grüne Kreuz jetzt (vorläufig!) eine Art moralische und materielle Nothilfe von Frauen für Frauen. In einem Brief an seinen Bruder Pierre bekannte sich Dunant zwar als Anhänger des Feminismus nach Secrétan, Bridel und Ernest Naville, sah aber die Gleichberechtigung eher sozial als politisch.
Während Dunant seine Frauenanliegen vermehrt

innerhalb der Friedensbewegung zu verwirklichen suchte, griff in Brüssel die Feministin Julia Belval die Idee des Grünen Kreuzes auf. In Zusammenarbeit mit Dunant publizierte die Belval in der Zeitung ‹Mouvement hygiénique› die Statuten. Die Organisation umfaßte eine Stellenvermittlung, ein Frauenheim, ein Krankenhaus, unentgeltliche ärztliche und juristische Beratung, ein paar Jahre nach der Jahrhundertwende verschmolz sie mit einer anderen philanthropischen Bewegung.

In Augenblicken der Bedrängnis hatte es für Dunant immer eine Hoffnung gegeben, das Buchmanuskript auf dem Schreibtisch des Gymnasiallehrers in Stuttgart:
Das Buch muß ein Denkmal werden in Deutschland, beweisend, daß ich der Gründer bin. Allein durch die Aufzählung der Ereignisse wird es von selbst die Ansprüche Moyniers und seiner Anhänger in den Wind schlagen.
1897 endlich erschien das Werk im Verlag Greiner & Pfeiffer in Stuttgart.
Es enthielt die gekürzte Neuausgabe von *Eine Erinnerung an Solferino,* gefolgt von einem Abriß über die Geschichte des Hilfswerks. Dunant, im Titel ausdrücklich als *Begründer des Roten Kreuzes*

und Urheber der Genfer Konvention genannt, hatte seine *Denkwürdigkeiten* beigesteuert, Müllers Aufgabe war es gewesen, die Texte auszuwählen und zu redigieren. Der zweite Teil des Buches, den breiteren Raum einnehmend, hatte dem Werk den Titel gegeben: *Entstehungsgeschichte des Roten Kreuzes und der Genfer Konvention, mit Unterstützung ihres Begründers J. H. Dunant, von Rudolf Müller, Professor am Königlichen Realgymnasium in Stuttgart.*

Sichtbar für Freund und Feind, stand dieses Werk da, ein Denkmal, das Freundschaft errichtet hatte. Rudolf Müller verschickte das Buch an alle für Dunant wichtigen Stellen. So nahm die Rehabilitierung, durch Baumbergers Artikel begonnen, ihren Fortgang, überrascht stellte man fest, was Dunant, der Geschmähte, geleistet hatte. Der Schweizer Bundesrat raffte sich auf, Dunant den Binet-Fendt-Preis zu verleihen, finanziell zwar bedeutungslos, aber der Geehrte freute sich vor allem über die begleitenden Zeilen: Zum ersten Mal nannte man ihn von offizieller Seite Gründer des Roten Kreuzes und Initiator der Genfer Konvention.

Der medizinische Kongreß in Moskau verlieh Dunant, auf Anregung von Professor Virchow, den ersten Preis.

Spenden, von Dr. Altherr verwahrt und beiseite gelegt: für Dunants persönliche Zwecke zu viel

Geld, für die Verwirklichung seines Traums zu wenig.
Ich brauche recht wenig, um leben zu können, Reis, Obst, Gemüse, Milch und gutes Brot genügen mir, hatte er Baumberger geschrieben.
Aber noch bewegte ihn der Wunsch, vor seinem Tod die Schulden abzuzahlen.
Zwar hatten sich einige Gläubiger nach dreißig Jahren zurückgezogen, aber immer noch blieben Schulden von einer halben Million.
Dunant sah diesen Geldberg nachts vor sich. Träumte, ihm Wohlgesinnte kämen ihm mit einem Dunant-Fonds auf internationaler Basis zu Hilfe. Es gab doch Vorbilder: Hatte nicht das englische Volk für Florence Nightingale fast eine Million gesammelt?
Staaten hatten von seinen Ideen profitiert, sein Werk hatte in den letzten Kriegen Tausende von Menschenleben gerettet. Aus eigener Tasche hatte er damals für den Druck und die Verbreitung von *Erinnerung an Solferino* gesorgt, hatte die erste Übersetzung ins Holländische bezahlt, sein Werbefeldzug für die Genfer Konvention und der Aufbau des Französischen Roten Kreuzes waren kostspielig, nie wurden diese Auslagen zurückerstattet. Warum erlöste ihn niemand aus seiner Misere, beglich seine Schuld?

Rudolf Müller kannte die Gedanken seines Freundes.
Er hatte die *Entstehungsgeschichte des Roten Kreuzes* nach Norwegen geschickt, wo eine Jury für die erste Verleihung des von Nobel gestifteten Friedenspreises Kandidaten aufstellte. Dunant befand sich auf der Auswahlliste, vor allem Frauen hatten ihn vorgeschlagen: die Fürstin Wiezniewska, eine Tochter Victor Hugos, Leiterin der Internationalen Frauenliga für eine allgemeine Abrüstung, die Alliance des femmes pour la paix, die Sanitätsvereinigung Norwegischer Frauen.
In Norwegen fand Rudolf Müller in Dr. Hans Daae einen Vertrauten, der Militärarzt kannte Dunant seit dem Statistischen Kongreß in Berlin.
Schon bald kamen in den Diskussionen Einwände gegen Dunant: Man müsse ihm eher einen Kriegs- als einen Friedenspreis verleihen, schließlich habe er dem Krieg ein menschlicheres Gesicht gegeben und dadurch die Regierenden ermutigt, weiterhin den Krieg als Mittel zur Erreichung ihrer Ziele einzusetzen. Auch Bertha von Suttner neigte zu dieser Ansicht, sie hätte als Preisträger lieber den französischen Pazifisten Frédéric Passy gesehen.

Müller kam 1899 nach Heiden und klärte Dunant auf, Passy erhalte wahrscheinlich den Preis. Henry kämpfte mit seiner Enttäuschung, fand aber, Passy,

als Gründer der ersten Friedensliga in Paris 1867, habe den Preis verdient. Nach dem Deutsch-französischen Krieg hatte Passy mit ihm zusammengearbeitet für die Friedensziele der Allianz für Ordnung und Zivilisation. Der norwegische Schriftsteller und Politiker Björnson, ein Gegner von Dunants Kandidatur, habe Müller vertröstet, Dunant könne den Preis ja in einem der folgenden Jahre bekommen.
Darauf bemerkte Dunant: Meine Kräfte nehmen merklich ab.
Nach einem Aufenthalt von drei Tagen mußte sich Müller von Dunant verabschieden, aber der Freund ließ ihn diesmal ungern ziehen: Müssen Sie wirklich schon gehen? Mit wem kann ich denn sprechen wie mit Ihnen?
Müller sah ihn bekümmert an und sagte mit einem Seufzer: Am Montag fängt wieder die Schule an, ich muß mich vorbereiten, zu viele Schüler sitzen in den Klassen... Dunant blickte in sein sorgenvolles Gesicht und bemerkte zum ersten Mal, daß auch sein junger Freund älter geworden war. Einmal, es schien ihm erst gestern gewesen zu sein, hatte er ihn in einem seiner Briefe aus London angeredet: My dear child.
Dunant bestand darauf, Rudolf Müller zum Bahnhof zu begleiten. Seit Wochen war er nicht mehr ins Freie gegangen, jetzt suchte er nach Mantel und Schirm.

Der Abend war mild, aber am Ende der ersten Häuserzeile blieb Dunant stehen. Ich bin das Gehen nicht mehr gewohnt, entschuldigte er sich.
Müller drängte ihn, umzukehren.
Beim Abschied hielt Dunant die Hand des Freundes länger als sonst, als er sie losließ, kam ihm vor, er sehe Rudolf zum letzten Mal.
Er blickte dem Entschwindenen noch eine Weile nach.
Zwei Bauern waren laut gestikulierend aus der nahen Wirtschaft gekommen, drängten sich an ihm vorbei, aus Versehen stieß der eine Dunant um.
Der Alte erhob sich mühsam aus dem Staub. Trunkenbold, rief er auf französisch und stieß mit seinem Schirm wütend nach dem Betrunkenen.
Die beiden Bauern kehrten um, beschimpften ihn lauthals; einer tat, als wolle er den Alten noch ein paar Schritte verfolgen; keuchend, im erregten Selbstgespräch, erreichte Dunant das Krankenhaus.

Nach Stuttgart zurückgekehrt, benutzte Müller die Nachtstunden, um in einem langen Schreiben zu erläutern, was Dunant im Laufe des Lebens für den Frieden bewirkt hatte. Dieser Erklärung fügte er den Vorschlag bei, man möge den Nobelpreis zwischen Passy und Dunant teilen: *Dunant ist alt, bald 73. Mangeljahre und Leiden haben ihn ge-*

schwächt. Unter diesen Umständen kann jedes weitere Jahr, das wir abwarten, zu viel sein.
Während Monaten sickerten keine Nachrichten mehr durch, und Dunant dachte manchmal: Dieser Preis, den ich mir so sehr wünsche, wäre er groß genug, meine Schmach wegzunehmen?

Catharina Sturzenegger, von neuem im Krankenhaus, stand mit zwei Besuchern im Flur, Dunant, der von einer Untersuchung kam, erkannte ihre anhänglichen Angestellten, die Postboten. Vergeßt nicht, die Friedenstraktate zu verschicken, mahnte sie zum Abschied, und die zwei Männer antworteten scherzend: Ja, Herr General.
Als die Besucher gegangen waren, unterhielt sie sich noch eine Weile mit Dunant. Die Operation scheint diesmal besser gelungen, antwortete sie auf seine Frage nach ihrem Befinden. Ich will ja bald ohne Krücken gehen können. Sie erinnern sich doch an meinen Wunsch, Verwundete zu pflegen?
Als Dunant nickte, stellte sie fest: Die Welt ist komplizierter geworden als zur Zeit der Florence Nightingale, zwischen den bewaffneten Blöcken kommt man sich ohnmächtig vor. Glauben Sie, daß der einzelne noch etwas ausrichten kann?
Sind wir nicht beide der Beweis dafür, sagte Dunant. Sie als Postmeisterin mit Ihrer Friedens-

kampagne, ich als Kaufmann mit dem Roten Kreuz? Weil wir geglaubt haben, daß der einzelne etwas bewirken kann, haben wir es gegen den Strom der allgemeinen Meinung geschafft. Alles fängt immer bei einem einzelnen an. Wenn sich alle nur als Masse fühlen, bewegt sich nichts mehr auf der Welt.

Aus einer Rotkreuz-Zeitung hatte ihm Mademoiselle Klara ein Bild von Clara Bartons neuem Haus geschickt: Glen Echo, Maryland, in der Nähe von Washington.
Er legte das Bild auf seinen Schreibtisch und klebte die Zeilen daneben, die Clara Barton als Dank für die *Entstehungsgeschichte* an Rudolf Müller geschickt hatte, Freude drückten sie aus, daß Dunant Gerechtigkeit zuteil geworden war: *Dunant, ein Name, der schon durch seine bloße Erwähnung jedes ehrliche Rotkreuz-Herz auf der ganzen Welt höher schlagen läßt.*
Dunant betrachtete das Haus auf dem Zeitungsausschnitt, im Geist stand er zwischen den weißen Säulen und ging dann ins Innere, das einem Schiffsrumpf glich mit den Geländern aus Mahagoniholz und den Schränken, die Clara als Stauraum dienten für ihr Rotkreuz-Warenlager. Unsichtbar stand er neben ihrem Pult und sah sie in Hefte schreiben, die den seinen glichen. Auch sie

kämpfte gegen Schwierigkeiten: Vorwürfe waren erhoben worden, sie sei selbstherrlich, eile, eine Verkörperung des Amerikanischen Roten Kreuzes, trotz ihres Alters überall persönlich zu Hilfe. Man forderte Büros, Institutionen, Verwaltungsapparate, Delegierte und Tausende von Menschen hinter Schaltern, um Clara Barton zu ersetzen.
Von ihrem Fenster aus sah er zwischen den Zweigen der alten Bäume den Pontomac schimmern, er dachte an alle die verflossenen Jahre im Dienste des Werks, er hier, sie dort, die weite Fläche des Ozeans dazwischen, aber für den Gedanken ist jeder Ort gleich nahe.

An einem Dezemberabend 1901 hielt Henry Dunant die Nachricht aus Christiania in Händen, zusammen mit Frédéric Passy werde ihm der erste Friedensnobelpreis verliehen.
Wie schwerelos, mit leichtem Schwindel, saß er inmitten von Glückwunschtelegrammen, vor seinem Fenster fiel in Heiden der erste Schnee.
Nach der ersten Freude verwirrte ihn die materielle Seite des Preises.
Die Summe war geteilt worden, jeder Preisträger erhielt rund 104 000 Franken. Eine große Summe, gewiß, und doch viel zu wenig, um seine Schuld zu begleichen. Auf die ersten Pressemeldungen reagierten schon die Gläubiger oder ihre

Erben, alarmiert durch Rudolf Müller ließ Dr. Daae den Scheck, der schon nach Bern geschickt worden war, sperren.
Dunant dachte inmitten der Ehrungen: So werde ich also sterben mit der Schmach meiner Schuld.
Rudolf Müller wußte ohne viele Worte, was in ihm vorging. Er schrieb nach Amerika, das Land des schnellen Geldes, vertraute Clara Barton Dunants Situation an. Er bat sie, an Carnegie zu gelangen mit der Bitte, mit Hilfe seiner Stiftung den Betrag aufzustocken, damit die Schuld, ohne die Preissumme anzutasten, bezahlt werden könne.
Clara Barton, geehrt von Müllers Vertrauen, zweifelte, ob sie Carnegie mit dieser Botschaft erreichen könne. Warum sich denn das Rote Kreuz nicht um seinen Gründer kümmere. *Es wäre doch schade, wenn Dunant seinen Anteil an diesem großen Preis verlieren müßte.*
Da kein Wunder geschah, wurde die Preissumme aufs Eis gelegt. (Dunant wird sie nie antasten, erst in seinem Testament der Auftrag, die restlichen Ansprüche der Gläubiger aus diesem Betrag zu befriedigen.)

Im Krankenhaus in Heiden kehrte der Alltag zurück.
Jahr für Jahr trug Dr. Altherr seinen prominente-

sten Gast in die Tabelle des Krankenhauses ein: Patient Nr. 1: Henry Dunant, Selbstzahler, in der Rubrik «Krankheit» wechselten die Eintragungen: leichte Melancholie, Bauchkatarrh, Verfolgungsideen.

Neben seinem Schlafraum hatte man Dunant noch ein Arbeitszimmer eingerichtet, eine Glaswand wurde erstellt, damit der Menschenscheue ungesehen von einer Tür zur anderen gelangte.

Ausgehen wollte der Eremit nicht mehr, um sich nicht aufzuregen: *Das Krankenhaus ist lärmig, umgeben von dummen und betrunkenen Bauern,* schrieb er an Rudolf Müller.

Besucher, von weither angereist, mußten, ohne den Nobelpreisträger gesehen zu haben, wieder abreisen.

Monate, Jahre. Hinter der Glaswand von Heiden war der Wind der vorbeieilenden Zeit nicht mehr spürbar.

Vom Alltag abgeschirmt, nahm das Auge mit aller Deutlichkeit die Gegenstände der Erinnerung wahr: Henry wieder in La Monnaie, die Mutter hat den Teetisch gedeckt und David, der Buchhändler, erkundigt sich nach Henrys Plänen. Im Rückblick erkennt Henry ihre geheime Verbundenheit als Außenseiter ihrer Familie: Erschüttert von Henrys Unglück, hatte ihm Onkel David 1872, vor seinem Tod, die lebensrettende

Rente von 1200 Franken vermacht.
Manchmal befand er sich wieder in Paris mit Léonie Kastner, Schwermut griff nach ihm, und er notierte in sein Heft: *Was bleibt mir zu tun nach ihrem Tod? Was soll es, daß meine Beschäftigungen kindisch und unbedeutend sind, wenn sie nur meine Gedanken zerstreuen und mir Vergessen bringen?*

Über Zeitungen, Bücher, Briefe drang die Welt in seine Klause, geräuschlos, wie durch Wände von Watte. Am Schreibtisch setzte er sich mit dem einen und andern Thema auseinander, hielt Zwiesprache, entließ es wieder mit aristokratischer Geste.
Gewisse Ereignisse aber setzten sich in ihm fest.
An einem Februarmorgen 1904 las er vom Ausbruch des Russisch-japanischen Krieges, er sah Schlachtfelder vor sich, sinkende Schiffe, Verwundete, verfiel in ein dumpfes Brüten.
Der Tag war klar und kalt, über den Nachbarhäusern stieg der Rauch der Kamine senkrecht in einen frostgrünen Himmel. Es klopfte an seine Tür, Dunant reagierte nicht, in letzter Zeit hatte er keine Besucher mehr empfangen.
Hartnäckige Klopfzeichen, dann plötzlich die Stimme: Monsieur Dunant, bitte machen Sie auf, hier ist Catharina Sturzenegger.
Dunant ließ sie herein. Seit sie vor drei Jahren,

nach Bern gezogen war, hatte er sie nicht mehr gesehen, sie ging jetzt ohne Krücken, nur ein leichtes Hinken erinnerte noch an ihren Unfall.

Krieg ist ausgebrochen, sagte sie.

Dunant begann zu stöhnen, als beklage er jetzt schon die Opfer. Wer fährt schon in die ferne Mandschurei, um die Verwundeten zu pflegen? rief er aus.

Wenn Sie mich autorisieren, will ich gerne fahren, sagte Catharina. Der Entschluß fiel ihr nicht schwer, in Bern hatte ihre kleine Druckerei Konkurs gemacht, und Viktor Widmann, ihr früherer Lehrer, hatte ihr nach der Enttäuschung geraten, in fremden Ländern neuen Ansporn zum Schreiben zu holen.

Eine halbe Stunde später war sie im Besitz von drei Empfehlungen: an Graf Sano, Begründer des Japanischen Roten Kreuzes, an eine im Kulturleben tätige Dame und an die japanische Presse. Schon Ende März fuhr die nun Fünfzigjährige nach Yokohama, Zeitungen, denen sie Berichte versprach, hatten die Reise finanziert.

An die Front ließ man sie nicht. Doch im Militärspital in Tokio machte die Schweizerin schnell die Erfahrung, daß Dunants Ideale in Japan schon seit geraumer Zeit verwirklicht wurden, im Hauptspital in Shibuja erfuhr sie von Dr. Hashimoto, er habe die dritte internationale Rotkreuz-Konferenz in

Genf besucht, die Beschlüsse seien für die Gründung seines Spitals wegweisend gewesen. Mit den in Japan gemachten Erfahrungen wird die Sturzenegger mit sechzig Jahren ein zweites Mal ausrücken: als Samariterin im Balkankrieg 1912 an die serbische Front.

Das Jahr 1904 bringt für Dunant zwei weitere Lichtpunkte: Clara Barton schickt ihm ein Photo mit Widmung und ihr Buch: *The story of the Red Cross.*

Gaben aus Glen Echo, die ihn für Wochen erhellen. Begeistert schrieb er an seinen Bruder Pierre nach Genf:

Es gibt Wunderbares in dem Buch, vor allem in den vier ersten Kapiteln. Seiten, die man auf französisch übersetzen muß, wäre ich nicht so schwach und hätte ich nicht soviel Arbeit auf den Schultern, hätte ich die Übersetzung gemacht... Es gibt da äußerst ergreifende Details, und nichts auf der Welt beweist mir mehr die Notwendigkeit des Roten Kreuzes, so wie ich mir das Werk vorgestellt habe.

Im gleichen Jahr lädt ihn der russische Zar ein, das Ehrenpräsidium des Internationalen Rotkreuz-Kongresses in Moskau zu übernehmen. Dunant, geehrt, fühlt neue Kräfte wachsen, er schmiedet, zusammen mit Dr. Altherr, Reisepläne: Moskau, dann nach Sankt Petersburg zu seiner Gönnerin Feodorowna, zuletzt nach Christiania für die längst fällige Rede zum Nobelpreis. Leider bleibt diese Reise wegen seines Gesundheitszustandes ein Wunschtraum.

Reizbar geworden, schloß er sich immer mehr von der Außenwelt ab.
Sein Gehör war in der Einsamkeit empfindlich geworden und ertrug die Geräusche nicht mehr, die vom sommerlichen Park herauf gegen sein Fenster brandeten, selbst bei heißem Wetter arbeitete er hinter geschlossenen Scheiben.
Auch die Grelle des Lichts wurde ihm unangenehm, die Jalousien mußten sogar tagsüber geschlossen bleiben. Im dämmrigen Raum am Fenster stehend, sah er die Welt wie durch Schießscharten, am Lichteinfall auf den Mauern der Nachbarhäuser las er die Stunden des Tages ab.
Ein Bauer trieb seine Kühe durchs Dorf, er betrachtete die Tiere durch seine Spählöcher. Die Monotonie der verfließenden Zeit. In seinem Tagebuch der Eintrag:
Spital, elf Uhr. Es läutet. Wie immer, wenn es läutet, fängt der Nachbarhund an, erbärmlich zu jaulen. Es war gestern so, es wird morgen so sein und übermorgen.

1907 hörte er von seinem Neffen: Gustave Moynier, nun achtzig, habe in Genf ein Buch veröffentlicht mit dem Titel: *Les heures de travail*. Dunant, Träger des Friedensnobelpreises, wird in diesen Erinnerungen als Pseudo-Philanthrop erwähnt. Man habe, schrieb Moynier, Dunant damals zu Recht aus Genf entfernt, damit er keinen weiteren Schaden mehr anrichten könne. Da ist er also noch, sein Feind.
Das läßt den alten Mann in Heiden wachsam bleiben: Er muß seine Ideen weiter hüten, darf noch nicht loslassen.
Moynier und Dunant, beide um die achtzig. Ihr Haß, ein Gespenst.

Die Bilder glitten über die weißen, geduldigen Flächen der Zimmerwände.
Er sah sich im Dienstboten-Spiegel, ein Opfer der Verwandlungskünste seiner Feinde: Dunant, diesmal auf harmlos, die Spuren der Fluchtjahre ausradiert, ein Henry vor dem Bankrott, schicksalslos alt geworden, glatte Stirn, seniles Lächeln, St.-Nikolaus-Bart. Der Bart, an Scharpie erinnernd, wird an den Wohltätigkeitsbazars feiner Damen gezupft, das Greisenkäppchen, mit Edelweiß und Alpenrosen bestickt, sitzt neckisch auf dem Kopf: eine Vorzeigegestalt, wie gemacht für die Jubiläumsfeiern des Roten Kreuzes. Sein Leben von

jeglichem Zwiespalt purgiert und gereinigt, seine explosiven Texte entschärft, gesiebt und gekürzt: Erbauliches für die Schulbücher der Volksschule.
Henry Dunant, ein edles Profil, wie geschaffen für Gedenkmünzen und Medaillen.
Dieser Popanz, schlimmer als alle seine Vorgänger, läßt Dunant aufstöhnen; die Feinde haben nichts mehr von ihm übriggelassen als eine blasse Hülle im Kissenberg des Zimmers Nr. 12.

Seine Tage verloren am Abend des Lebens an Farbe, wurden zu austauschbaren Folien, aber seine Träume gewannen an Intensität und Glanz, als sammelte sich in ihnen wie in einer Wasserrinne das eigentliche Leben.
Einmal träumte ihm, er sei wieder in Algerien, man habe ihn zur Überprüfung einer Wasserleitung in die Ebene geschickt. Man gab ihm einen Stutzen mit, warnte vor wilden Tieren in den Buschwäldern.
Gegen Abend, in der Nähe des Flußbetts, spürte er, wie ihn Augen beobachteten, zwischen Zweigen entdeckte er zwei glimmende Lichter, er hob sein Gewehr und nahm sie ins Visier. Da bemerkte er: Es waren die Augen von Monsieur M., und tief in den Menschenaugen brannte sein eigener Blick, es war nicht auszumachen, wo der eine aufhörte, der andere begann.

Verwirrt und beschämt ließ er das Gewehr sinken.
Er erwachte.
Am nächsten Tag notierte er in sein letztes, fragmentarisch gebliebenes Heft: *Es gibt so tiefe Verletzungen, daß sie jegliche Rache übersteigen.*
Ich lege meine Sache in die Hände desjenigen, der in die Tiefe der Herzen sieht.

Am politischen Himmel brauten sich die Wolken für die Gewitter des Weltkriegs 1914/18 zusammen, Vernunft wich Rachegedanken, Menschlichkeit den Interessen von Geld und Macht. Der Eremit von Heiden, hellhörig für das ferne Donnergrollen, fühlt sich noch einmal emporgehoben, er fällt durch den Raum, durch das Kontinuum der Zeit.
Von der Nahtstelle aus, wo die Zeit nach beiden Seiten flieht, sieht er in seiner Vaterstadt Genf, am Ende des neuen Jahrhunderts, ein Museum des Roten Kreuzes: Über eine Leinwand läuft ein endloser Film – Schlachten, Bombardierungen, Grabenkämpfe –, alle Kriege weltweit seit der Schlacht von Solferino; in ihrem Kielwasser die Helfertrupps des Roten Kreuzes, Fahrzeuge, Konvois, ein endloser Zug, immer hinter dem Krieg her, ohne ihn einzuholen, zu spät, um Menschen zur Besinnung zu bringen, rund um den Erdball ein rotes Endlosband: L'Avenir Sanglant. Dunant

erschaudert, sein Puls beschleunigt sich. Er muß dieses Endlosband zum Stehen bringen, Ideen füllen seine Hefte, er schreibt Briefe, die Telephondrähte schwirren von seinen Depeschen. Die Vögel mögen sich nicht mehr auf die summenden Drähte setzen. Alle Stationen der Welt sind gewarnt.

Das neue Jahrhundert schreitet aus. Er, der vor zwei Jahrzehnten geglaubt hat, sein Herz tue den letzten Schlag, liegt immer noch da, wachsam auf seinem Katafalk, die bläulich knotigen Hände verschränkt. Vergessen von der Veränderung, die allem Irdischen zuteil wird, ein steinerner, längst zu Tode getragener Ritter, der noch einen Schatz zu bewachen hat, in innerer Zwiesprache mit den Wörtern in seinen Heften. Weizenkörner sind es, wie man sie den Mumien ins Grab mitgegeben hat, Keimlinge, fähig, Jahrhunderte später noch die Schale zu sprengen.

Ende August 1910 teilte ihm sein Neffe Maurice mit, Gustave Moynier sei am 21. des Monats gestorben. Dunant empfand weder Freude noch Trauer. Vor seinem inneren Auge sah er den Widersacher vor sich, eine Sisyphusgestalt, Henry erkannte die Bürde auf seiner Schulter: sein Werk, das Moynier gewissenhaft, wenn auch auf seine

Art, während vier Jahrzehnten getragen hatte.
Zehn Wochen später, am 30. Oktober 1910, starb Henry Dunant.

Die kursiv gesetzten Stellen sind zeitgenössischen Dokumenten entnommen.

Mein Dank gilt den Verantwortlichen folgender Archive und Bibliotheken:
Salle des Manuscripts, Universitäts-Bibliothek, Genf
Archiv Suttner-Fried, Bibliothek der UNO, Genf
Library of Congreß, Washington
Glen Echo Foundation, Maryland
Bibliotheque Nationale, Paris
Dunant Museum, Heiden
Kantonsbibliothek Vadiana, St. Gallen
Schweizerisches Rotes Kreuz, Sektion Zürich

Neben meinen hauptsächlichsten Quellen – Henry Dunants unveröffentlichten Manuskripten und Briefen – möchte ich noch folgende Veröffentlichungen erwähnen:

Rudolf Müller: Die Entstehungsgeschichte des Roten Kreuzes und der Genfer Konvention, Stuttgart 1897
Martin Gumpert, Dunant. Der Roman des Roten Kreuzes, Stockholm 1938

Willy Heudtlass, J. Henry Dunant, Stuttgart 1962
Emanuel Dejung, Die zweite Wende im Leben Henry Dunants, Winterthur 1962
Roger Durand, Henry Dunant, féministe. Genève 1977
Gabriel Mützenberg, Le Prédestiné, Genf 1984
Gerhard Simson, Der Friedens-Nobelpreis. Henry Dunant. Zug 1987
Marc Decombes, Henry Dunant, Zürich 1988
Durand, Amann Bärtsch u. a.: Henry Dunant und die Ostschweiz, Genf 1992

Mein besonderer Dank geht an Herrn Roger Durand, Präsident der Société Henry Dunant, Genf. Aus seinen vielfältigen Publikationen und mündlichen Hinweisen schöpfte ich wertvolle Hinweise.

Verlag Nagel & Kimche

Eveline Hasler · Ibicaba
Das Paradies in den Köpfen

Roman
ISBN 3-312-00114-5
280 S., geb.

„Eine wissenschaftliche Untersuchung, auch die beste, vermittelt mir Fakten. Ein Roman von Eveline Hasler entfaltet noch einmal das Leben in seiner ganzen Fülle, läßt mich die Not der Menschen fühlen, ihre Hoffnungen hoffen und ihre Tränen weinen – eine Leistung, die der Roman und nur er zu erbringen imstande ist."
(Klara Obermüller in DIE WELTWOCHE)

N&K

Verlag Nagel & Kimche

Eveline Hasler · Die Wachsflügelfrau

Geschichte der Emily Kempin-Spyri

Roman

ISBN 3-312-00175-7

336 S., geb.

«Sie war die erste Juristin im deutschsprachigen Raum, hochgerühmt in Berlin von namhaften Rechtsexperten, in den USA als Dozentin eine Sensation: Emily Kempin-Spyri. Heute scheint sie fast vergessen. Eveline Hasler hat sich ihres Ikarus-Schicksals angenommen: ein erschütterndes Lebensbild, eine aufwühlende Lektüre.»
(DIE WELT).

N&K

Verlag Nagel & Kimche

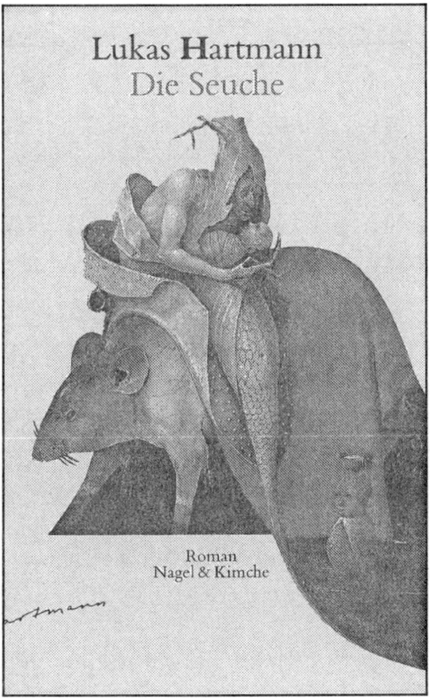

Lukas Hartmann · Die Seuche

Roman
ISBN 3-312-00182-X
216 S., geb.

Ein Roman über den großen Pestzug, der zu Beginn des 14. Jahrhunderts ganze Landstriche entvölkerte. Doch wäre dieses Buch nicht denkbar ohne die erschreckende Anschauung der Gegenwart. Auf diese Dimension weisen sparsame Gegenwartseinschübe hin, die den kraftvollen Erzählfluß durchbrechen.

„Ein großes, ein hinreißendes Buch."
(DER BUND)

N&K